세상의 끝으로 간 사람

세상의 끝으로 간 사람

한창훈 소설집

문학동네

| 차례 |

지상에 남은 마지막 밤 7   춘희 31   세상의 끝으로 간 사람 59
목요일부터 토요일까지 85   먼 곳에서 온 사람 117
그대, 저문 바닷가에서 우는 145   강물은 흘러 어디로 가는가 173
변태(變態) 199   돛 낚는 어부―남쪽 섬 227   접붙이는 여자―남쪽 섬 253
해설 여성과 생명의 발견| 김만수(문학평론가·인하대 교수) 279   작가의 말 293

지상에 남은 마지막 밤

그날 안방에서 밤새 흘러나오는 어미의 울음소리를 들으며 홀로 잤고,
자면서 시냇물 소리를 들었다. 졸졸졸.
어디론가 끝없이 가고만 있는 저 물. 무엇 때문에 쉬지 않고 끝없이
졸졸졸 흘러가기만 하는 걸까 저것은.
그리고 국어시간에 배웠던, 옛날 사람이 썼다는 시 한 구절이 생각났다.

바다가 내 앞에 있다.
 거친 산맥과 가없는 평원, 굽이치는 강물과 거친 바람과 뜻하지 않은 돌풍, 뜨거운 햇살, 차가운 공기를 헤매었던 모종의 시간이 지나 마침내 다다른 끝, 한토막 삶의 끝, 더이상 나갈 수 없는 곳에 이르니 바다가 있다.
 이제 씨앗을 뿌리고 가꾸고 수확하는 저 뭍의 질서를 따르려면 되돌아서야 한다. 바다를 향해 걸었던 그 길을 거꾸로 다시 되짚어야 한다. 그러나 이미 내 가슴속은 뿌리고 가꾸고 수확하는 것으로 인해 멍들어 있으니 저 산이나 밭이나 도시 어느 곳에 내가 깃들일 것인가. 어느 곳에 깃들여 일하고 숨쉴 것인가.
 생활은 이제 폐허로 가득하다. 네가 그랬던 것처럼, 아비 어미가 그랬던 것처럼, 저 피폐한 땅 위에 저녁이면 연기 오를 집 하나 세우고 싶었으나 여전히 대지의 강풍은 거칠고 바닥은 험난한 자

같이다. 나는 직장을 잃었고 그리고 한동안 지하도를 집 삼아 살았다. 거기에는 나 닮은 이들이 많아 그다지 쓸쓸하지는 않았다. 그러나 아직 힘이 남았을 때 떠나기로 했다. 내 앞에 멀고먼 옛날 어떤 사람이 육지와 멀어지기 위해 선택했던 바다가 있다. 누이야.

  배는 거대한 부리를 세우고 규칙적으로, 높낮이를 뚜렷하게, 제법 물성물성 앞으로 나아가고 있다. 양쪽으로 길게 퍼져나오는 하얀 물비늘과 꽁무니에서 뿜어져나오는 물보라가 바다 위에 새로운 무늬를 그린다. 저만치에서 끊임없이 줄을 지어 밀려오는 파도는 뱃부리를 만나 자지러지면서 반으로 나뉘어 꿈틀대다가 배가 지나고 난 한참 뒤에야 간신히 부서진 몸을 맞대어 잇는다. 튀어올라온 물 덩어리들은 푸른색을 놓쳐 흰 물방울로 순식간의 바숴지는 삶을 누리고는 떨어져내렸고 이어 거듭 튀어오를 채비를 차린 듯하다가 슬렁슬렁 뒤로 물러나버린다.
  배는 물새 울지 않고 기러기도 날지 않는 바다를 너물너물 너울을 타며 앞으로 나아가고 있고 나는 그것을 선실에 난 동그란 유리창을 통해 바라본다. 밀려오는 파도와 배가 만들어놓은 파도가 엇각을 그리며 차례대로 만나 하얗게 부서지는 꼭지점을 만든다. 다른 배는 보이지 않고 그 어떤 육지의 흔적도 없다. 크고 넓은 바다이다. 주위는 온통 엔진 소리와 기관실에서부터 시작된 단조롭고 파장이 매우 짧은 떨림만 가득하다.
  나는 가슴이 북받친다.
  드디어 대한민국을 떠나 너른 바다로 나온 것이다. 나의 나라라고 믿었던, 곪은내 풍기는 둥지에서 바야흐로 떠나는 것이다. 완벽하게 떠난 것이다. 잘 있거라 내 눈물로 살찌웠던 땅들아, 나의 한숨으로 배가 불렀던 이웃들아, 나의 피로 일용할 양식을 했던 도시여, 나는 간다. 이역만리 타국으로 가버린다. 뭍에서의 나의 일생은 때 전 가로수의 위태롭게 웃자란 가지. 자동차 타이어에서 튕겨나오는 진흙덩어리. 녹슨 파이프에서 뚝뚝 떨어지는 물방울 같은 것.

  차라리 파도에 얻어맞으련다. 세찬 북서풍에 살을 찢기련다. 이제 저 고무줄 같은 파도를 뚫고 나가 안식의 평온을 얻으리라. 저 수평의 세계로 가련다. 그 너머로 가버리련다. 나는 선원. 무엇 하나 발목에 걸리지 않는 그것.

  배가 어디로 갈지는 모르는 일. 그것은 선장이 알아서 할 일. 항해사의 몫. 항해사가 모는 대로, 물결을 타든 파도를 거스르든 상관없이 배 꼭지가 가리키는 곳으로 가면 되는 것이다. 아침이면 작업 계획을 세우고 정해진 대로 청소하고 페인트 칠하고 이런저런 기계와 물품들을 확인하고 티타임에 차를 마시며 저 넓이와 깊이가 짐작되지 않는 물 위에 떠서 하늘을 볼 것이다. 별들을 볼 것이다. 다른 선원들은 포커나 하라지. 나는 밤바다 갑판으로 나가 북극성 십자성과 자리를 하고 앉아 수만 년 묵어 이제는 바람이 된, 오래된 선원들의 넋을 불러모아 남극해의 맑은 바닷물이나 한 잔씩 나누며, 북극해의 억년 빙하나 한 조각씩 씹을 것이다. 그러면서 바람과 파도와 은하수와 돌고래와 용오름과 그 아래 홀로 서 있는 나를 볼 것이다. 인어도 만나보자. 무슨 사연으로 인해 너는 사람도 아니고 물고기도 아닌 것이 되었나 물어보자.

태평양 대서양 인도양 북해 지중해 홍해를 돌아 어느 곳이든 거역하지 말고 나를 보내는 것이다. 배에서는 한숨도 온전히 내 것. 눈물이나 웃음이나 배고픔이나 배부름이나 그리움이나 지겨움이나 모두 온전히 내 것. 두고온 것들을 잊고 싶으면 잊고 그리워하고 싶으면 그리워할 것. 나는 해탈을 꿈꾸지 않는 비구. 찬송을 거역하는 목자.

지금까지 가슴을 짓눌렀던 부담과 무서움이 흔적도 없이 훌훌 날아가버려 투명한 기분이다.

저 너머로 간다. 가고 있는데, 가는데, 가느느느으은데에에에…… 이게 뭐냐. 나를 이토록 진하게 끌어당기는 게 무엇이냐.

거대한 것이 나를 끄집어당긴다. 만 톤급 배의 계류삭보다도 더 크고 질긴 끈이 나를 긴 통로 속으로 잡아당기고 있다. 또 이것이냐. 또 꿈이냐. 아, 아직도 못 떠나고 있는 것이냐.

누이야, 나는 선원수첩을 받는 날부터 같은 꿈을 꾼다.

밤이 깊어 완월동의 불빛은 더욱 은은하다. 홍등가의 불빛이란 어쩌면 식육점의 그것과 비슷하기도 해 잠시 슬프다.

앗씨, 쉬었다 가요.

이리 와봐요.

잠시 쉬었다 가이소.

그들 중 하나가 그리워 찾아왔건만 쉬 들어가지 못한다. 여럿을 지나친다. 누이야 너 닮은 이 하나 보았으면 싶은 거다. 나는 잘 알고 있다. 인연이란 게 여기에서도 엄연히 있어 복 있는 날에는 주절주절 통하는 이야기도 하고 하는데 없는 날에는 껌이나 짝짝

씹으며 얼른 해, 소리나 하는, 그저 그것 하나로만 벌어먹으려는 애들을 만나기도 하는 거다. 다들 붉은 불빛을 옆으로 받는 진한 화장이다. 아는 체 마라, 살아 있다는 것은 이런 것이다.

이렇게 누워봐.

뭐 하게.

하여튼 누워봐요.

나는 여자가 시키는 대로 옆으로 눕는다. 순간 그 노랗고 빨갛고 푸르스름한 골목을 거의 다 지나쳐오다가 조금 나이 들어 뵈는 여자의 손에 이끌렸는데, 아무래도 동생을 둔 누이란 늙은 것이어서, 그래서 참으로 다행이라고 생각한다. 반 누드 사진이 들어 있는 달력과 비키니 옷장과 오래된 텔레비전과 마름모꼴의 녹슨 창살과 연분홍 커튼과 자그마한 형광등이 달린 방에서 여자는 그게 무슨 크고 중요한 일인 양 조심스레 내 귀를 파기 시작한다. 슈미즈 차림의 허벅지에서 풍겨나는 미지근한 기운이 내 목덜미와 만나고 부드러운 손끝이 귀 주변에 봄날 꽃가루처럼 옮겨다닌다. 순간 시냇물 소리를 듣는다.

내가 찾아간 것을 너는 보았느냐.

강물은 줄어들어 있었다. 햇살에 하얗게 말라버린 돌멩이들은 푸른 강물의 기억까지 태워 없애버린 듯해 처음부터 바짝 마른 것의 삶을 사는 것 같고 비탈진 사이에 가녀린 뿌리를 내린 잡풀 또한 바람에 생명을 부스스 날려보내고 있었다. 서너 살 먹은 아이들도 첨벙거리며 지나갈 수 있을 정도의 시내로 변해버린 거기에는 옛날 고무신 벗어들고 너와 같이 잡았던 피라미나 송사리 같은 것들도 흔적 없어 보였다. 하늘빛을 받아 유독 파란 기운만 유별난, 손가락만한 물줄기 때문에 돌멩이나 풀은 혹, 불기만 해도 파사삭 흩어질 것 같았다.

나는 그중 편편한 돌에 쪼그리고 앉아 손을 씻었다. 물은 말라튼 손등을 쓰리게 하다가 천천히 빠져나갔고 송사리 한두 마리가 언뜻 보이긴 했다. 겨울은 갔건만 아직 외투를 벗으면 차가운 때였다.

강을 따라 멀리 보이는 다리는 참으로 소용없어 보였는데 그러고 있자니 간혹 트럭이나 군내버스가 지나감으로써 제 오래된 기능을 여태껏 발휘하고 있기는 했다. 아이들이 책가방을 들고 조잘거리며 방죽을 따라 왔다가 점차 멀어지기도 했다.

내친김에 운동화와 구멍난 양말을 벗고 발을 씻었다. 하늘 아래는 봄이건만 물 아래는 아직도 겨울인가, 차가운 기운이 발목을 통해 온몸을 찔러왔다. 발가락 사이에 들러붙은 검은 때를 벗겨내다 보니 여러 날 지친 몸을 지탱하느라 퍼질 대로 퍼진 발바닥 굳은살이 찬물에 오그라붙으며 생동거렸고 짜르르 통증이 올라오기도 해 흐으음, 긴 숨을 내쉬었다.

옛날 우리가 그랬듯이 동네 아이들이 툼벙거리며 반두질이라도 했으면 싶었다. 그 넓은 고구마밭을 다 매고 나면 어미는 고구마대 껍질을 벗겼고 너와 나는 냇가에서 뭐라고 소리를 지르며 피라미를 잡았다. 누이야, 물방울 튄 네 얼굴에서 저녁 하늘이 조각났다. 네 낡은 중학교 교복 치마는 한순간에 물색으로 변했다.

그 생각을 하니 당장 바지를 걷어붙이고 함께 수초 사이로 발을 집어넣어 퍽퍽 고기라도 몰아보고 싶었다. 가지런히 나 있는 물풀을 자빠뜨리며 피라미나 붕어를 몰다가 보면 시간이라는 놈은 홀로 저 멀리, 놀랍도록 빨리, 시늉도 없이 가버리곤 했는데, 그래서 그 시간은 어쩌면 처음부터 없었던 것 같기도 했는데, 이렇듯 혼자만의 시간이 버거워진 나는 절로 가버리는 그런 시간을 좀 보내고 싶어진 것이다. 그러나 지나갈 때 듣자 하니 아이들은 간밤 텔레비전 쇼 프로에 나온 어느 춤 잘 추는 가수 이야기나 하고 있었다.

아무 일도 없었던 것처럼 눕고 싶어졌다. 물놀이가 길어지면 너는 어미한테 야단 한번 맞고 다시 고구마 대나 분지르고 나는 잎 수북이 쌓인 곳에 몸을 던졌다. 그 시절이 그리워 풀잎 하나 입에 물고 팔베개하고 누워 하늘이나 구름이나 산이나 방죽에 서 있는 저 미루나무나 심심하게 바라보고 싶었다. 그러나 보이지 않는 그 무엇에 쫓기는 것 같기도 하고 텅 비어 있는 공간 속에 홀로 있는 것처럼 쓸쓸하기 그지없기도 해, 정작 시간이 남아도는데도 그런 여유로운 짓을 할 수가 없었다.

너를 생각했다. 너는 흐르는 물처럼 흘러갔는데 어쩌면 저 돌 틈새, 머리 바싹 마르고 발 축축이 젖은 채 붙어 있는 물풀처럼 갈고리 같은 손톱으로 이끼를 부여잡고 궁색스럽게 떠나지도 못하고 있는지 몰랐다. 그게 아니면 홀홀 떠나는 게 너무 허전하고 무서워 잠시 허공에 머물다가 스르르 풀숲 어딘가로 그냥 떨어져내려 가녀린 잎이나 몇 개 틔우고 있는지도 모를 일이었다.

한동안 너를 떠올리다가, 생각하자니 너무 무거운 것들이 한꺼번에 몰아닥칠 것 같아 조용히 진저리치며 곧바로 일어나 가방을 챙겼고, 마을이 저만치 보이는 그곳 방죽에서 발길을 되돌리는 나를 누이야, 너는 보았느냐.

밤이 깊으면 창호지 문 너머 저쪽은 온통 시냇물 소리였다. 종일 보고 들었던 모든 것들은 밤이 만드는 알 수 없는 공간 속으로 사라지고 대신 그 소리만 홀로 높아졌다. 나는 졸졸졸 돌돌돌 흐르는 냇물 소리 끝에 너의 노래를 듣는다. 참 몹쓸 생각이다. 어쩌자고 이 마당에 그런 것이 생각날까.

꽃잎은 하염없이 바람에 지고 만날 날은 아득타 기약이 없네.
시냇물 소리가 가까워진 밤이 되면 너는 호야불 아래서 수예나 뜨개질을 하면서 나지막이 노래를 부르기 시작했다. 참으로 그 손은 어미의 그것처럼 가만히 있는 법이 없었다. 종일 물과 흙을 묻히는 손인데도 그 호야 불빛에 금실 은실을 만지고 있으면 금색 은색이 번져 옮겨온 듯해 꼭 딴 손 같았다.
무슨 노래여?
〈동심초〉라는 거여.
어디서 배웠는디?
선희가 알려줬다.
경기도 어디로 시집가서 잘산다는 선희 누나를 기억하느냐.
노랫말이 참 좋아야. 가락도 슬프고.
누가 지었는디?
신사임당이 쓴 시에다 곡을 붙인 것이라 하드라.
그 사람은 나도 알어.
너도 알어?

이, 학교에서 선생님이 신사임당 갖고 공부를 하는디 저 너메 사는 만식이 알제? 만식이가 장난치다가 걸렸거든. 선생님이 일어나라 하고는
　신사임당이 누구라고 그랬냐?
　그랑께 고 멍추가 암말도 못 했당게. 긍게 선생님이
　신사임당이 누구야?
　…….
　이 새끼 봐라 그것두 몰라? 선생님 말 안 듣고 뭐 했어. 그럼 신사임당이 누구 엄마야?
　이랑게이
　즈그 아들 어매겄지라.
　그래 갖고
　너 이리 나와.
　해서 뒤지게 얻어맞었당게. 헤헤.
　그럼 너는 누군지 알었냐?
　알지. 이율곡.
　만식이가 공부를 못한갑다이.
　겁나게 못해.
　너는 잘 해야 쓴다이. 만식이처럼 얻어터지지 말고. 나가 열심히 벌어서 너 고등학교랑 대학교 보내줄랑게 너는 열심히만 해라이.
　…….
　무어라 맘과 맘을 맺지 못하고 한갓되이 풀잎만 맺으려는고.
　너는 노래를 이었다. 몸은 이곳에 있되 정신은 저 어디 알 수 없

는 다른 곳에 가 있는 것처럼 눈을 멍하니 뜨고 손만 움직였다. 발 안 씻는다고 야단칠 때면 그렇게도 알밉고 고구마나 쪄주고 할 때면 궁색스럽기 그지없더니 나를 버리고 멀리, 짐작조차 할 수 없는 곳으로 꼬리 달린 옷을 입고 멀리 날아가는 것 같아 허전해졌다. 호야 불빛을 받아 침침하면서도 은은한 얼굴로 손가락에 금실 은실 감고 훨훨 날아가는 것 같았다. 창호지 문에 흔들리는 그림자처럼 그렇게.

나는 신경질이 났다.
논산 훈련소 제대를 맞고 기쁜 마음으로 집에 와보니
옆집 가시내 시집간다네 아이고 망했다 나는 망했다.
뭔 노래다냐?
노래를 채뜨려 악을 써대는 나에게 너는 새꼼한 눈빛을 했다.
솟아나는 정력 풀을 길 없어 지나가는 여자 강간을 하고
삼 년 살다가 인자 나왔네 삼 년 살다가 인자 나왔네.
남수야이.
넘쳐나는 정력 풀을 길 없어 뒷집 가시내 강간을 하고…….
남수야.
뭐.
너 그런 노래 워디서 배웠어?
왜, 누나도 부르잖어.
세상에, 쪼끄만 게 뭔 그런 노래를 불러. 누구한테 배웠어.
광윤이 성이 맨날 불러.
광윤이? 점빵 아들 광윤이?
광윤이 형은 누이보다 두 살이나 많았다.

이.

미친 자식. 애들한테 그런 노래나 갈케주고. 미친 새끼.

너의 얼굴이 무섭게 변해서 나는 입을 다물었다.

귓구멍을 막어놔야제. 너 못써 그런 노래 부르믄. 아부지한테 일러서 몽둥이 맞게 할 거여.

…….

나는 겁이 났다. 세상에서 제일 무서운 게 아버지의 매질이지 않았나. 술만 취했다 하면 뒤따르는 매타작. 도무지 종잡을 수 없는, 수가 틀렸다 하면 곧바로 날아오는 그 매질. 도망을 치면 도망친 대가의 손찌검이 꼭꼭 찾아왔으니 나는 네가 시키는 대로 그저 잘못했다고 빌 도리밖에는 없었다.

부르지 마 이?

알었어.

그러나 누이야, 광윤이 형이 알려준 노래는 그것말고도 여러 개였고 너 몰래 한참이나 불렀다.

미루나무 꼭대기에 춘향이 빤스가 걸려 있네 이 도령이 놀러 왔다 벳겨놓고 그냥 갔대요.

이런 것도 있고

한 번만 더 합시다 아니 됩니다 만약에 애새끼가 태어난다면 당신은 책임 없는 건달이지만 나는야 말 못 하는 여대생이오.

이런 것도 있었다. 우습다.

한 번만 더 불러봐라. 귓구멍을 초로 막어버릴 텡게.

창호지 구멍으로 바람과 함께 날파리가 들어와 호야 불빛과 같이 춤을 췄다.

말 나온 김에 잘됐다. 귀 좀 파자.

안 해.

너는 들고 있던 수예질거리를 바구니에 담아 저만치 밀어두고 앉은 자세로 아랫목에 내려왔다.

이리 머리 대.

나는 억지로 끌려 네 왼쪽 허벅지에 머리를 뉘었다. 플래시를 찾아 든 너는 볼펜 심을 거꾸로 들고 귀를 파기 시작했다. 빠득, 빱. 삭정이 부러뜨리는 소리가 났다.

오매 많은 거.

찔끔 감고 있던 나는 비릿한 냄새에 눈을 떴다. 네 몸에서 나는 냄새였다. 냄새를 맡다가 눈 옆으로 내려온 너의 봉긋한 가슴을 보았다. 언제부턴가 그게 나오기 시작했다. 그러니까 작년 눈비가 몰아치던 겨울날 중학교 졸업할 때만 해도 고만고만하더니 친구들이 읍내 고등학교로 등교하고 나면 호미 들어 밭 매고 걸레 들어 방 닦고 바늘 들어 뜨개질하면서부터 유난히 솟아나는 것 같았다. 일을 하면 그것도 커지는가. 그렇다면 엄니는 더 커야지 않은가.

너는 몰랐겠지만 나는 그런 생각을 했다. 욕하지 말아다오, 저절로 그렇게 되는 것이다.

네가 걸레질이나 호미질을 할 때면 등에 젖띠 모양이 튀어나왔다. 지금도 고개를 잔뜩 숙이고 있으니까 등에 그게 튀어나와 있을 것이다. 때를 벗기거나 할 때면 몸이 닿는 게 죽기보다 싫었는데 전혀 그렇지가 않았다. 젖을 만져보고는 싶은데 이상하게도 그래서는 안 된다는 것도 저절로 알고 있었다. 시냇물 소리도 들리지 않고 호야 불빛 흔들리는 것도, 날파리가 파르르 춤추는 것도 보이지 않고 장터 술집에 가서 아직 안 온 아배나 품 팔러 가서 오지 않는 어매도 기다려지지 않았다.

오매 너 여드름 났다 이.

이.

짜주끄나?

이.

쪼끔 있다가 귀 다 파고.

귀를 파며 너는 다시 노래를 불렀다.

꽃잎은 하염없이…… 아이고 큰 거…… 바람에 지고…… 나온다 나와…… 만날 날은 아득타 기약이 없네 무어라 맘과 맘을…… 아야, 가만있어…… 맺지 못하고 한갓되이 풀잎만 맺으려는고…… 가만있으랑게…… 한갓되이 풀잎만 맺으려는고.

그제서야 내 귀에도 그 노래가 제대로 들려왔다. 졸졸졸 시냇물 흐르는 소리도 들렸다. 어찌 보면 노랫소리에 시냇물이 따라 흐르는 것 같기도 했고 시냇물 소리를 따라 네가 화음을 넣는 것 같기도 했다. 누이는 누구를 좋아하는가.

너는 누구를 좋아했을까. 밤이면 마실온 친구들과 누구는 누구를 좋아한다며 까르르 웃고들 했는데, 누구였을까? 광주일고 다닌다는 재섭이형? 기계공고 다닌다는 근태형? 서울서 대학교 다닌다는 명수네 큰형?

돌아봐.

여자는 추즈즙, 침 소리를 낸다.

그대로 좀더 있자.

이쪽은 다 팠다니까.

여기 오는 사람마다 모두 이렇게 해주나?

싫다는 사람만 빼고. 있지, 죽어도 자기 귓구멍은 다른 사람한테 못 맡긴다는 사람도 있어.

그래?

자기는 참 얌전하게 있네. 내가 귀 파주면 구멍 파러 왔다가 내 구멍 파이네, 어쩌네 하는데.

듣고 보니 그렇다.

비웃지 마라 누이야. 남자와 여자란, 더군다나 이런 관계란 그런 것이다. 다른 무엇이 있겠느냐. 내가 사랑을 이야기하겠느냐, 변치 않을 약속을 하겠느냐.

다음해 너는 서울로 식모살이를 갔고 가던 날 연탄가스에 죽었다. 그토록 원하던 서울 구경과 동시에, 돈 벌어 부모 주고 동생 가르치고 할 거라며 벼르던 식모일을 단 하루도 못 하고 죽어버렸다. 무엇 때문에 네가 그리 서둘러 이곳을 떠났는지 아직도 모르겠다. 무엇이 사람을 일찍 데리고 가고 늦게 데리고 가는지 모르겠다.

아비 어미는 불총 맞은 새처럼 쫓아올라갔고 꼬박 사흘 동안 혼자 집을 지켰다. 네가 죽었다고는 하는데 꼭 만화를 본 것처럼 믿어지지가 않았다. 밤마다 시냇물 소리가 들렸다. 누이는 선희 누나네 마실을 간 것이다, 개동이 엄마한테 심부름 간 것이다, 왜 빨리 안 오나, 뭐 하느라고 아직도 안 오나, 공책이랑 비비화랑 콘사이스랑 사가지고 온다고 했는데.

사흘 뒤 아비 어미는 실성한 몰골로 나무상자에 넣은 너를 광목으로 싸서 돌아왔다. 너는 나를 만나지도 않고 오는 길에 강물 속으로 살던 곳을 옮겼다고 했다. 어미는 네 옷가지를 붙잡고 울다가 기절하듯이 잠이 들었고 깨어나자 그 옷가지를 챙겨 텃밭에다 태웠다. 남순아, 불쌍한 내 딸아.

나는 울지도 못 하고 웃지도 못 하고 아무 말도 못 하고 그렇다고 그냥 있지도 못 했다.

그날 안방에서 밤새 흘러나오는 어미의 울음소리를 들으며 나는 홀로 잤고, 자면서 시냇물 소리를 들었다. 졸졸졸. 어디론가 끝없이 가고만 있는 저 물. 무엇 때문에 쉬지 않고 끝없이 졸졸졸 흘러가기만 하는 걸까 저것은. 그리고 국어시간에 배웠던, 옛날 사람이 썼다는 시 한 구절이 생각났다.

너는 간다는 말도 못다 이르고 갔더란 말인가.

어찌하여 누이는 간다는 말 한마디 못 하고 갔는가.

혹시 〈동심초〉라는 노래를 알아?

한참만에 돌아온 여자는 모른다고 한다. 그 동안 몇 명의 손님을 받았는지 화장이 많이 상한 얼굴이다. 화장이 상한 얼굴은 이상하게도 인생이 상한 모습으로 보인다. 그러나 날마다 낯선 남자를 위해 옷을 벗고 가랑이를 벌리고 껴안고 신음을 내고 남자가 뽑아놓은 정액을 닦는 이 여자가 가련한 건지, 낯선 골목으로 찾아들어와 주머니 속의 지폐를 이리저리 맞춰보다가 이틀 일당을 단 십 분도 안 되는 시간을 위해 쓰기로 하고, 냄새 나는 방에서 닳고 닳은 여자와 사랑 없이, 거듭남 없이, 몇 방울의 정액을 뽑아내고 다시 허탈감에 싸여 골목을 걸어가야 하는 이들이 가련한지 잠시 궁리되기도 한다.

이런 노랜데 들어봐. 꽃잎은 하염없이 바람에 지고.

갑자기 노래는 왜?

몰라?

들어보기는 했는데. 근데 왜?

갑자기 생각이 나서.

애인 생각 나나보다.

애인? 애인이면 좋겠다. 헤어지면 남이라도 되니까.

여자는 다시 팬티를 벗고 다가온다. 나는 생각한다. 이제 말이 통하는 여자와 또다시 잠을 잘 수 있을까. 아니라면 피부 색깔이 전혀 딴판인데다 말도 안 통하는 여자와는 잘 수 있을까. 그런 곳에서 살 수 있을까?

바다에서, 낯선 곳에서, 나는 뿌리내리고 살 수 있을까? 하긴 수업시간에 강사의 왕년 경험을 들은 게 있다. 미국 어느 항구에서 기관장이 배탈이 났단다. 복통이 하도 심해 일항사가 병원에 데리고 가 해양대 출신이랍시고 좀 한다는 영어를 씨부럴댔는데 저쪽이 되레 꿀 먹은 벙어리였다. 거듭해도 안 되고 하니 보다 못한 기관장이 배를 싸안고 직접 나섰다.

"헤이 닥터, 런치 찹찹 노 굿."

배를 주무르며 그 한마디 하자 의사가 단박에 알아듣더란다. 아무튼 그런 것이다. 모른다고 무서워할 것은 아니다. 내가 육지에 대해 몰라서 떠나는 것이냐? 너무 잘 알고 있다는 게 무서운 것이다. 속속들이 환한 게 두려운 거다.

누이야 네가 있는 그곳은 어떠냐.

여자는 동이 터오는 거의 새벽녘에 다시 돌아온다.
자기 자?
어디선가 교회 종소리가 들린다. 아니 절에서 들리는 소리인지도 모른다. 어쩌면 라디오에서 나는 소리인지도.
안 할 거야?
그냥 자자.
나는 지쳐 있다. 오랜 시간을 오로지 바다로 나가기 위해 지냈다. 이 주일간 기숙사에서 지내며 해기연수원의 강의를 들었다. 선원수첩도 받았다. 선원인력관리소에 가서 구직신청서도 냈다. 날이 밝으면 검역소에 들렀다가 송출선에 오른다. 파나마 국적의 원목선이다. 어렵게 얻은 것이다. 세상이 갑자기 바뀌어 선원이 인기직종이 됐단다. 누이야, 내가 하는 일이 인기직종이란다. 사람들이 많이 모인단다. 선원이 인기가 많단다.
여자를 옆에서 안는다. 여자는 잠시 그냥 있다가 긴 숨을 내쉰다. 술 취한 이들이 누구를 찾으며 지나가고 있다.
사람 좀 찾습니데이. 배근수라는 아를 보호하고 계시는 아가씨는 지금 바로 우리한테 보내주이소. 보내만 주면 후사합니다. 사람 좀 찾아주이소.
나는 잠결에 그 소리를 듣고 피식 웃는다.
자기 안 자네.
아니 자고 있는 중이야.
여자는 손을 뻗어 내 아랫도리를 만진다. 새벽이다. 대나무를

태울 때 피어나는 그 푸르스름한 기운이 온 사방에 널려 있는 시간. 죽어 있던 것이 슬금슬금 살아나는 그 시간이 되면 왠지 무덤도 살아 있는 것 같았다. 시냇물이 끝나는 저 아래 둠벙에서는 안개 같은 것이 피어오르고 숲도 읍읍읍 신음을 내며 하품을 하는 때. 쇠죽을 쑤는 어미 입에서 안개가 하나 가득이고 죽을 기다리는 소의 입에서도 그놈의 안개가 한 짐이었다. 안개는 네가 가루로 변해 뿌려진 저쪽 강에서 무진무진 피어오르고 있었다.

너는 밤새 노래를 불렀을 것이다. 저 추운 강물 속에서 제 살 타고 남은 뼈로 어미가 태워준 옷을 기우며 노래를 불렀을 게다. 밤새 부른 노래가 어디로 가지도 못 하고 그물처럼 촘촘히 쌓이다가 이제 잠을 자야 하는 새벽이 되자 물위로 안개가 되어 솟아오른 것이다. 그러면 그 물방울들은 풀 속의 벌레들 목을 축여주고 나무 잎새도 씻어주고 어미의 눈물도 가려주고 취해 새벽길에 돌아오는 아비의 잠방이도 적셔주고 동생이 대밭에 눈 오줌도 덮어주고 하는 것이다. 가락이 깊다면 안개도 깊을 것이다. 너는 이제 물속에서 잠들 시간. 나는 네가 불러놓은 노래를 만나고 있는 것인가.

잠이 덜 깨, 거름 속의 나락 잎새 같은 기분이면서도 어렸을 적 집 대밭 앞에 나는 서 있다. 너는 죽었는가. 저렇게 숨을 막 몰아쉬고 있는데.

으음. 나는 신음 소리만 낸다. 죽어 있는 것이 살아나지 않는다. 여자가 내 오른손을 끌어 자신의 아랫도리, 까슬거리는 터럭에 댄다. 닭벼슬이 손가락 양쪽으로 솟아오른다. 그리고 죽어 있는 것이 지미럴, 살아난다.

나는 있지, 새벽에 안 하면 너무 쓸쓸하고 허전해.
그래?
나는 피곤과 잠과 가느다랗게 피어나는 흥분과 여리게 살아나는 새벽 기운과 안개와 목마름과 담배 생각과 네 생각에 모든 게 혼동되고 있다.
밤새 남자들과 하는데 이상하지, 꼭 새벽에 하는 것이 진짜 같은 기분이야.
여자는 한동안 내 손을 잡고 제 것을 문지르다가 조심스럽게 내 아랫도리가 서 있는가를 확인한다.
올라와.
축축한 목소리다. 시키는 대로 올라간다. 여자가 맞춘다. 발정 난 암뱀처럼 나를 감싼다. 나는 눈을 꾹 감고 코를 벌름거리며 뜨거운 기운을 내뿜는 여자의 머리 너머로, 녹슨 마름모 창살의 창문을, 그 창문에 어리는 새벽 기운을 본다. 이 씨발놈이 어디로 갔노. 봐라, 그쪽도 없나? 개새끼, 찾으믄 쎄리뿌아뿐다.
취한 이는 아직도 찾지도 못하고 골목을 빠져나가지도 못하고 있다.
여자는 진짜로 흥분하고 있다. 알 수 없는 일이었지만 이제 이 땅을 떠날 나는, 마지막 밤이 끝나가고 있었기에, 마치 정인과 헤어지는 양 싶어져서 자연스럽다. 사랑하는 여인을 두고 멀리 대양으로 떠나는 마도로스라도 되는 양 싶다.
여자의 호흡에 역으로 맞춰 평지에서는 급하게, 벼랑에서는 천천히 노를 젓는다. 새벽이다. 밤새 땅기운에 눌려 시커멓게 죽어 있던 바다가 점차 눈을 뜨고 있다. 산도 길도 사람도 자동차도 상

점도 살아나는 시간. 그리고 이 여자는 이제 하루의 벌이를 마치고 너처럼 깊은 잠 속으로 빠져들 시간이며 나는 슬슬 바다로 나갈 준비를 시작해야 하는 시간이다. 나는 풋잠 속 살얼음 같은 그런 꿈과 현실을 왔다갔다하다가 순간 깨이면 여자의 퍼진데다 꼭지만 유별나게 튀어나온 젖가슴을, 어미의 그것처럼 축 처진 살덩어리가 들어 있다고는 생각되지 않는, 너의 그것으로 여겨져, 움켜쥐곤 한다.

여자의 깊은 잠을 위해 몇 방울 남지도 않은 것을 알차게 뿜어냈고, 살풋 잠이 들었다가 새벽이 무르익어 아침이 되었을 때 깼다.

아이, 왜 그래. 얼른 가 자기…… 잘 가.

잠결에 여자가 인사를 한다. 이미 딴 세상 가 있는 사람이다. 조금 전에 그렇게도, 십 년 정을 주고받은 이들처럼 몸을 섞었건만. 잠시 망설이다가 주머니에서 만원짜리 하나를 꺼내어 머리맡에 놓는다. 이제 달러로 바꿔봐야 백 달러도 되지 않는 돈이 남았다. 여자를 내려다보며 마지막 인사를 한다.

좋은 꿈 꿔라.

여자의 자는 얼굴은 화장이 문드러져서 영 말이 아니다. 나가다 말고 노랑색이 아직 조금은 남아 있는 캐시밀론 이불을 살짝 들어 젖가슴을 본다. 조금 전에 내가 갱엿처럼 핥았던 젖꼭지가 쓸데없이 솟아나와 있었는데 그것은 너무 솟아나고만 있었기에 평지에 튀어나온 바위처럼, 너른 바다 위에 떠 있는 바위섬처럼 바람과 파도에 시달리다 못해 지친 모습이다.

얼른 가아.

여자가 돌아눕는다. 나는 문을 조용히 연다. 이렇게 해서 이곳에서의 내 마지막 일은 끝났다. 멀고 먼 이역만리로 나갈 일만 남았다.

낡아서 복된 여자야 그럼 안녕. 나는 간다는 말도 못 하고 간다. 가버리련다. 완벽하게 가버리련다.

누이야 너는 어느 컴컴한 바다를 여지껏 항해중이냐. 빛이라도 있느냐, 아아, 육분의나 나침반이라도 있어 그 어두운 곳에서 한 가닥 방향을 잡기는 하느냐. 지금까지 나에게 순한 눈매를 보여준 유일한 사람아. 너의 고운 눈매와 조롱박 같던 가슴과 곱살스런 손마디는 이미 썩어 없어졌으련만, 이름 없는 강기슭에 몇 줌 흙을 보태는 것으로 너의 육신은 흔적 없으련만, 왜 갑자기 나에게 다가와 이토록 살아 있어 숨쉬고 말하고 꽃잎은 하염없이, 노래를 부르고 있는 것이냐. 무엇 때문에 누이야, 너는 온전한 흙 알갱이가 되지 못하고 나의 살점마다, 정신의 빈 켠마다 수시로 넘나든다는 말이냐.

이제 바다로 간다. 몸만 저 먼 바다로 밀어내는 것이 아니라 생각도, 기억까지도 모조리 쓸고 닦아내어 가지고 갈 것이다. 나는 떨어진 꽃잎. 누이야 너의 노래처럼 하염없이, 바람이 불어가는 곳으로 나를 멀리 보내려 한다. 너도 이제 내 뇌리에서 벗어날 것인즉 아직도 이 땅에 끈이 남아 있는 지금 마지막으로 노래를 불러다오. 그 애잔한 노래를 한 번만 불러다오.

이곳에서 떠나면 나는 살아 있으되 보이지도 않고 그저 먼 바다의 물방울 하나로 여겨질 것이다. 그곳에서 간혹 피어오르는 안개의 알갱이로 보일 것이다. 살아 있어도 살아 있지 않은 몸. 이것은 간밤 풍랑에 상어밥이 되었는데도 사고 전말을 알기 전까지는 살아 있는 사람으로 여기고 있는 것만큼이나 허전한 짓이다. 불안한 짓거리다.

풀씨가 어미의 품을 기억하겠는가. 땅이 거칠어 눈물을 머금고, 스러지는 육신에 혼신의 힘을 더해 허공에 떠 있어야 할 인생. 바위투성이에 뿌리를 내리지 못하는 나는 영혼의 비옥한 옥토를 찾기 전까지는 땅에 닿는 순간 말라죽을 운명. 나의 등을 떠밀지 않았던 단 한 사람 누이야, 내 운명을 위해 노래를 불러다오.

끝없는 바다가 내 앞에 있다.

춘희

이 손 좀 봐. 엄마, 살이 너무 빠졌어. 살이 다 어디로 갔어? 어디로 갔겠니,
다시 몸 속으로 들어가버린 것이지. 어디로?
저 속으로. 바람처럼 날아가버린 것 같아. 그렇게 생각하면 너무 허전해져.
다시 저 속으로 들어간 거야, 살이 들어가고 대신 죽음이 나왔단다.
엄마, 그런 말 하지 마. 춘희야, 사람이 죽고 사는 것이 다 이 몸 속에 들어 있단다.
사람이 비누랑 똑같어.

사람이 비누랑 똑같어. 한 스물댓까지는 엄청 마딘디 그 이후로는 쏜살같어.

그 생각이 자꾸 난다, 춘희는. 어딘가에서 날아온 연줄이 척 걸리듯, 그래서 추운 한 계절 가오리연으로 이름표나 꼬리표를 달고 사는 나무처럼 멀리 흘러가버릴 것이 가슴에 닻을 내린 것이다. 흘러가버리면 아무 소용도 없는 것인데도 (어차피 무엇이 지나갔는지 모르므로) 그 간단한 말 한마디가 무명실처럼 뾰족하게 파고드는 것은 순전히 연춘 노인의 앙상한 몸 때문이다. 쏜살같다는 바로 그 느낌 때문이다.

잔칫상에 들다시피 앉혀놓은, 물기 하나 없이 바짝 마른 시래기 같은 노인네의 몸뚱이는 저 먼 더운 나라의 오래 묵은 미라인 듯싶었다. 그 몸. 사람의 것이라고는 믿기지 않는, 마치 아이들이 공작시간에 철사에다 해묵은 신문지로 껍질을 둘러놓은 것 같은 몸.

우물처럼 움푹 팬 눈자위와 누렁니 하나 없이 홀쭉한 입. 한 십수년 가뭄에 시달린 듯한 피부. 흐르는 침. 바람 맞은 시누대 잎사귀처럼 제멋대로 움직이는 팔이나 다리.

저 몸이 예전에 어머니가 했던 것처럼, 자신이나 남편이 그랬던 것처럼, 뜀박질을 하고 밭을 갈고 아이를 만들고 했던 것인가. 진정 일하고 생산하던 존재였단 말인가.

그리고 어머니. 사람이 비누랑 똑같아, 쏜살같아. 죽은 어머니. 죽어버린 어머니. 뼈마디 도드라진 팔목을 쓸면서 했던 말(言)만 남은 어머니. 비누랑 똑같았던, 비누의 일생을 산 어머니.

그렇겠지. 단단한 돌멩이 같다가 어느 순간부터 녹아버리는 것. 뼈가 거품 되어버리는 것. 야무진 몸매가 순식간에 방울방울 허공 속으로 사라져버리는 것. 아무렴, 아니면 뭐 같을라구, 비눗갑 같을라구? 훗. 천년만년 갈 것 같다가도 한번 무너지면 한순간이지. 비누 속에 들어 있는 것은 그러니까 거품인 것이야. 단단하게 만져지는 것 속에는 아무것도 만져지지 않을 것으로만 가득 찼지. 그럼 만져지지 않을 것들끼리 모여서 단단한 것을 만든 건가?

왜 이런 생각이 자꾸만 들고 거듭 그 속으로 빨려들어가는 걸까, 를 춘희는 생각하지 않는다. 그냥 그런 생각이 든다. 생각이란 마치 생강굴이나 비닐하우스 같아서 그 속에 들어가면 어찌 되었든 한동안은 그 안에서 뱅뱅 돌기 마련이다.

어머니는 죽을 때까지 조금씩 말라갔고 숨을 거둘 때는 아예 뼈만 남았었다. 아, 어머니는 뼈가 무거워 죽은 것이다. 그러나 그때는, 어머니의 임종이라서 그러했겠지만, 사람의 몸이 그렇게 변할 수 있다는 것에는 눈이 잘 안 갔다. 부모란 어쨌거나 자식보다는 일찍 죽는 것이고 또 오래 앓았기에, 저리 말랐으니 곧 돌아가시겠구나, 만 했다.

　벌써 십 년. 이제 그 가느다란 뼈마디조차도 더욱 가벼워져서 흙 속으로 파고든, 몹시 추위를 탄 바람 줄기 하나 따뜻하게 담고 있을지도 모를 일이다. 그런데 갑자기 어머니의 뼈마디가 이렇게 땅을 박차고 눈앞에 나타난 것은, 그렇지, 미라 같은 연춘 노인 때문이다.

　말로만 들어 그런 노인네가 방바닥을 친구 삼아 죽을 날만 기다리고 있다는 것을 알았지 눈으로 보기는 처음이다. 문 열었을 때 풍겨 나오던 냄새와 더러운 이불, 색깔 변한 벽지와 뒹구는 과자 봉지 그리고 그 가운데 드러누워 있던 초점 없는 눈동자 두 개. 저 물건 속에 생명이 있기는 한 걸까. 하지만 뜻밖에 찾아온 손님들 앞에서 좋아 어쩔 줄 모르는 모습은 분명 살아 있는 모습이었다. 그것도 어린아이처럼. 세상에, 백 살이라니.

　춘희 몸이 단단하고 살집이 좋은 것은 순전히 어머니 내림이다. 초경도 일렀고 젖이 솟은 것은 한참이나 더 빨랐었다. 누가 주물러 맞춰준 것도 아닌데 소녀 시절을 벗어나기가 무섭게 살이 들어차야 할 곳은 충실히 들어찼다. 어떤 게 조종하듯이 각 부위마다 윤곽이 뚜렷해지고 말간 기름기가 돌아 뽀얗게 탐스러워졌다. 어머니는 몹시 흐뭇해했다. 하여 꼭 그를 데리고 목욕탕을 갔고 꼼꼼하게 때를 밀어주곤 했다.

　시집가서 살아봐라, 너는 남편한테 사랑받을 것이다.

　그래서 그런가. 그에 대한 남편의 사랑은 대단하다. 멀리 갈 것도 없이, 어젯밤만 해도 그는 두 번이나 까무러쳤다. 일이 끝나고 나서 남편은 젖무덤에 얼굴을 묻고 숨을 몰아쉬었다. 내가 당신을 만난 것은 정말 다행이야. 신혼 때부터 해오는 소리이다. 솔직히 말하면, 당신을 만나기 전에 몇몇 여자를 사귀었지만 정말 당신 같은 사람은 없었어. 남편은 보물 다루듯 그의 몸을 알뜰히 살폈고 칭송했고 잘 보관했으며 흐뭇해하면서 탐했다.

그가 남편을 만난 것은 어머니 때문이었고 또 집 때문이었다. 어머니가 일렀다.

사내란 말이다, 여자를 위해 집을 지어줄 줄 알아야 한다. 너는 그런 사람과 만나서 결혼해라.

둘이 만난 곳은 마을 앞 천(川) 다리공사 현장이었다. 보를 쌓고 철근 콘크리트로 다리를 세우는 그곳에서 남편은 양수기를 다루는 전기기술자였다. (나중에 들어 알았지만 남편은 제대한 뒤로 몇 해 빈둥거리다가 그곳에 왔으며 전기에 대해서는 휴즈 갈아끼우는 정도의 기술밖에 없었는데 기술자인 사촌형이 몇마디 일러주고 추천해주었다고 했다. 뭐 대단한 기술자인 줄 알았던 그는 어쨌든 그게 다 인연 맺어지려고 그랬다고, 대한민국 도로공사를 청춘남녀 중매하는 곳으로 비하시켜놓고 깔깔거렸다.) 춘희는 그 때 동네 사는 고모 따라 일용직을 나왔었다. 돌 나르는 일이었다. 아무리 벌어먹고 사는 짓이라 해도 갓 스물 넘은 처녀몸으로 그런 공사 현장에서 잡부일 하기가 쉽지 않은 것임에도 천성이 남 눈치 보고 몸 배배 뒤트는 짓을 할 줄 모르는 그는 없는 살림에 훌륭한 벌이로 쳐서 일을 다녔다.

무더운 여름이었고 아직 다리 상판이 올라가지 않았기에 그늘

이 없어 쉬는 시간에도 여자들은 흙탕물 뿜어져나오는 냇가에서 그냥 앉아 있었다. 말 그대로 양수기가 잘 작동만 되면 되는 일이라 슬렁슬렁 돌아다니다가 남 눈치 보기 뭐할 때만 드라이버 하나 들고 괜히 모터나 탁탁 때려보는 게 다인 남편이 그때 차일을 쳐주었다.

침이 마르게 기술자 총각을 칭찬하는 일행 속에 묻혀 그는 그늘 아래 앉았다. 일꾼들 중 어느 누구도 그런 신경을 안 써주는데 그 기술자 청년은 달랐다. 어디서 천막하고 밧줄을 구해오더니 한 시간도 안 되어 뚝딱 집을 지은 것이다. 그리고 그때 그 청년이 자신을 바라보는 눈이 남다르다는 것을 알았다. 그래, 차일도 집이다.

남편이 그에게 반한 것은 낚시 때문이었다는 걸 나중에 듣고 그는 한참이나 웃었다. 글쎄 시어머니가 낚시 잘하는 처녀를 만나라고 일러주지는 않았다는데 어쨌든 그 모습에 반한 거였다.

여름은 낮이 길어 일이 끝나고도 한참이나 해가 남아 있었다. 춘희는 그 시간이 아까워 동네 여자들 다 돌아간 다음에 홀로 보 옆에 앉아 파리낚시를 했다.

어렸을 때부터 물장구 치고 낚시도 하던 곳이라 그에게는 자연스러웠다. 가짜 파리낚시를 수면에 띄우고 슬슬 끌면 아기 뼘만한 피라미가 투두둑 물었다. 저녁 반찬거리였다. 일은 없어도 가능한 한 양수기 옆에 오래 붙어 있어야 하는 청년은 부끄러움도 없이 낚시를 하는 그 모습이 하도 좋아 뭐 해줄 게 없을까 궁리를 했다.

공사가 끝나 서로 헤어졌고 (청년은 다른 면面 공사장으로 갔다) 몇 달 뒤 길에서 만났다. 청년은 걸어가는 중이었고 춘희는 오토바이 위였다. 지난여름 집을 지어주었던 것에 대한 답례로 배달

중인 요구르트 하나를 주었다. 청년은 받아마신 대가로 커피를 사겠다고 했다.

이틀 뒤 둘은 다방에서 만났다. 데이트 시간이 거듭 늘어나기만 하는 게 좀 겁난다 싶어졌을 때 밤마다 헤어지는 게 너무 아쉬우니 아예 같이 살자고 청년이 청혼을 했다.

남편은 춘희가 그렇게 단단하고 아름다운 몸을 가지고 있는 줄은 꿈에도 몰랐댔다. 살집이 넉넉한 처녀라 좀 둔하고 풋살 덩어리일 수도 있겠다고 궁리는 했었다 한다. 그리고 십오 년. 그 긴 세월 동안 그의 몸에는 하루도 남편의 침과 손자국이 가실 날이 없었다.

몸이란 그런 것인가. 생각해보면 참으로 알쏭달쏭한 게 바로 몸이다. 그 육덕 좋던 어머니도 결국 나뭇가지처럼 빼빼 말라서 죽지 않았던가. 살이 생기는 곳도 그곳이요 살이 빠지는 곳도 바로 그곳이었다. 적당히 있어야 보기 좋고 너무 없거나 많으면 불안한 게 살인데 서로 몸을 탐해대는 부부도 마찬가지이다. 아무리 사랑스러운 존재라 할지라도 상대방의 심장이나 콩팥 또는 두개골이나 어깨뼈가 예뻐서 예뻐하는 것이 아니지 않는가. 서로 보고 쓸고 만지고 꼬집으며 좋아하는 게 바로 살, 아닌가.

신혼 초. 뒷물도 아니한 상태에서 고쟁이를 내리고 입술을 갖다대던 남편 때문에 기겁을 했었는데, 따져보거나 말거나 잘해야 거름통으로 가는 몇 개 방울이 밥 먹는 쪽으로 옮아가는 것 때문이었다. 그러나 그것도 잠시. 남편과 사랑을 나눌 때면 도대체 더러운 생각이 안 든다. 가장 더러운 것이 만들어지는 게 몸인데 그런 생각 하나도 안 들고 그 순간에는 그렇게 기분좋고 소중한 게 따로 없다. 몸은 결국 상대나 장소에 따라 평가가 극단으로 나누어지더란 말이다. 몸은 그러니까 상반되는 것 두 개가 동시에 공존하는 곳이다.
 잔칫집에 남편 앉혀둔 관계로 홀로 걸어온 춘희는 그런 생각을 하다가 공연히 면구스러워진다. 스멀스멀 야릇한 기운이 올라온다. 거참. 백 살 먹은 노인네 바라보다가, 또 돌아가신 어머니 생각을 했는데 그 생각의 끝은 또 왜 이런단 말인가.

 집이 보이는 골목을 돌아서자 빌라 옆으로 눈에 들어오는 풍경이 있다. 또 쓰레기봉투가 찢어져 있다. 보기 싫은 것들이 잔뜩 흩어져 있다. 저놈의 쓰레기봉투는 바깥으로 나오기만 하면 꼭 찢어진다. 마치 찢어질 준비가 되어 있는 것 같다. 이 봉투는 빌라에서 나온 것들이다.
 이젠 그럴 필요도 없지만 춘희는 버릇처럼 저만치에 보이는 우사를 쳐다본다. 뭐 튀어나올 것이 없다. 기르는 누렁소 네 마리만 우멍우멍 주인을 기다리고 있을 것이다. 짚으로 덮어놓은 사이에 언뜻 보이기도 한다. 하지만 섭섭하다. 한 보름 전부터 우사에 묶어놓고 기르던 초롱이가 없어진 것은 사흘 전이다.
 풀어놓은 개는 못 가져가도 묶어놓고 키우는 개는 가져간다.
 이것도 어머니 말이다. 아, 말로 남은 어머니.
 개도둑이 왔다 간 거였다. 늘 풀어놓았던 개를 싫다고 깽깽댈 때마다 뺨을 때려가며 바득바득 묶어놓았던 이유는 순전히 새로 생긴 이 빌라 덕이다. 논에 쇠말뚝을 박고 황토 실은 덤프차 수가 늘어나는가 싶더니 몇 년 사이 우습게 빌라가 이곳저곳에 들어섰고 그 와중에 그의 집 앞으로 두 동이 밀려왔다. 하지만 시기를 잘못 만난 탓에 빌라는 텅 비어 사람보다는 귀신을 받들어 모시는 게 더 알맞은 모습이었다. 업자에게 인건비를 못 받은 목수나 미장이 두어 집이 들어와 사는 게 다인 상태로 그렇게 한 일 년 지나다가 근래 들어 어디서 어떻게 끌어들였는지 전세로 몇 집 더 들어왔다.

싫은 소리 한 이는 새로 들어온 젊은 여자였다.

"이것 좀 봐요, 아줌마. 쓰레기 봉투 내놓으면 저 개가 다 물어뜯어버려요. 저 개 아줌마네 개 맞죠?"

초롱이는 새참이나 점심을 바깥에서 해결한 게 스스로 대견하여 멋도 모르고 꼬리를 쳤다.

"기르는 개는 잘 안 그러는디. 저기 봐, 까치가 그러지."

"까치가요? 내가 볼 땐 개가 물어뜯어놓으면 나중에 까치가 덤벼들던데요? 까치가 어떻게 저걸 물어뜯어요?"

"새댁인지, 아가씬지. 까치가 얼마나 영악하고 극성맞은지 잘 모르는 모양이구만. 우리 개는 안 그래."

"아줌마. 편들 게 따로 있지. 사람보다 개를 믿어요?"

그런 실랑이를 두어 번 하고 끝내 묶어놓았다. 보아하니 초롱이를 묶어놓은 뒤로도 봉투는 늘 찢어져서 주린 것들 배를 채우는 모양이지만, 그렇다고 초롱이에게 혐의가 없는 것은 아님을 알고 있기에, 같은 꼴 당하기 싫어 계속 묶어놓았다가 끝내는 사라져버린 것이다.

아이들은 아직 돌아오지 않았다. 거실이 춥다. 보니 보일러에 경보가 들어와 있다. 며칠 전부터 간혹 이렇다. 남편이 고친다 고친다 하면서도 오이하우스 낡은 보일러가 계속 말썽을 일으켜 그것 돌보느라 미루고 있는 상태다. 보일러실에 들러 전원을 껐다가 켜자 그제야 점화가 된다. 조금 누워 있고 싶지만 지금 누우면 식은 방바닥이 되레 사람 덕 보려고 할 것이다. 방이 추워서 그런지 이번에는 방울이 없어진 것까지 새삼 섭섭하다.

사람한테 이로운 짐승이 자꾸 나가면 좋지 않은 법이다. 주인한테 믿고 기댈 정이 없어서 그렇다. 사람보다도 더 정에 끌리는 것이 짐승이다.

이것도 어머니 말이다. 개 두 마리가 제 발로 걸어나가지는 않았지만 공연스레 죄지은 기분이다. 개를 그다지 좋아하지 않는 자신의 습성이 자꾸 걸린다. 이제 나이가 들어가서 그런가, 살아 있는 것들에 대해 정을 주지 못한 것에 자꾸 마음이 간다.

나이가 들어봐야 알 수 있는 것인가. 옛날 어른들을 봐도 그렇고 남편이나 자신을 봐도 그렇다. 사는 게 뭔지 알 만하자 이미 늙어 있노라고 하지들 않던가.

그렇다면 지호 지수 저애들도 나중에 지 어미 아비가 다 죽고 나서야 속을 차린다는 것인가. 그 대목은 좀 섭섭하다. 내 새끼들만은 좀 달랐으면 하는 게 그의 심정이다. 얼른 철이 들면 좋겠다. 집안이 어떻게 돌아가는지도 좀 알아주면 좋겠다. 말로야 너희들은 아무 걱정 하지 말고 공부만 열심히 해라, 아들이고 딸이고 일 한번 하는 버릇 생기면 평생 그 일에서 못 벗어난다, 늘 떠들어대고 또 부부끼리도 자식들만큼은 놀고 먹는 팔자로 만들자고 약속도 했지만 언젠가 우사로 갈고리 들고 들어오는 큰아들 지호를 보며 남편은 흐뭇해하는 표정을 내심 숨기지 못했다. 그것은 춘희 자신도 마찬가지다. 들일 밭일 해놓고 집에 와보면 청소에 설거지거리가 산더미다. 그러면 일을 마치고 집으로 돌아간다는 아늑함도 말짱 사라져버리기 마련이다.

방울이를 누가 집어가버렸으면 하는 바람이 생긴 것도 그것 때문이었다. 방울이는 우연히 얻어걸린(개를 좋아하는 남편이 어디에서 주위온 것이다) 애완용 강아지였다. 그러니 거실에서 키웠고 당연히 아무 데고 똥을 싸놓았던 것이다. 개똥받이까지 하다니. 차마 몰래 버릴 수도 없고 그렇다고 주어버리자니 반대가 자심할 것 같아서 빨리 가출해버리기를 속으로 빌고 또 빌었다. 정성이 하늘을 움직였던가 아니면 흔한 강아지라도 주인의 마음을 빤히 읽어냈던가 하여간 한 달 만에 방울이는 흔적도 없이 사라져버린 것이다.

춘희는 이번에는 어디선가 그 강아지가 자신을 원망하고 있을 것 같아 마음이 좋지 못했다. 어디 다리 밑 같은 데서 굶어 홀쭉한 배를 하고 추위에 벌벌 떨면서(똥개인 초롱이와는 달리 방울이는 그슬려봤자 고깃점이나 나올 모양이 못 되어 누가 먹으려고 잡아갔을 것 같지는 않기에) 송곳니가 댓 발이나 나온 불독에게 하소연하고 있지 않나 싶어질 때가 있다. 언젠가 그 개들이 덤벼들지는 않을지 모를 일이다.

안 좋은 마음을 잊어버리자고 손을 놀린다.

사실 연춘 노인네 생일 잔치는 좀 우습게 발단이 되었다. 천성적으로 부지런하여 놀 바에야 차라리 마시자는 버릇 단단히 든 이 마을 청년회원들이 또 공무(公務) 삼아 소주병을 까고 있을 때 마침 지나다 들렀던 임씨가 그 시작이었다. 엄밀히 말하자면 별 할 말 없으나 늘 무슨 말인가를 하는 임씨가 후배들에게 에헴, 한소리 읊조림이 시초였고 덩달아 반 농담조로 맞장구를 쳐준 게 발단이라고 한다.

"한 살이래도 젊은 것들이 말이여 일할 생각은 안 하구 이렇게 앉아서 마시고만 있으면 동네 꼴 좋겠다."

"성님두, 이렇게 치운 날 소주 한잔하는 것두 가만 생각해보믄 일하는 거랑 진배없는 거 아뉴? 한잔 잡수구 싶다믄 그냥 달라고 하슈."

"야, 무슨 까닭으로 느이들이 술 마시는 게 일하는 거랑 진배없냐?"

"말 그대루 우리가 시내 나가서 마신다고 해보슈. 그게 다 돈 나가는 거 아뇨. 이렇게 검소하게 막소주에다가 돼지찌개 두고 먹는 게 그러니께 일하는 거나 진배없는 것이쥬."

"말은 잘헌다. 이놈들아, 말 잘한다고 술병 수대로 공수 달아준다니?"

"그럼 뭘 하란 말유?"

"일만 일이다니? 이렇게 한가할 띠는 그 동안 못 찾아가뵌 으른들 찾아뵙고 말이여, 동네 발전에 이바지할 바를 한 말씀씩 듣고 말이여."

임씨도 버릇대로 한소리 하기는 해야겠어 말은 꺼냈지만 저 자신도 간밤에 화투판에서 밤을 낮으로 바꾸었고 해 떠서는 잃어버린 밤을 되찾아 늘어지게 방을 데우고 일어나 비닐하우스 밭에 들렀다가 들어오는 길이었으니 누가 보면 일로 해를 저물린 모습이지만 스스로는 찔리는 곳이 깊어 말에 힘이 없었다.

"참나, 성님두. 누구를 찾아보란 말이유?"

"집집마다 계시는 으른들은 다 성님네나 우리네 어른들이고 저기 북촌 할머니는 바심하고 나서 우리 청년회에서 보일러 기름하고 쌀하고 채워느놨잖어요."

꺼내놓은 말의 뒤를 채워야 되겠는 임씨는 순간 엊저녁 화투판에서 우연히 들었던 것을 생각해냈고 그걸 만만하고 마땅한 거리로 잡아 어른 공경 건으로 내용을 삼았다.

"연춘 노인 계시잖여."

"연춘 노인?"

"아, 저기 교회 옆이?"

"그려 임마."

"그 어른 연세가 얼만디?"

"야, 내일이 그 어르신 백 년 꽉 채우신 날이란다."

"그 분이 백 살이 되셨어?"

"그럼 뭐지? 미수(米壽)인가?"

"이 무식한 놈아. 미수는 팔땡, 여든여덟이고."

"그럼 뭐유?"

"아흔아홉은 일백 백에서 한 획 뺀 흰 백자 써서 백수(白壽)라고 하는 겨. 그 어르신 작년에 잔치도 안하고 넘어갔다드라."

"그럼 백 살은 뭐라고 허는 규?"

"없어 임마. 그냥 백 살이여."

"하여튼 동네에서 챙겨줘야 할 일이네. 그렇지 않어?"

동네 한쪽에 오래 묵은 노인이 있는데 그 사람을 불러 연춘 노인이라고 했다. 인근 연춘리 출신으로 이 마을로 들어온 지는 근 십여 년 되었으나 들어오자마자 자리보전을 한데다 손자네가 모시긴 하되 산 너머 노시에서 조그마한 장사를 하는 관계로 큰 연줄 없이 소소하게 지내오던 중이었다. 하여 생활보호자로 혼자 사는 북촌 할머니는 늘 청년회 사람이 드나드는 덕에 뭐가 떨어졌는지 금방 알 수 있지만 연춘 노인은 보호자가 있다는 관계로 간밤에 굶고 잤는지 아침에 벽지를 못 쓰게 만들었는지 통 모르고 지내온 것이다.
　일이 우습게 되어, 또 심심하던 차에 좋은 일 하나 한다는 셈으로 졸지에 노인네 백 세 기념잔치를 해주기로 했는데 이유는 말했듯이 임씨의 가벼운 입 탓이었고 아주 바쁜 시절은 아닌데다 나아가 술 탓이기도 했지만 아직도 엄연히 남아 있는 노인 공경의 정서가 가장 큰 까닭이었다.
　그 동안 무슨 건수 하나만 생기면 마을 회관에서 지지고 볶고 하여 술 따라 마시며 한바탕 노는 것은 흔한 풍경이었다. 누구네가 저쪽 동네에서 이사왔다고 한턱내고 부녀회장 아들이 모모 대학교에 합격했다고 해서 또 마시고, 그렇게 묵어온 버릇이니 동네 최고령자 어르신 생일 모시는 잔치라고 해서 뭐 별다를 것은 없었다.
　여느 때와 같이 찌고 삶고 무쳐 상은 차리되 그 상을 노인네 방으로 옮겨 층층이 순서대로 절 한 번씩 하고 풍물 한번 두드려대면 될 것 아니겠는가. (지난해부터 강사 불러다가 배운 풍물패가 상조회 부녀회 청년회 회원들이다.) 이장 찾아가 방송 연거푸 두

번 날리고 앉아서 술 먹던 청년회 회원들이 이 집 저 집 사발통문을 돌리자 모일 사람들은 쉬 모여들었다.

전화 받고 시내에서 달려온 노인네 손자 내외가 아이고 이것 참, 허 이런 경우가 참, 하며 숫기 부족하게 사람들을 맞이했다.

잔치는 바야흐로 일사천리로 진행되었다. 안방에 상 차리고 장롱 위에 누운 채 빛 볼 날만 기다리고 있는 병풍 들어내 먼지 털어 편 다음 이래저래 연락 닿아 찾아오거나 끌려온 이들이 차례대로 연춘 노인 앞에 나가 술 따르고 절을 했다. 무슨 영문인지도 모르고 노인은 마냥 헐헐댔는데 한 십 년 웃음을 모아놓은 모양이었다.

집 사랑채와 건넌방에서는 술판이 벌어졌고 마당에서는 풍물패들이 자진모리 하나로 뺑뺑이를 돌았다. 좋은 일이랍시고 누가 연락을 했는지 면장 얼굴도 잠깐 보였다. 대접하는 김에 구색 맞출 것은 다 맞추자고 하여 황금다방 정 마담에게 커피도 시켰다. 이장, 새마을지도자, 부녀회장, 상조회장, 청년회장, 조기축구회장 등 간판 하나씩 단 이들이 그 집 손자며느리가 어떻게 찾았는지 잔치에 걸맞게 한복도 한 벌 입혀놓은 노인네 주변을 포진하고 뒤이어 황금다방 정 마담이 들어섰다.

"정 마담, 얼른 어르신께 커피 한 잔 잘 따라올려봐."

"영감님, 커피 어떻게 타드려요?"

연춘 노인은 그러나 무슨 말인지 잘 알아듣지 못하고 그저 붉고 하얀 얼굴이 예뻐 그것 보는 것만으로도 흐뭇해 못 견딜 얼굴이었다.

"그냥 모두 양촌리 스타일로 통일."

사내들 사이에 마담 자리잡는 것을 바라보던 춘희는 몸을 일으켰다. 바라보고 있기도 민망한데다 아이들 올 시간도 됐고 슈퍼도 들러야 했다. 밖으로 나오는데 남편이 요즘 한참 맛이 든 모과주 솜 가져오라고 일렀다.
　사내들이란 일이 없으면 너무 심심해하는 종류들이라는 것을 잘 알지만 이번 일은 처음에 듣기로는 좀 엉뚱했다. 그러나 조금 지나보니 잘한 일인 듯하다. 잔치 서두르는 남편을 탐탁지 않게 생각한 것은 내일부터 하우스에 오이 접목 일이 줄창 기다리고 있기에 일을 앞둔 사람으로서의 부담감 때문에 그랬던 것이다.
　그게 무슨 소 잡고 돼지 잡을 큰 잔치도 아닌데다 구둣발 심심하던 차에 상추밭에 똥 싼 개가 지나가는 셈으로 재미 삼을 일인데다 어차피 품앗이 확인하러 집집마다 돌 바에야 한 군데서 다 만나면 말 이르기도 수월하다는 나름의 계산도 있었다.
　아닌게 아니라 이리저리 모인 패들이 노상 모이는 청년회나 계원들이었고 안사람들이 모두 오이 접목 품앗이꾼들이었다. 이미 잡아놓은 날짜이기도 해서 달리 재삼 이를 것도 없는 게 먼저들
　"오늘 저녁 한상 잘 먹고 내일은 접목해보세."
해왔던 것이다. 남편은 오후 내내 하우스 보일러를 손질하고 기름새로 부어놓았으니 더 할 일도 없었다.
　춘희네는 논농사 외에 오이하우스를 한다. 보름 전에 오이씨와 호박씨를 모판에 심어 발아를 시켰다. 이번에도 발아율이 95퍼센트 정도 됐다. 떡잎이 자란 오이와 호박 접목시켜줄 날이 내일이다. 호박 본잎 두 개 중 하나는 잘라내고 세로로 자른 오이 몸통을 호박 줄기 속에 심어 접목집게로 묶는 일이다. 하루 종일 허리 아

프고 다리 저릴 것이다.

하지만 이게 벼농사보다 훨씬 재미가 난다. 호박 뿌리에 오이가지를 붙여놓으면, 어울릴 것 같지 않은 두 종류가 합쳐 한몸이 되면, 참으로 장하게 넝쿨이 늘어나 석 달 열흘 넘게 주렁주렁 열매가 매달리는 것이다. 그걸 따고 있으면 마음 뿌듯하고 살갑다. 간지러워지기도 한다. 더군다나 곧바로 현금이 된다.

동태를 찬물에 담그고 닭고기는 신선실에 두고 내친김에 냉동고 속의 삼겹살 덩어리도 확인한다. 내일 식사거리로 쓸 것이다. 늘 하던 대로 새참은 빵이나 국수로 하고 점심때는 동태찌개와 닭도리탕, 저녁에는 삼겹살과 된장찌개로 할 생각이다.

아이들 밥 얼른 차려놓고 모과주를 닷 되들이 주전자에 가득 부어 일어난다.

잔칫집 분위기가 영 이상하다. 그러고 보니 풍물 소리가 진작부터 들리지 않았다. 사립을 들어서자 웅성웅성 시끄럽다. 술좌석의 재미있던 풍경은 사라지고 없다. 사람들은 안방 주위에 몰려 있고 차보시기를 든 정 마담은 잔뜩 처바른 화장을 유별나게 떨어대며 아예 감나무 옆 담벼락 옆에 서 있다. 일부러 눈길을 주지 않고 지나친 춘희는 안방에서 나오는 마을 청년 하나를 붙잡는다.

"뭔 일이여?"

"난리 났슈."

"무슨 일인데?"

"어르신이 경련을 했대요."

"왜?"

"모르쥬."

안방을 넘겨다보았자 남자들로 동그랗게 한 꺼풀 싸여 있어 뵈지도 않는다. 자세들로 보아 노인은 누워 있는 것 같다. 남아 있던 계꾼들이라 해도 마땅히 대답할 게 없어했다. 술 한잔 받아 자시고 잘 노시다가 갑자기 기함을 해서 그냥 뒤로 자빠지며 뻣뻣하게 굳어버렸다고 하데. 서늘한 기운이 춘희의 가슴에 획 지나간다.

요란한 경보음이 가까워오더니 119구급대가 도착한다. 파출소이 소장하고 김 순경도 온다.

"세상에, 이게 무슨 일이람."
"어쩜 좋아. 우리는 어떡해야 돼?"

쏜살같다? 그렇구나, 참으로 쏜살같은 것이구나. 춘희는 멍해졌다. 연춘 노인이 쏜살처럼 죽어버린 것이다. 급박한 정신적 충격으로 인한 심장마비. 무거운 바람이 아무렇게나 서 있는 사람들 사이로 흘러갔다. 곡소리가 가느다랗게 나기 시작한다. 충동적으로 이 잔치를 주선한 청년회 남자들은 충격을 받아 망연자실한 표정이었고 정 마담은 강도가 더했다.

백 세 잔치를 차려주니 그 자리에서 돌아가셨다? 가만있자, 그렇다면 잔치를 안 벌였다면 돌아가시지 않았을 것 아닌가, 그럼 어떻게 되나, 우리가 사람을 죽게 한 것이란 말인가, 가만있어라, 그게, 그 소리잖어? 우리가 저 어르신을 죽인 것 아니여? 그 표정들이다. 사연을 들어 대충 짐작한 이 소장이 돌아다니며 증언들을 확보하기 시작한다. 그렇다고 여러 명에게 따로 물어볼 것은 없다. 대답은 한 가지로 뻔했다.

다만 한 사람. 정 마담만이 좀 유난히 떨어댔고 그게 어떤 면에서는 가장 강한 혐의가 있음을 보여주는 꼴이 되기도 했다.
누군가 노인네의 사망 동기를 나름대로 정리해본답시고
"어르신이 정 마담 손을 잡고 너무 좋아하시다가 그냥 갑자기 눈이 돌아가고 몸이 뻣뻣하게 굳어버리든만요."
하자 정 마담이 발끈 나섰다.
"아니, 박 사장님. 그럼 내가 저 할아버지를 죽게 했단 말이에요, 무슨 말이에요?"
"누가 그랬대? 내가 보기에는 어르신이 모처럼 사람들이 찾아와 잔치를 벌여주어서 놀라신데다가 정 마담이 하도 살갑게 굴어서 그냥 좀 흥분을 하셔가지고는……."
"내 참 기가 막혀서. 아니 그러라고 부른 것 아니에요? 누구는 천이백원짜리 커피 한 잔 팔려고 말이야, 내키지도 않는 자리에 오고 싶나?"
"왜 이리 목소리를 높이는 겨. 뭐 어쨌다고."
둘은 말이 그저 나오니 한다는 식으로 떠벌리다가 마땅한 것 없던 차에 너 잘 걸렸다는 듯 슬슬 감정이 상해가는 모습이다.
"아니 말이야 바른 말이지. 뜬금없이 잔칫상 차려서 정신적 충격을 준 사람은 누군데 그래요? 이 소장님. 내가 와서 보니까 이미 저 할아버지가 놀라고 흥분을 하셔가지고 도대체 뭘 어떻게 해야 좋으실지를 모르고 있더라구요."
그리고는 슬쩍 그 집 식구들에게로 눈길이 한번 갔다 온 다음 뒷말을 달았다.
"이미 밑을 보셨드라구요."

그 즈음에서 사람들이 말린다. 정 마담은 행여 자신에게 무슨 혐의가 올 거라고 생각하는지 연신 주변의 사람을 붙잡고 뭐라고 변명을 하고 있다.

세상에. 멀고 복잡하고 크고 무거운 그 죽음이라는 것이 이처럼 쉽게 오다니. 이토록 우습게 죽음이 만들어져버리다니. 삶과 죽음이 이렇게도 얼토당토않게 갈리다니. 참으로 별일이다 싶어 춘희는 얼떨떨하다.

노인은 분명 살아 있었다. 웃고 손발을 떨고 침을 흘렸다. 그러다가 상 하나 받고 죽어버린 것이다. 죽음은 어디에서 왔나. 잔칫상에서 왔나, 축하 인사하러 온 사람들한테서 왔나, 정 마담 커피에서 왔나. 설마, 그건 아닐 것이다. 그럼 어디에서 왔나…… 어디서 오기는. 어머니처럼 몸 속에서 왔겠지.

이 손 좀 봐, 엄마, 살이 너무 빠졌어, 살이 다 어디로 갔어? 어디로 갔겠니, 다시 몸 속으로 들어가버린 것이지. 어디로? 저 속으로. 바람처럼 날아가버린 것 같아. 그렇게 생각하면 너무 허전해져, 다시 저 속으로 들어간 거야, 살이 들어가고 대신 죽음이 나왔단다. 엄마, 그런 말 하지마. 춘희야, 사람이 죽고 사는 것이 다 이 몸 속에 들어 있단다. 사람이 비누랑 똑같어.

축수해주자고 입을 모았던 마을 장년들이나 부인들이 마치 소가 없이 일 벌인 꼴이 되어버린 셈이다. 어쨌든 마을에 큰 일이 하나 더 생겼다. 소식 듣고 온 막내아들(막내아들이라고 해도 환갑 넘은 노인이다)네 식구들이 와르르 달려들어 잘했니 잘못했니 한바탕 따지다가 일을 주도했던 남자들과 정 마담과 함께 묶여 파출소를 다녀왔다. 손자네가 말리고 또 사정이 이러저러해서 조서는 간단하게 처리되었지만 어쨌든 원인제공을 했던 것은 있어 도의적 책임을 져야 할 판이었다.

백 세 축하 잔칫집은 몇 시간 안 되어 초상집으로 바뀌었다. 염 잘하는 노인을 부르고 천막을 치고 등을 내걸고 화환을 주문하고 또 누구와 누구는 누구 차를 타고 나가서 다시 장을 보아오고 뭐가 있어야 한다, 뭐가 없다, 한바탕 난리를 치른 다음 병풍을 뒤집어 잉어나 참새 그림은 벽으로 보내고 먹물 남은 김에 몇 자 더 흘려보자게끔 써놓은 글자를 사람들 쪽으로 돌려 펴는 것으로 초상 준비는 가닥이 잡혔다.

춘희는 몸을 바삐 움직이며 일을 하는 와중에도 이상하게 힘이 빠져나갔다. 이게 꼭 저 자신과 연결된 일 같다. 그래서 일부러 남편도 주변의 부추김을 당해 좋은 일 한다고 따랐을 뿐이고 저 자신도 처음에는 마뜩찮아했음을 생각해냈지만 그 찝찝한 느낌이 가시질 않았다.

상황이 상황이라 누구 하나 쉽게 집으로 가지 못하고 착실히 자리를 지키며 일했다. 쓸쓸한 집안의 급작스러운 초상이라 문상객이 많지 않다. 사건의 발단이랄 수 있는 임씨만 쭈뼛쭈뼛 눈치를 보다가 앞서서 화투판을 벌이기 시작했다. 그러니 흔한 게 입방아들이었다. 처음에는 이 돌발적인 사태에 정신이 없었고 또 노인을 돌아가시게 한 데 한몫했다는 죄책감도 있어 얌전했지만 시간이 지나자 백 세 기념 생신상 받고 돌아가신 게 천복이라는 말도 나오고 좀 심하다 싶게, 아 솔직히 말해보면 이 집 식구들 대놓고는 못 해도 우리들한테 고맙다고 해야 할 것 아닌감? 도 나와 옆에 앉은 언니급들에게 말이면 다 말인 줄 알어? 허벅지 한 대씩 얻어맞기도 했다.

추운 밤 별이 송송 떴다. 남편은 그 사이 집엘 다녀와서 아이들 밥 먹고 텔레비전 보고 있더라고 이르더니 끄는 대로 억지로 화투판으로 잡혀간다. 춘희는 그쪽 걱정은 하지 않는다. 남편은 성실한 사람들의 특징을 그대로 가지고 있어 노름을 즐기지 않는다. 다만 오늘 새로 손본 하우스 보일러 좀 한번 더 둘러보고 왔느냐는 걸 못 물어본 게 잠시 걸릴 뿐이다.

눈치 빠른 몇만 슬쩍 사라져버리자 아낙들이 차지하고 앉은 부엌 옆 아랫방엔 내일 접목할 계꾼들만 오롯이 남았다. 누구 하나 선뜻 그만 가자는 소리를 못 한다. 그래도 초상집이라고 하나둘 찾아오기도 하고 날 새울 작정인 사내들도 있어 음식이나 술 시중이 기다리는데다가 워낙 갑작스런 초상이라 사람 준비가 안 된 탓에 그들마저 가버리면 일의 축이 무너질 판이기도 했다.

춘희는 찜찜한 기분을 달래려고 그때까지 다소곳이 제자리를 지키고 있는 모과주 주전자를 들어 한 잔씩 돌리고 저도 마신다. 이런 밤을 보내고 내일 일이 잘 될까 모르겠다. 꼬인다. 무겁다.

"이게 그때 담겄다는 그거야?"

"잘 우러났네. 색깔 좀 봐. 이쁘다."

"캬압. 한 잔 더 줘봐."

"꼴깍. 헵. 돌아가신 냥반은 냥반이고 아, 좋다."

"이런 초상이 어디에 또 있어."

"살다보니 별 초상 다 치러보네."
"나중에 상주한테 술 한잔 얻어먹어야 안 되겠어?"
"들어."
"우리, 집에 가는 거야 못 가는 거야?"
"글쎄, 어떡하지."
"술이나 마셔."

몇 시간 동안 정신없었던 관계로 다들 비로소 나른해한다. 하지만 춘희는 술기운이 기분 좋게 몸 속으로 퍼져들어갈 만도 하지만 영 풀어지지 못한다. 천막 친 곳에서 남자들 떠드는 소리가 아슴하게 들린다. 무엇 때문일까. 연춘 노인 때문인가. 그런 것 같기도 하고 아닌 것 같기도 하다. 차 한 대 가까이 온다. 일 때문인가. 그런 것 같기도 하고 아닌 것 같기도 하다. 작업 계획에 차질이 생겼지만 그렇더라도 계꾼들의 의리로 보면 분명 책임지고 해줄 것이다. 몇 해째 해온 품앗이다. 그렇지만 다들 피곤해할 텐데. 미안함 때문인가? 아이고 아이고, 곡소리가 난다. 어머니 때문인가. 새삼 돌아가신 어머니가 생각나서인가. 그런 것 같기도 하고 아닌 것 같기도 하다. 형수님, 여기 상 좀 봐줘요. 알었어, 아이고 일없어, 내가 나갈 테니까 그냥 앉어들 있어.

"지호야, 지호야."
"왜 그래?"
"얼른 나와봐, 저기요, 이리 좀 나와봐요들."
"왜 그래요?"
멀리 천막 쪽에서도 사내들이 반응을 한다.

"지호네 하우스 쪽에 불난 것 같어."
"뭐?"
춘희는 술잔을 내던지다시피 하고 밖으로 뛰쳐나간다.
"저기 봐."
논과 밭이 착착 자리잡은 곳을 지나 개울 건너 산날맹이 돌아가는 곳에서 번쩍번쩍 불길이 솟고 연기가 피어오르고 있다. 위치로 보아 영락없이 오이하우스 있는 곳이다.
"엄마야, 여보, 지호 아빠."
불려나온 남편은 눈이 휘둥그레지더니 뒤 볼 것 없이 차로 뛰어간다. 춘희도 뛴다.
세상에. 이럴 수는 없다. 이게 무슨 변괴란 말인가. 날 밝으면 육천 주 접목하기로 한 육백 평짜리 비닐하우스 한쪽에 불이 붙어 있다. 보일러 있는 곳이다. 비닐은 불타고 보온덮개는 연기를 뿜어댄다. 어떡해. 남편은 보일러 쪽으로 뛴다. 뒤이어 도착한 트럭 짐칸에서 사람들이 쏟아져내린다. 초상집에 있던 계꾼들이 다 몰려온 것이다. 그새 어떻게 찾았는지 삽이나 쇠스랑을 각단지게 하나씩 움켜쥐고 있다. 그것마저 없는 이는 산으로 쫓아올라가 청솔가지를 큼직하게 꺾어온다. 앞뒤 볼 것 없이 달려들어 흙을 끼얹고 보온 덮개를 끌어내린다. 개 패듯 두드려 불을 잡는다. 모두들 마을 소방대원들이기도 해서 이 정도 불 끄는 데는 이력이 나 있다. 아무 일 없이 발만 동동 구르면 되는 이는 춘희이다.
뿌리고 끼얹고 끌어내려 덮고 해서 그리 오래지 않아 불은 꺼졌다. 밤하늘 아래 찌그러져 한쪽이 툭 터져 있는 하우스 꼴이 휑하다. 보일러 쪽에서 남편이 시커먼 검댕을 묻히고 나타난다. 춘희가 다가간다.

"당신, 괜찮아?"

"보일러가 안 터져서 다행이야. 조금 늦었으면 큰일날 뻔했어. 당신은 괜찮아?"

보일러 과열로 불이 난 듯한데 원인은 알 수가 없다. 누가 불을 지르지 않았다면 보일러 불똥이 튀었다고밖에 내릴 결론이 없다. 연기 자욱한 밭 가운데서 춘희는 막막하다. 불이 났다는 사실부터가 기분이 나쁘고 또 작업에 차질이 생길 게 뻔하다. 고치는 데도 돈이 든다. 연춘 노인네 잔치만 안 했어도 이러지는 않았을 것 아닌가.

불을 잡은 일행은 다시 달려들어 오늘 경운기로 옮겨놓은 묘목을 근처에 있는 친구네(춘희네 다음번으로 접목 계획이 잡혀 있는 곳이다) 하우스로 옮긴다. 춘희도 달려든다. 한 천오백 주쯤 불기운에 상해 있다. 한참 만에 일이 끝나 사람들은 비로소 허리를 편다. 춘희는 늦겨울 밤에 땀방울을 흘리고 있는 일행에게 그제야 눈이 간다. 고맙기 그지없다.

"우리 때문에 정말 고생들 했네."

춘희는 한숨을 내쉰다. 꼭 연춘 노인이 하늘에서 내려다보고 있는 듯하다. 엄마. 계꾼들이 위로 차원으로 춘희 옆으로 모여든다.

"고생은 무슨."

"에이, 하우스 불 한두 번 나나?"

"속상해하지 마. 이런 것쯤이야."

춘희는 동료 여인네들에게 허 참, 억지로 웃어준다. 사내들도 다가와 남편보다는 춘희를 위로한다.

"낼 비니루하고 보온덮개 사다가 덮으면 바로 고쳐지잖어요? 얼마 안 들겠는데 뭐. 묘목이야 우리네들한테도 남어도니까 그건 걱정 없고."

"그래 지호야. 속상해하지 마. 이건 불도 아니잖어."

그러다 일이 좀 엉뚱하게 변한다.

"아, 불나면 재수 있다잖어."

"맞어. 부자 되는 겨."

"누구네지? 작년에 불난 뒤로 장사가 아주 잘된 집."

"그래. 저기 산골집 식당."

"인자 지호네 부자 될 거여."

"부자 되면 단단히 한턱 내야 써."

"재수 땡기기로 치자면 손해 별로 없이 마침맞게 난 겨."

"혹시 알어, 올해 지호네 오이 이따만하게 탱탱 불은 것이 열릴지?"

"아이고, 그러다가 발랑 까져서 열릴라."

깔깔 호호. 갑자기 웃음이 터진다. 슬슬 기분이 풀린다.

"그건 그렇고 저기 다시 가야 하나?"

"……"

"이렇게 된 거 우리 노래방이나 가자."

"좋다 가자, 노래방이나 가자. 원래 이런 날은 놀아야 돼."

"가자, 가서 한잔 더 하고 놀아버리자."

여자들은 춘희 손을, 남자들은 남편 손을 잡아끈다. 급작스러운 변화에 둘은 서로 얼굴만 바라본다. 그러다가 남편이 먼저 다가와 귓속말을 한다.

"괜찮아. 하루면 보수 다 하니까 내일 고치고 모레 접목하면 돼."
 "……."
 "나 돈 땄어."
 그건 거짓말이라는 걸 춘희는 안다. 딸 위인이 못 된다. 하지만 마음이 순식간에 녹녹해진다. 정말 한순간이다. 어두운 기분이 말짱 걷힌다. 쏜살같다는 생각이 든다. 이번에는 어머니가 내려다보고 있는 듯하다.
 "좋다, 가자. 얼른 갑시다."
 짐칸에 사람들 태운 트럭 두 대가 오던 길을 버리고 사거리 또 왔다 노래방으로 향한다.

세상의 끝으로 간 사람

배낭에서 칼을 꺼냈다.
칼은 어둠 속에서 여인의 울음소리처럼 가늘고 날카로운 기운을 내뿜었다.
그는 잠시 이 무서움에서 벗어나는 한 방법으로 칼끝을 안으로 돌려
자신의 심장을 찌르는 것을 머릿속에 그렸다.
날카로운 칼끝이 심장을 파고들고 피가 분수처럼 솟구치며
단말마의 비명 소리 하나 생기고 갈증이 솟고 졸음이 오다가 모든 게 끝나는 것.
어쩌면 그러기 위해, 그럴 만한 장소를 찾아왔는지도 몰랐다.

네가 걷고 있는 것은 길이 아니다.
그것은 너의 발걸음이다.
— 바짜야나

1. 밤

  밤이 다가오는 것을 바라만 보고 있는 사이에 주변은 어느새 컴컴해져버렸다. 빛은 스스로 죽음을 향해 치달렸고 얼마 있지 않아 빛의 반대되는 것들이 지배하는 시간이 되었다. 한번 떠나버린 것은 무어든 가속도가 붙었다. 붉고 노란색이던 바다는 순한 물색으로 서서히 바뀌었다가 그대로 어둠의 한 부분이 되어버렸다.
  한번 가기로 마음먹은 것들은 빨리도 가버리는군.
  사내는 중얼거렸다. 그는 그렇게 혼자서 중얼거렸는데 그게 자신에게 하는 소리인지 아니면 누군가 들어주기를 바라고 하는 것인지 스스로도 몰랐다. 어둠이 오기 전 해가 낮아지면서 서쪽 하늘에 노랗게 물을 들였는데, 갈매기도 한두 마리 천천히 날고 있어서 시간이 정지된 것 같았고, 그럼으로써 마침내 다다라야 할 곳에 도착한 듯도 해서 처연해졌는데, 짧은 순간의 기쁨과 긴 시간의 고통을 주는 무슨 환각제를 마주 대한 듯 오래지 않아 이처럼 어둠과 직면해버리고 만 것이다.

빨리도 가버려. 하지만 시간이 지나면 해는 다시 나오겠지. 다시 와. 다시 온다는 것은 참 좋은 것이야.

이번에도 대꾸를 해주는 이는 없었다.

밤이 왔어, 어둠이. 씨이발, 깜깜해져버렸단 말이야.

사내는 평생 동안 단 한 번도 이렇게 외따로 떨어진 상태에서 홀로 밤을 보낸 적이 없었다. 어릴 적부터 부모와 형제, 이웃과 친구들, 심지어는 군대에서조차도 동료 병사가, 그리고 결혼해서 지금까지 아내가 늘 곁에 있었다. 철썩. 파도가 쳤다.

어둠이 밀려오자 알 수 없는 그 무엇들이 주변에 가득한 듯했다. 허공을 돌아다니며 모색을 끝낸 그것들의 방문을 받게 될지도 몰랐다. 눈이나 손이나 그림자나 어떤 소리나 색깔의 모습으로 찾아올 모양이었다. 압력에 못 이겨 오그라지는 양철동이처럼 사내의 몸이 명치 깊숙한 곳을 향해 좁아들고 있었다.

그리고 어둠 속에서 기거하는 것들이 모여들기 시작했다. 동그란 머리에 꼬리가 달린 것, 모가지가 서너 발 되는 것, 내장이 바깥으로 비어져나온 것, 머리카락으로 몸뚱이를 친친 감은 것들이 어둠 속에서 탄생하여 파도를 타듯 주변에서 날아다니기 시작했다.

하지만 정작 보이는 것은 없었다. 그리고 그게 더 많은 것들이 주변으로 모이게끔 만들었다. 사내는 움직일 수 있는 기회를 놓쳐버린 거였다.

…….

 무섭다고 말하고 싶었으나 할 수 없었다. 말이란 아주 묘한 힘을 가지고 있어서 무섭다는 말을 내뱉으면 걷잡을 수 없이 공포의 소용돌이 속으로 빨려들 것 같았다. 입을 굳게 다물었으나 무서움이 바이올린 줄처럼 지나갔고 곧바로 온갖 종류의 더듬이가 껍질을 찢고 고개를 세워올렸다. 머리에서 돋아난 더듬이는 소리를 찾아 곤두서고 등에서 돋아난 더듬이는 물체의 모양을 감지하려 파르르 떨었으며 가슴에서 돋아난 더듬이는 색깔이나 빛을 따라가려고 팽팽해졌다. 그리고 어떤 더듬이는 다른 더듬이들의 흥분 상태를 바로잡으려 했으나 힘은 미약했다.
 뜨거운 쇳물 같은 것이 양미간에서부터 시작해서 동그랗게 퍼지다가 발끝에서 싯, 빠져나갔다. 동시에 세포들이 소스라치며 일어났다. 살갗에는 수없이 많은 무덤들이 생겨났다. 무서워 눈을 질끈 감으면 이번에는 뜨고 싶어서 참을 수가 없었다. 눈을 감으면 주변에 모여든 것들의 형체가 뚜렷이 보였고 눈을 뜨면 깊이를 알 수 없는, 무언가로 가득 차 있는 듯한 어둠이 가로막았다. 그는 급기야 부르르 떨면서 불에 덴 벌레처럼 몸을 뒤틀었다. 세상이란 사람 혼자서 견디기에는 너무 넓고 크고 무서운 거였다.
 배낭에서 칼을 꺼냈다. 칼은 어둠 속에서 여인의 울음소리처럼 가늘고 날카로운 기운을 내뿜었다. 그는 잠시 이 무서움에서 벗어나는 한 방법으로 칼끝을 안으로 돌려 자신의 심장을 찌르는 것을 머릿속에 그렸다. 날카로운 칼끝이 심장을 파고들고 피가 분수처럼 솟구치며 단말마의 비명 소리 하나 생기고 갈증이 솟고 졸음이 오다가 모든 게 끝나는 것. 어쩌면 그러기 위해, 그럴 만한 장소를 찾아왔는지도 몰랐다.

 칼을 휘둘렀다. 쉭. 허공 갈라지는 소리가 났다. 수평선 하나가 나타났다가 사라졌다. 그러자 서너 뼘의 공간이 그의 것이 되었다. 사내는 칼을 사기 잘했다고 생각했다. 멀고 먼 옛날 석 달 열흘 바위를 녹인 제련 끝에 쇠붙이 하나를 가슴에 품게 된 어떤 인물처럼 그는 한 뼘 칼에 육신을 의지하게 된 것이다. 하지만 칼 하나로 세상을 상대할 수 없듯 자신의 것으로 확보한 서너 뼘의 공간이란 게 너무 작기도 하거니와 그것 때문에 스스로 고립되기도 하는 것이라 화약이 폭발하듯 텐트 바깥으로 뛰쳐나왔다.

 그리고 가슴이 딱 막혔다. 무언가가 있을 것 같은, 비어 있는, 어두운 공간만이 가득했다. 어둠이 그를 내려다보고 있었고 그 무엇들은 그 속에서 꾸물거리고 있었다.

 덤벼.

 그는 악을 썼다. 소리가 너무 커서 자신이 더 움찔 놀랐다. 너무 크다는 것은 허황하기도 한 것이라 그 소리가 자신의 것이 아닌 듯했다. 그리고 어둠은 거대한 모습 그대로였다. 그는 고무공처럼 튀어올랐다.

 와보라니까. 죽이려면 죽여봐. 와서 니 마음대로 해봐.

 철썩. 파도가 쳤다.

 덤벼. 이 새끼들아.

 파다닥. 새 한 마리가 날아올랐다.

 상관없으니까 니 마음대로 해보라니까. 내 앞에 나타나봐.

 철썩. 다시 파도가 쳤다. 아무도 덤벼들지 않았다. 그는 자신이 어두움에 대해 어린아이처럼 떼를 쓰고 있는 듯해 부끄럽고 스스로에게 화가 났다. 모든 게 금속처럼 차가웠다.
 그 무엇들이 하나씩 눈앞에 나타난 듯했다. 아니 처음부터 그것들은 사내 옆에서 얼굴과 몸을 드러내고 있었는지도 몰랐다.
 넌 뭐야. 넌 누구고. 도대체 뭐야. 그렇게 가만히 있지 말고 차라리 이빨로 내 목을 물어뜯어버려. 손톱으로 내 눈을 쑤셔버리란 말야.
 어둠은 길었다. 세상의 절반은 어둠이라는 걸 사내는 모르고 있었다.

2. 길

 나흘 전 그는 아파트 문을 열고 나왔다.
 하루 종일 가만히 앉아 있던 뒤였다. 견디기 힘든 것은 오후의 시간이었다. 오전에는 시간이 잘 갔다. 이제야 소식을 들었다고 친구와 회사에서 차례대로 전화를 걸어왔다. 아파트 앞으로 과일 파는 트럭도 왔다. 내려가서 사과를 오천원어치 샀다. 사과는 그대로 냉장고로 들어갔고 자신이 왜 사과를 사왔는지를 생각해보다가 이유를 알 수가 없어 밥을 지었다. 전기 밥솥에서 밥이 뜸드는 동안은 아주 지루하고 배가 고파서 짜증이 났으나 막상 김치를 꺼내고 계란 프라이를 해서 밥을 먹으려 하다가 그대로 숟가락을 내려놓고 말았다.
 이것 봐. 백화점에서 경품에 당첨되어서 받아온 거야.
 아내는 비닐 봉투에서 광택 나는 프라이팬을 꺼냈다.

무슨 후라이팬이 그리 커. 쓸데없이.

쓸데가 왜 없어? 우리 쓰던 게 너무 작다 싶었는데 잘됐지. 호호. 어제 꿈에 아버지가 뵈더니.

장인 어른이?

응. 우리 딸 시집 잘못 가서 고생 많지? 하시며 어찌나 슬픈 표정을 지으시던지 꿈속에서 내가 다 눈물이 났다니까.

참 나. 장인어른 현몽이 고작 후라이팬이야?

말 함부로 하지 마. 경품 처음 타본 거야. 한번 타보고 싶었거든.

아내는 그것으로 요리하기를 즐겼다.

그는 계란 프라이 하나 오도카니 앉아 있는 팬을 들여다보다가 슬며시 손잡이를 잡았다. 불에 달구어진 온기가 마치 아내의 체온인 듯했다. 뱀이 알을 삼키듯 계란만 꿀떡 삼키고는 밥을 다시 솥 안에다 쏟았다. 빈 밥공기에 대여섯 개의 밥알과 서너 방울의 물 알갱이들이 남았다.

오후 두시가 지나면서 시간이 가지 않았다. 전화도 더이상 오지 않고 물건 팔러 오는 차도 없었다. 어린이 놀이터에서 아이들 떠드는 소리와 나가고 들어오는 차 엔진 소리만 간간이 들렸다. 두시 사십칠분 이십초에 베란다로 나가 화분에 물을 주었다. 다섯 개의 화분에 물을 주고 들어오니 두시 사십칠분 오십삼초였다. 설거지를 하고 방과 거실과 탁자, 심지어는 탁자 뒤 벽에 걸린 네모난 사진틀까지 꼼꼼이 닦았으나 고작 이십오 분밖에 지나지 않았다.

다시 소파에 앉았다. 그리고 계란을 먹고 나서 물을 마시지 않았다는 것을 생각해내곤 물병을 꺼냈다. 물은 상해 있었다. 언제

사왔는지 기억나지 않는 식혜 캔을 따서 마셨다.
　식혜 좀 해줄래?
　갑자기 웬 식혜?
　어제 식당에서 제대로 담근 것을 한 잔 얻어먹었는데 맛있더라고. 자꾸 생각이 나서.
　먹고 싶은 것도 많다. 나 자신 없는데.
　물어봐서 한번 담가봐.
　꼭 담가 먹어야 돼? 그냥 더 얻어먹거나 사먹으면 안 돼?
　집에서 한 게 먹고 싶다니까.
　알았어. 인상 쓰지 말고 얼른 출근해. 해볼게.
　빈 캔 하나가 달랑 테이블 위에 앉았다. 그는 그것을 휴지통에 넣었다가 다시 꺼내와서 담배를 피웠다. 재떨이가 도대체 어디로 갔을까. 왜 모든 것들은 여차하면 눈앞에서 사라져버리는 것인가. 담배연기는 테이블 위 허공에 아주 오래도록 머물렀다. 밖에서 아이들 떠드는 소리와 차 엔진 소리가 끊어질 듯 이어지고 있었다.
　다섯시 삼십분에 그는 바깥으로 나와 동네 시장으로 걸어갔다. 정육점과 갈치 파는 곳을 지나 우리분식으로 들어가 칼국수를 시켰다.
　왜 오늘은 혼자 왔어요?
　그는 칼국수에 양념을 잔뜩 넣고 먹었다. 몸이 독한 것에 대해 배고파하고 있었다. 계산을 하는데 주인 아주머니가 다시 말을 걸어왔다.
　일전에 새댁이 부탁한 고추씨 기름 갖다놨다고 일러줘요. 이따가라도 가지러 오라고.

고추씨 기름. 사내는 육개장이나 순두부를 먹을 때 그게 있어야 맛있어했다.

필요 없어요.

왜, 구했나? 우리 게 맛있다고 부탁하길래 일부러 우리 고향에 연락해서 가지고 온 건데.

죽었어요.

어머나.

죽어버렸으니 무슨 소용 있어요.

바깥으로 나왔다. 저기, 잠깐만요. 아주머니가 따라왔으나 그는 다시 걸었다. 시장을 벗어나고 카 센터와 식당 거리를 지났다. 가로수 무성한 거리와 육교와 빌딩을 지났다. 그러다가 야, 걷는 게 괜찮군, 걸어간다는 게 좋아, 중얼거렸다. 걷는 게 갑자기 좋아진 것이다. 꼭 책갈피에 숨겨놓은 돈을 여러 해 뒤에 우연히 발견한 것처럼 즐거워져서 계속 걸어가고 싶었다.

어떤 충동에 이끌려 레저용품 파는 가게로 들어가 등산용 칼을 샀다. 잘 고르셨습니다, 특수 합금에 열처리까지 완벽하게 한 겁니다 예, 곰 배때지나 멧돼지 모가지를 찔러도 푹 들어갑니다, 기스 하나 안 납니다. 칼 넣을 배낭과 간이용 텐트를 샀다. 한순간에 여행 떠나는 짐이 되어버렸다. 다시 걸었다. 다리가 아팠지만 무슨 퀴즈의 핵심을 찔러가는 것 같은 기분이 들었다. 걷다보니 밤 늦어 역에 도착했고 기차를 탔다. 한 밤은 기차 안 통로에 앉아 보내고 한 밤은 낯선 도시의 여관에서, 또 한 밤은 작은 읍의 여인숙에서 잤다.

습기를 찾는 벌레처럼 사내는 자꾸 바다 쪽으로 걸었다. 발에 물집이 생기고 먼지를 뒤집어쓴 운동화는 아주 오래 전에 산 것처럼 되어버린데다 머리카락은 바람에 부풀어올랐고 속옷은 땀에 절어 살갗에 지분거렸다. 하지만 마치 잊고 있었던 고향을 찾아가는 나그네처럼 피로하면 피로할수록, 자신도 모르게, 무언가에 덤벼들듯, 자꾸 걸었다. 여러 날 걷는 동안 그렇게 두어 꾸러미의 짐을 지고 걷는 게 그에게 부과된 어떤 임무처럼 느끼게 되었다.

 비빔밥을 사먹고 걸었고 물을 마시고 걸었고 담배를 피우고 나서 걸었고 잠자고 나서 걸었다. 그 동안 아무런 생각이 나지 않았다. 즐겁지도 괴롭지도 않았다. 회사에 출근하듯, 거래처 사람을 만나듯, 도보가 그에게는 하나의 일이, 업무가, 노동이 되었다. 머리는 정지되어 차가워지고 발은 끝없이 길을 만나 뜨거웠다.

 수도하는 사람들이 걷는 이유를 알겠어. 생각을 없애기 위해 걸었던 거야. 그들은 생각이 괴로웠던 거야. 맞아, 생각이라는 것은 마음속에서 기생하는 벌레 같은 것인지도 몰라.

 사내는 중얼거리며 직행버스 매표소와 중화반점과 잡화점과 시내버스 정류장과 집들과 산을 지났다. 경운기와 트럭이 먼지를 피우며 가까워지고 멀어졌다. 들판을 지나 다리 있는 곳에 다다르자 강이 나타났다. 그는 잠시 서서 내려다보다가 강을 따라 걸었다.

 물은 자꾸 아래로 흘러가는 것이고 그렇게 낮은 곳으로 가다보면 바다를 만나기 마련이어서 사내와 강은 행선지가 같았다. 무엇인가가 끌어당기거나 밀거나 둘 중 하나였다. 움직일 수만 있으면 계속 움직였다. 그는 다만 자신이 어딘가로 이동하고 있다는 것만 알 수 있었다. 생각보다 마음이 안온했는데 간혹 그게 두려웠다.

그리고 육지의 끝인 바다가 어느 순간 나타났다. 강물도 그곳에서 긴 생을 마감하며 스스로를 지웠다.

　사내는 바다가 마주 보이는 바위 끝에 서서 자신이 이곳에 온 이유를 생각했다. 그것은 아내 때문인 듯도 했고 시간 때문인 듯도 했고 저 자신 때문인 듯도 했지만 습기 때문이라고 결론지었다. 무언가에 젖고 싶었던 것이다. 육신이 메말라서 햇살에 바스러지려고 하면 어쨌든, 습기를 찾게 되는 것. 바다 쪽에서 물 알갱이 서넛이 굳어 있는 살갗으로 다가왔을 때 그는 갈증과 주림의 고장인 사막 한가운데서 반 홉의 물과 한 조각의 빵을 만난 것처럼 몸을 떨어댔다. 세계와 사람의 몸이 이어지는 통로란 이렇게 아주 작고 좁고 약한 것이었다.

　가느다란 선(線) 하나로 이 세상을 양분시켜놓고 있는 수평선과 오랜 시간 닳아 구멍이 층계처럼 만들어진 바위들. 잡목숲을 떠받치고 있는 깎아지른 절벽. 군데군데 물웅덩이가 있고 멀리 산을 따라 전봇대가 줄지어 가고 있는 곳에서 더이상 갈 곳이 없었다. 더이상 갈 곳이 없는 곳을 찾고 있는 중인지도 몰랐다.

　바다는 넓었고 넓고 큰 것은 별 움직임 없이 그냥 그대로 있었다. 일을 마친 기분이었으나 도무지 하루 일과를 마쳤을 때 찾아오는 뿌듯한 피곤은 생기지 않았다. 오후 내내 시간은 더디게 흘러갔고 그러다가 노을이 졌다. 바위에 부딪힌 파도가 하얗게 부서지며 후두두둑 떨어져내렸다. 함박눈 같았다.

3. 추억

밤새 해를 껴안고 있는 게 너무 고되어 바다는 신열에 들뜨기 시작했다. 물 속에서 불의 기운이 퍼져나왔다. 은밀한 잠의 끝이란 그렇게 얼굴에 홍조를 남기게 마련이기는 했다. 검푸른 수면 위로 붉은 기운이 납작 눌려진 회오리처럼 모아지고 퍼지고를 되풀이하기 시작했다.

사내는 텐트에서 기어나와 휴대용 가스레인지를 켰다. 만약 거울이 있다면, 추위와 무서움에 찌든 자신의 모습을 비쳐보는 순간 죽고 말겠구나, 생각했다. 추워서 몸이 달팽이처럼 동글게 말렸다. 바람은 없고 대신 지상의 기후란 원래가 몹시도 추운 거라는 생각이 불어왔다.

그렇지. 세상이란 참 추운 거야. 춥기 때문에 집을 짓고 옷을 만들고 사랑을 하고 결혼을 하고 하는 거야. 그리고 그것을 잃었을 때 다시 추워지는 거야. 내가 추운 것은 그것 때문이겠지.

그는 이빨을 부딪치며 불빛을 받아 노랗게 변해 있는 두 손을 바라보았다. 손으로 할 수 있는 게 없었다. 단지 몸에 필요한 열기를 주둥이처럼 그곳이 빨아들이고 있을 뿐이었다. 세상이란 추운 곳이고 사람의 몸이란 게 추위를 잘 타는 물건이었다. 늘 추위를 탔던 아내의 손은 가늘고 희었다.

예전의 그 무엇이 가늘고 희었다는 건 참으로 가슴 아린 것이구나.

사내는 또 중얼거렸다.

어렸을 때 보았던 소녀의 창백한 얼굴, 흰 꽃, 하얀 집, 흰 도화지, 흰 구름, 흰 눈, 흰 손, 가늘고 희었던 손. 희었던 것은 모두 사람을 슬프게 한다니까. 정말 내가 하얗게 되도록 춥군. 더럽게 추워, 선영아. 너는 안 춥니? 춥지 않아?

선영아, 생각나? 눈〔雪〕 말이야. 태어나서 가장 많은 눈을 봤던 날 말이야. 그래, 싸웠었지. 우린 어디 한 군데를 놀러 가더라도 그렇게 싸우고 나서야 가곤 했잖아. 싫다는 나를 붙들고 한 번만, 딱 한 번만 겨울산에를 가자고. 그래, 네가 이겼어. 그리고 네 말이 맞았어. 딱 한 번만 가게 되었으니.

함박눈이 며칠째 내려 산은 온통 하얀 눈으로 뒤덮였잖아? 길이 끊겨 사람이라곤 우리 둘뿐이었고. 저쪽 소나무들이 양쪽으로 벌어져 있는 가운데 하얀 길이 이쪽으로 미끄러져오고 있고 말이야. 그곳에 가서야 왜 가기 싫다고 고집을 부렸는가 후회했어. 가보면 기분이 달라질 거라고. 그래, 네가 그랬어. 그것도 네 말이 맞았어. 지금 나에게 단 하루만 선택해보라면 그날을 꼽겠어. 그 하얀 산. 우리들이 찍어놓은 발자국은 산 아래에서부터 시작해서 등성이와 고갯마루까지 이어졌고 말이야. 눈은 바위나 황토나 풀밭이나 나뭇가지 위에 온통 쌓여 있고.

선영아, 네 몸에도 눈이 하나 가득이다.

흰 눈. 흰 얼굴. 온통 흰 세상. 어디서 하얀색의 음악이라도 들리지 않았을까. 흰 눈으로 된 휘장이라도 둘려 있지 않았을까. 어디쯤이었나. 네가 갑자기 나를 밀었던 거 생각나?

잠깐만.

어디 가는 거야. 위험해.

잠깐이면 돼.

하늘에서는 눈이 다시 떨어져내렸고 너는 소나무숲 사이로 들어갔어. 내가 뒤따라갔던 것을 처음엔 몰랐지? 아, 흰 엉덩이. 어린아이 같은 모습. 어린아이. 너는 하나의 조각처럼, 어떤 위대한 존재가 과거로 되돌아가고 싶어서 순간 만들어놓은 그런 모습 같았어. 푸른 소나무와 흰 눈. 눈의 길. 일부러, 축복처럼 쏟아지던 눈. 선영아, 그곳 생각나지? 내가 죽었더라도 못 잊을 거야.

그걸 배경으로 너의 검은 머리는 땅을 향해 폭포처럼 쏟아져내렸고 어깨에 주황색 네모 단을 댄 감청색 파카는 아랫배에서 위로 말렸는데 너의 흰 엉덩이는 그곳에서 시작해서 동글 비죽하니 솟았다가 급한 곡선으로 마무리되고 있었어. 아, 선영아. 그 모습을 한번만 더 볼 수 있다면. 네 종아리를 감싸고 있는, 온통 운동화를 덮고 있는 청바지와 둥그런 엉덩이. 눈더미에 생긴 동그란 자국. 사람이 오줌 누는 장면이 이렇게 아름다울 수 있다니. 난 저 높은 곳에서 내리는 눈이나, 때가 되면 찾아오는 추운 겨울이나 이런 것들이 한꺼번에 무너지는 모습을 보았어. 글쎄, 선영이 네가 오줌 줄기 하나로 겨울과 통째로 서로 연결된 듯한 느낌이 들었다니까. 정말이지 눈덩이와 너의 몸이 무슨 말을 주고받는 듯했어. 사람의 몸에서 그토록 맑은 물이 나오다니.

일어서봐.

싫어, 언제 왔어?

얼른.

왜?

키스하고 싶어.

잠깐 옷 좀 입고.
　그냥 서.
　싫어. 시려워.
　부탁이야.
　우린 그 자리에서 입을 맞췄잖아? 바람에 차가워진 입술끼리. 너도 못 잊지? 그래 맞아. 우리가 영원히 잊지 못할 날이었어. 하하, 세상에. 눈 위에서 섹스라니. 네가 사준 바바리 코트가 이불이 되다니. 빨갛게 얼어붙은 엉덩이는 또 어떻고. 난 가장 행복한 날이었어. 선영아, 가장 행복한 섹스였어. 그날만큼은 누가 봐도 좋았어. 어때, 우리가 주인공이었는데.
　그런데 선영아. 너는 지금 어딨어? 춥지 않아? 난 이렇게 추운데, 넌 어때? 어디쯤에 있는 거야?

　그러다가 사내는 고개를 마구 저었다. 그걸 생각하고 있는 스스로가 너무 가련한데다 한심하기까지 했고, 그리고, 그리고 보면, 사내 속에는 여러 개의 사내들로 꽉 차 있어서 그 충만이 두려웠다. 끊임없이 또다른 스스로가 생겨났고 교체되었다. 회사를 나가는 자신과 바다 속으로 들어가려고 하는 자신과 아내를 그리워하는 자신과 바다를 무서워하는 자신들 중에 어느 것이 진정한 스스로인지 알 수 없었다. 그게 모두 자신이라면 왜 그것들은 한 색깔로 뒤섞이지 못하고 각자 따로 따로 나타나는지 또한 알 수 없었다.
　추위하는 것은 엉뚱하게도 다른 곳에 있었다. 바위나 나무가 모두 한치 불꽃을 향해 모여들고 있었다. 가스레인지를 가운데 두고 서로 뒤섞이며 밀어제치고 있었다.

　살아 있는 것은 모두가 추위를 타는 모양이군.

　그는 또 중얼거렸다.

　그러니 선영이는 춥지 않겠어.

　그리고 손잔등으로 눈자위를 쓸었을 때 눈물이 묻어나면서 바위와 나무들은 모두 제자리로 돌아갔다.

　바다는 마침내 해를 보내주었고 해가 점차 떠오르자 벌써부터 기다림이 시작되었는지 더욱더 붉게 일렁대기 시작했다. 해가 떠올라서 그는 절망했다. 하루가 다시 시작되고 있었다.

4. 불

　해가 높이 솟자 바다는 미련을 버리고 차분해져서 절삭시켜놓은 금속의 표면처럼 잘게 나누어진 물결마다 흰 빛을 반사하기 시작했다. 그래서 거대한 존재가 커다란 용기에 부어놓은 무슨 용액 같았고 비로소 세상의 물건들은 뚜렷한 제 모습을 되찾아놓고 있었다.

　총알에 몸을 관통당한 것처럼 물새는 허공의 한 지점에서 멈추었다가 순간 급강하로 떨어져내렸다. 각도가 너무 선명해 사내에게는 바깥에서 안쪽으로, 허용되지 않은 곳에서 허용된 곳으로, 떠난 곳에서 떠나온 곳으로 한 물건이, 어떤 존재가 급하게 스며드는 것처럼 보였다. 하늘과 바다. 그 상이한 두 세계가 아주 짧은 순간 하나의 통로로 연결되었다.

사내는 간밤의 무서움이 너무 낯설어졌다. 주변은 여전히 나무가 자라고 있고 바위가 침묵하고 있었다. 그러고 보면 무서움이란 눈(眼) 때문에 생기는 거였다. 보이지 않을 때의 두려움이었고 눈이란 끊임없이 무엇을 확인하고 싶어하는 것이었다.

그리고 연거푸 넘쳐나는 것은 시간(時間)이었다. 세상이란 원래 아주 많은 시간이 담겨져 있는 곳이란 것을 사내는 이곳에 와서 알게 되었다. 할 일은 없는데 보내야 할 하루의 시간은 몸을 삼천 발도 넘게 늘어뜨리고 그를 향해 주둥이를 벌리고 있었다.

그렇다고 돌아가거나 할 마음이 들지는 않았다. 아파트로 돌아가 아내가 떠나버리고 없는 빈자리와 함께 밥 먹고 청소하고 잠자고 할 자신이 없는데다 무언가가 자꾸 그를 이곳에 붙들어두려고 하는 듯싶기도 했지만 무엇보다도 덜 젖어 있기 때문이었다.

사내는 바닷가를 배회했다. 철썩. 파도 하나에 일점오 초씩 시간이 지나갔다.

너는 참 온건한 몸을 가지고 있구나. 머리부터 끝까지 아주 매끄럽고 깨끗해. 너는 참으로 품위 있는 죽음을 맞이하였구나.

사내는 죽어 있는 물고기를 발견해놓고 있었다.

비록 곧 썩어서 흉하게 되겠지만 너는 아주 단정한 몸으로 죽음을 만났어. 죽음은 너를 아주 깨끗하게 살아 있던 모습 그대로 받아들였겠구나. 육신을 그대로 가지고 죽음으로 들어간다는 것이, 예전에는 몰랐는데, 정말 고마운 거란다. 네가 부럽다.

물새는 안쪽의, 허용된, 떠나왔던 곳의 방문을 마치고 다시 허공으로 날아올랐다.

거래처를 돌고 와서 컴퓨터를 켜고 그날의 거래 목록을 정리하면서 새로 생긴 거래처 과장과 술 약속을 했다는 것을 기억하고는 막 전화를 하려는 차에 전화가 왔다. 그는 세상이 한순간에 사라지는 영화화면 같을 수도 있다는 것을 알게 됐다.

그러니까 그가 점심때 친구인 이 대리와 함께 삼계탕을 먹을 때 아내는 차를 몰고 나갔고 회사 휴게실에서 동료 직원들과 자판기 커피를 마실 때 친정으로 가는 지름길인 외곽도로에 들어섰고 오후 일과를 점검하고 나서면서 차를 쓰겠다고 고집을 부리던 아내가 떠올라 툴툴대며 지하철을 향할 때 신호대기가 풀렸으며 2호선에서 4호선으로 갈아탈 때 맞은편에서 과속으로 중앙선을 넘어오는 차를 발견하고는 순간 핸들을 틀었으며 손잡이를 잡았을 때 갓길 벽을 들이박았으며 혹시 남은 신문이 있나 두리번거릴 때 세 번 네 번 차도를 뒹굴었으며 신문을 포기하고 창 밖에 눈길을 주었을 때 죽어버린 것이다.

그리고 요행히 빈자리가 나서 앉았을 때 차 오일과 피가 한데 뒤섞여 도로를 적셨으며 거래회사에 들러 담당자와 새제품 샘플건을 상담하면서 피곤한데 얼른 마무리짓고 어디 사우나에나 좀 들러볼까, 궁리하고 있을 때 견인차가 왔고 악수를 하고 나왔을 때 경찰 백차가 도착했으며 사우나 가기를 포기하고 회사로 돌아오는 도중에 앰뷸런스가 도착했으며 회사에 도착했을 때 아내는 병원 영안실로 옮겨졌다.

아내는 냉동관 속에 들어가 있었고 여러 사람들이 그의 죽음을 증언하고 있었다. 피 묻은 아내의 핸드백과 신발과 옷가지 따위가 그의 손에 들어왔다. 아내는 조각나 죽은 것이다. 관은 죽음을 알려주고 있었지만 직접 확인하는 것을 가로막고 있었다.

아내는 화장을 했다.

불은 오래도록 타올랐다. 그는 동그란 유리창을 통해 타고 있는 아내를 바라보며 불이 마치 날개 같다고 생각했다. 어디로 날아갈까 저 불꽃들은. 어디로, 왜. 그는 울지 않았다. 도대체 모든 것을 현실로 받아들일 수가 없었다. 오래 묵은 종이 한 장 살라보낸 듯도 싶었다. 아무리 생각해보아도 사람이란 태워 없애는 그런 존재가 아니었다. 아침마다 물기 젖은 머리카락이, 웃고 말하고 찡그리고 기침하고 투정하고 울던 얼굴이, 가느다란 목이, 그가 사랑했고 또 귀찮아했던 가슴과 아랫배가, 두 다리가 그렇게 한줌 재가 된다는 것을 믿을 수 없었다. 아내는 잠시 보이지 않을 뿐, 어떤, 다분히 형식적인 의식(儀式) 하나를 치르기 위해 불을 붙인 것 같기도 했다.

어떡할 거야?

누군가 물었다.

글쎄, 모르겠어.

어쨌든 기운을 좀 추슬러야지?

어떡할까. 알면 좀 알려줘. 내가 뭘 어떡하면 되지?

장갑은 왜 자꾸 벗는 거야. 끼고 있어.

머릿속이 텅 비어 있는 것 같애. 그냥 노란 불꽃만 자꾸 보여.

정신 차려.

누가 좀 알려줘. 내가 어떡해야 되지?

우선 뿌려야지.

그, 그래. 그런데 어디다?

5. 바다

무거운 것은 허공이었다. 시간의 벽이 층층 쌓여 있는 허공이 천천히 돌아 깔때기처럼 변해 맨 밑바닥 꼭지점이 지상의 한 점, 사내에게 맞춰졌다. 허공의 날카로운 축이 정수리를 꿰뚫어 찢어진 물의 날처럼 만들려고 했다. 살점들이 허공 속으로 난파하려 했다. 땅이 밀쳐내 사내는 퉁겨나왔다.

허공의 축이 그를 따라 이동을 했다. 바위가 밀어냈고 반대편으로 서너 걸음 밀려나 소나무에 부딪혔다. 허공의 축이 그를 따라 이동했다. 소나무가 그를 밀쳤다. 허공의 축이 거듭 그를 따라 이동했다. 무거웠고 아팠다. 까악. 사내는 골이 부서지도록 비명을 질렀다. 잠시 허공의 축이 흔들렸다.

사내는 춤추기 시작했다. 이리저리 달렸다. 바위가, 소나무가 거듭 밀어냈고 그럴 때마다 몸이 팽그르르 돌았다. 팔을 휘두르고 어깨를 흔들며 허리를 비틀었다. 발바닥에서 피가 터졌다. 각지어 태어난 따개비가 핏물을 한 방울 받아 머금고는 입을 다물었다. 키햐악. 심장이 터지도록 비명을 질렀다. 하늘이 돌고 뼈와 살과 피가 한쪽으로 거듭 쏠렸다. 허공의 축이 흔들렸다. 바위를 타고 흐른 핏물이 바다로 떨어져 아메바처럼 몸을 늘렸다.

선영아.

사내는 아내를 불렀다. 허공 속에서 심장이 뛰는 소리가 들렸다. 아아, 선영아. 선영아. 미친 듯 뛰면서 옷을 벗었다. 심장 소리가 더욱 커지고 살갗이 찢겨져나갔다.
　사내는 울기 시작했다.
　제발, 한 번만 그녀를 내 앞에다 데려다줘. 세상에 이런 일이 있어? 단 한 시간만. 남은 내 삶을 모조리 퍼가도 좋아. 단 한 번만 만나게 해줘. 이렇게 모든 게 마무리될 수는 없어. 이런 식으로 끝이 날 수는 없는 거야. 말도 안 돼. 이건 누군가 꾸는 꿈이야. 내 이야기가 아니야.
　그가 부서지면서 그를 짓누르던 허공의 축도 금이 갔다.
　그렇게 지루했던 시간들은 모두 어디로 가버린 거야. 그 숱한 시간들, 모두 어디로 가버렸기에 나는 지금 이 시간에 서 있는 거야. 누구 없어? 누가 선영이를 단 일 초라도 내 앞에다 보내줘, 제발.
　금이 갔던 허공이 찢어지며 바다가 가까이 다가왔다.
　무엇 때문에? 물어볼 게 있어. 뭘 물어볼 건데. 여러 가지, 아니 딱 하나. 말해봐. 우리가 사랑하면서 살았냐? 우리는 행복했었나? 네가 알고 있지 않아? 모르겠어, 난, 그래서 선영이한테 물어보고 싶어, 결혼해서 살아온 시간들이 우리에게는 행복한 거였는지.
　바다는 일렁이면서 그를 휘감기 시작했다.
　무엇을 하고 살았지? 그냥 살았어, 달리 대답할 말이 없어, 그냥 살았어, 잘 모르겠어, 늘 선영이가 있었고, 그리고 나는 일 때문에 바빴어. 그건 대답이 되지 않아. 그애를 사랑했니? 글쎄, 그걸 잘 모르겠어, 싸움도 자주 하고 토라지기도 했지만 사랑해서 우린 결혼을 했어, 그리고 그다지 나쁘지 않게 살았어, 그게 잘못된 거야?

잘못된 것은 없어.
 사내는 휘감겨오는 바다 속으로 휘말려들었다.
 난 열심히 일을 했고 선영이는 나를 위해 여러 가지를 해주었어, 주말이면 선영이가 좋아하는 연극도 자주 보러 갔고, 원하는 만큼 자주 여행을 하지는 못했지만 난 늘 선영이가 즐거워하는 것을 생각하곤 했어, 결혼기념일이나 생일은 한 번도 빠지지 않고 꼭꼭 챙겨주었고 선영이도 몹시 즐거워했어, 그러니까 우린 평범한, 평범하게 사랑하는 부부였어. 알고 싶은 게 무엇인데?
 바다는 더욱 몸을 부풀려 그를 헤엄치게 했다.
 갑자기 선영이가 없어져버리고 나니까 그 모든 게 다 거짓말 같아, 우리가 만나서 사랑했던 것도, 싸우고 토라진 것도, 모두 오래된 동화책 속의 글자들 같아진 거야, 죽음도 믿어지지 않고 같이 살았던 것도 믿어지지 않아, 독한 꿈을 꾸었던 것 같기도 하고. 꿈이라고? 그래, 꿈, 그런데 이게 꿈이라면 난 원래 무엇이지? 도대체 무엇이관데 이런 혹독한 꿈을 꾸는 거지?
 사내는 바다 속에서 소용돌이 당했다.
 모두 현실이다, 꿈이 아니야. 그런가? 그렇지? 그러니까 같이 살다가 선영이가 죽어버린 게 실제인 거지? 그래. 그런데 왜 이렇게 비현실적이지? 넌 벌써 잊어버리려고 노력하고 있구나. 아니야, 그건, 이렇게 괴롭고 그리운데. 잊어버리려는 게 아니라면 넌 그애를 잘 모르고 있었다는 소리이지. 몰라? 내가 선영이를 몰라? 그렇다니까.
 바다는 거듭 소용돌이를 일으키며 파도를 키웠다.
 웃기지 마, 내가 선영이를 왜 몰라, 당연히 알고 있지. 정말 그애를 전부 알고 있다고 생각하니? 그렇다니까. 그애가 어떤 빛깔의 영혼을 가졌으며, 날마다 어떤 생각을 하고, 어떤 꿈을 키웠으며, 너와 관련된 것 중에 무엇을 참고 견뎠으며, 무엇을 희망으로 삼았으며, 너에게 어떤 원망이나 바람을 가지고 있었는지를 알고 있다는 말이니?

…….

그애 입 바깥으로 나온 것만 알았을 테지. 네가 확인하고 싶어 하는 이유는 바로 네가 그애를 잘 모르고 있었기 때문이야.

바다는 순간 일렁임을 멈추고 그를 바라보았다.

맞아, 선영이가 누구인지를 모르겠어, 난 모르고 살았어, 아는 게 없어, 어떡해야 되지? 무엇을 어떻게, 난, 난, 지금 부서지고 있어, 파손되어가고 있다고. 이곳은 네가 태어난 자궁, 그러기에 탄생을 얻은 곳에서 파괴되는 것.

……누군가요, 당신은. 바단가요? 어머닌가요? 선영이니?

해일이 밀려오듯 부서진 공간이 회복되며 순간 바다는 멀리 수평선으로 밀려났다.

몸 깊숙한 곳에서 어떤 기운이 습자지 만난 물처럼 젖어올라왔다. 몸의 세포들이 일제히 움직이기 시작하고 맥박이 빨라졌으며 피가 파도를 일으키며 흐르기 시작했다. 바위틈으로 파고들어 천년 움직이지 않는 소나무 뿌리처럼 질 깊숙한 곳으로 들어가, 알처럼 웅크리고 싶었다. 선영이가 있다면 그 안에서 잠자고 그 안에서 눈뜨며 그 안에서 호흡하고 싶었다. 점차 호흡이 가빠지며 달아올랐다. 성욕이었다.

그 흔했던 밤들 중 하나만 되풀이될 수 있다면, 기분이 상하여 등 돌리고 자던 숱한 밤 중 단 하루만 제공될 수 있다면, 조각나고 불 타버린 그 몸이 단 한 시간만 회복될 수 있다면, 자궁 속으로 들어가 잉태의 씨앗이 되어버릴 것을. 그 흰 눈의 세상에서 결합되었던 것처럼 단단하게 얼어붙었다가 같이 녹아 사라질 것을.

사내는 열에 들떠 몸을 뉘었다. 바지를 벗고 팬티도 벗었다. 그러나 성기는 발기되지 않았다. 손으로 만져도 발기되지 않았다. 그는 그 동안 한 번도 발기부전이나 임포텐츠에 빠진 적은 없었다. 그것은 발기되지 않는 상태에서의 성욕이었다.

배설하고자 하는 욕구가 아니었다. 성교를 원하는 건 성기가 아니라 몸이었다. 팔을 가슴에 얹었다. 그러자 가슴과 배 깊숙한 곳이 뜨거워지기 시작했다. 사내는 순간 자신이 여자가 되는 듯한 착각에 빠져들었다. 그리고 자신에게 생겨난 이 이상한 욕구가 섹스보다는 무엇인가를 잉태하고 싶은 욕구라는 것을 알아냈다. 그 텅 비어 있는 몸에 무언가를 키우고 채우고 싶었던 것이다.

그는 바위 위에 누워 다리를 벌렸다.

너를 잉태하자. 선영아. 들어와라. 너를 수태하도록 해다오.

바다 위에 눈(眼) 하나가 떠서 그를 바라보고 있었다.

목요일부터 토요일까지

걷는다. 이대로 집을 나가는 것이다. 간다, 고 다짐한다.
그러나 돈이 하나도 없다. 돈이 없으면 걸어서 가야 한다.
작년에도 대충 넘어갔지만 이렇게 비참한 생일은 처음이다.
백로가 사는 곳을 지나, 새들이 보기 싫어 더 멀리 걷는다. 방희는 다 울었을까?
좋아하는 오빠와 섹스를 했다니. 기환이가 보여준 사진이 생각난다.
그렇게까지 할 줄은 몰랐다. 깡패같이 굴기는 했지만.

목요일 아침

　이십 분 남았다. 물은 가스 불에 올려놓고 나왔기 때문에 들어가면 끓고 있을 것이고 삼 분 동안 삶고 오 분 동안 먹으면 시간은 딱 맞겠다. 그러나 도시락이 문제다. 저번처럼 외출증 안 끊고 살짝 나오면 되기는 하겠지만 집에 온들 어차피 없는 밥이 생길 리 없다. 아버지가 해놓고 나간다면 모를까. 아직도 잠에 빠져 있으니 오늘 일이나 제대로 나갈까 모르겠다. 돈을 달래서 빵이나 사 먹을까? 싫다. 그건 아무리 먹어도 밥 먹은 것 같지가 않다. 더군다나 아버지는 어제도 한순간에 다 잃은 눈치였다. 아버지는 그게 문제다. 너무 인내심이 없다. 방을 빌려주면 빌려주는 것으로 끝나고 말아야지 왜 자릿세 뜯은 것으로 덤벼들어 매번 홀랑 잃어버린단 말인가.

어제 아버지는 착실히 구문을 뜯었다. 아저씨들은 한판 돌 때마다 얼마씩 정해놓은 돈을 내놓았고 판이 오래되다보면 그게 적지 않은 돈이 되었다. 담배 같은 잔심부름은 경호가 했고 술이나 안주는 시켜먹었으니 아버지는 가만히 앉아서 돈만 받는, 그야말로 놀고 먹는 존재였다. 그렇게 몇만원 들어왔으면 나 같으면 꾹 쥐고 있겠다. 그 돈으로 아들 용돈도 좀 주고 쌀도 사놓겠다, 싶어 경호는 혀를 찼다. 아버지는 아무래도 결단력이 약하다. 막판에 그 돈으로, 꾼들이 들어오지 말라고 말려도 막무가내로 덤벼들었다가 몇 판 만에 홀랑 날려버린 것이다.

에이 씨. 몸에서 기운이 빠져나간다. 그러고 보니 먹을 게 있기는 하다. 양념치킨이 반 정도 남아 있을 것이다. 그러나 찜찜하다. 술안주로 한참이나 상 위에 놓여 있었으니 담배연기가 내려앉아 딱딱하게 굳었을 것이다. 점심때 혹시 집에 오게 되면 그때 봐서 먹고 싶으면 먹자. 부지런히 걷는다.

빵.

덤프트럭이 등뒤에서 소리를 질러 돌아보니 스님이다. 경호가 인사를 하자 운전사는 유리창을 내리고 내려다본다.

"넌 또 아침에 라면이냐?"

"예. 헤헤."

"니 아버진 뭐 하냐?"

"아직 자요."

"너희 때 자꾸 그런 것만 먹으면 못 쓴다. 뼈 삭어."

"알았어요. 지금 나가세요?"

"아침에 손님들이 찾아와서 조금 늦었다. 얼릉 먹고 학교 가거라."

"예."

스님은 부아앙 트럭을 몰고 간다. 마을에서 혼자 사는 스님인데 오십 넘은 나이에도 덤프트럭 기사를 한다. 술도 좋아한다. 그래도 집 안에 법당도 있다. 스님은 경호를 가엾이 여겨 언제나 좋은 낯으로 대해준다. 그래서 경호는 스님이 좋다. 커서 스님처럼 되고 싶다. 장래 희망이 그렇다고 스님은 아니다. 대신 덤프트럭 기사이다. 거기에 비하면 아버지는 참으로 한심하다. 언젠가 스님이 찾아와 덤프트럭이라도 몰아보라 하자 아버지는 운전면허도 없고 또 대형면허까지 딸 돈과 자신이 없다고 해서 혀를 찼었다.

아버지는 아직 자고 있다. 라면을 끓여놓고 흔들어 깨우자 끄응, 일어나서 젓가락을 든다. 뒤통수 머리카락이 위로 올라붙은 몰골은 꾀죄죄하고 방은 엇저녁 그대로 엉망이다. 경호는 화가 나서 아무 말도 않고 후르륵 먹고 서둘러 나선다.

방희

한 무리 아이들이 부지런히 학교로 오르고 있다. 이렇게 지각시간에 쫓기는 애들은 학교 근방에서 사는 애들이다. 산 너머 다른 면(面)에서 사는 애들은 새벽부터 와서 지금쯤이면 벌써 학교에 있는 것을 지겨워하고 있을 것이다.

경호네 중학교 학생은 두 부류로 나뉜다. 학교 근방에서 사는 아이들과 멀리 산골에서 사는 아이들이다. 멀리에서 오는 애들은,

동네마다 조금씩 차이는 나지만 보통 새벽 여섯시 이십분에 집을 나선다. 그러자면 다섯시 반쯤 일어나야 한다. 타고 올 차가 등교 시간에 딱 한 대뿐이기 때문이다. 집에 가는 것도 그렇다. 막차가 다섯시 삼십분에서 여섯시 사이에 있다. 그걸 못 타면 집에를 못 간다. 그래서 경호네 학교에는 보충수업이라는 것이 없다. 한 번도 해본 적이 없다. 시내로 학원 다니는 것은 더더욱 엄두도 못 낸다. 더군다나 다들 가난하다. 의무교육인 면 단위 중학교 육성회비도 제때 못 가져온 애들이 여럿이다.

경호네는 그 정도는 아니다. 월급도 박하고 일도 있다 없다 해서 그렇지 아버지는 그래도 일은 한다. 그러나 학교 근처에서 다니는 애들 중에서는 경호가 가장 가난하다.

큰 키. 반짝이는 머리칼. 갈매기처럼 날렵한 눈썹. 가느다란 쌍꺼풀. 아무리 보아도 예쁜 아이.

학교 입구에서 방희를 본다. 경호는 방희가 좋다. 그냥 좋은 게 아니고 사랑한다. 그의 소원은 방희와 키스를 하는 것이고 꿈은 다정한 연인이 되는 것이고 목표는 결혼을 하는 것이다. 그러기 위해서는 할 수 있는 모든 것을 다 할 수 있다. 둘이 결혼식을 마치고 해외로 신혼여행을 가는 상상은 언제나 즐겁다. 그러나 결혼을 하려면 넘어야 될 산이 첩첩이다. 아버지는 산이 아니다. 언젠가 길에서 방희를 보고는 참 예쁘게 생겼다, 누구네 집 아이냐, 아 그 집이라면 나도 몇 번 가본 적이 있다, 그 집 고기가 괜찮더라, 했던 적이 있었다. 설사 반대한다 하더라도 굳이 넘어야 할 걱정은 없다. 돌아서 가버리면 그만이다. 그러나 면내에서 가장 큰 음식점을 하는 방희네 부모가 우선 큰 산이다.

방희 부모님들은 동네 농장으로 품이나 팔러 다니는 장씨의 아들에게 딸을 줄 리 만무하다. 그러나 그것도 마음만 먹는다면 못 할 게 없다. 둘이 멀리 도망을 쳐버리면 된다. 그럴 자신이 있다. 멀리, 제주도 같은 곳으로 가버리면 된다. 가서 방희는 아이 낳고 살림하고 경호는 열심히 돈 벌어오면 된다. 뭐든지 다 할 수 있다. 그러나 가장 큰 산은 방희다. 방희와 결혼을 하는 데 가장 큰 걸림돌은 방희인 것이다.

부를까 하다가 그만둔다. 눈을 마주쳤으나 못 본 척 가는 걸 보니 부른다고 돌아볼 것 같지도 않다. 친구들도 주변에 많다. 방희는 얼굴도 예쁘고 부잣집 딸인데다 싸움도 잘해 친구들 사이에 인기가 좋다. 모르는 척 가는 것은 좋다. 대신 돌아오는 토요일은 방희가 기억을 해주었으면 좋겠다. 예전에 다이어리에 또박또박 적는 것을 똑똑히 보았으니까.

방희는 원래 공부를 잘했다. 요즘도 못하지는 않는다. 초등학교 때는 아주 착했고 언제나 깨끗한 모습이었다. 그때부터 방희를 좋아했다. 그러나 중학교 오면서, 특히 이학년 올라가면서부터 조금씩 변하기 시작했다. 한마디로 까지기 시작한 것이다. 교복 치마 폭하고 길이를 줄여 엉덩이가 톡 삐져나왔다. 욕도 잘했다. 핸드폰도 있다. 그러면서 소녀티가 가시기 시작했다. 초등학교 때 예쁘던 것하고는 또 다르게 예뻐지기 시작했다.

경호는 보는 것만으로는 만족할 수 없지만, 어쩔 수 없이 날마다 볼 수 있다는 것으로 만족해야만 했다. 방희는 잘나가는 애라서 남자들도 공부를 잘하거나 싸움을 잘하거나 하는 애들하고만 어울렸다.

경호도 방희와 작년 겨울 사귄 적이 있다. 작년 가을에 경호는 YMCA 문학상 공모에 시를 써서 대상을 받았다. 수업시간에 숙제로 낸 시를 조금 고쳐서 보낸 것이다. 돌아가신 엄마에 대해 썼다. 선생님이 나는, 같은 단어를 빼주었다.

네 살 때
단풍나무 아래서
단풍의 노래 불러주신 어머니
지금은
나무 사이에 부는 바람보다
더 멀리 가셨지만
어머니란 말이
먼저 떠오른다.
단풍이 휘날리면
생각이 난다

개근상 빼고 처음 타는 상이었다. 상금이 십만원이나 됐다. 그런데 상이나 상금보다 뒤따라오는 부상이 훨씬 크고 값진 거였다. 상을 타던 날 오후에 방희가 보자고 했다. 방희가 그를 찾은 것은 초등학교 육 년 중학교 이 년 합쳐 팔 년 동안 한 번도 없던 일이었다. (초등학교 때 부반장이었던 방희가 경호 이름을 호명한 적은 여러 번 있다.) 학교 앞 나무 밑에서 방희가 기다리고 있었다.
"너 시 잘 쓰더라."
"뭘."

경호는 방희 얼굴을 정면으로 보지 못하고 애매한 나무 껍질만 벗겼다.
"우리 사귈래?"
순간 눈을 들어 방희 얼굴을 보았다. 가느다란 눈썹. 예쁜 눈 코 입 턱 볼 이마 이빨 머리칼. 세상에. 방희가 사귀자니. 아저씨들이 노름하다가 누가 따면 '살다보면 똥개가 사냥하는 것도 본다니까' 하더니.
"싫어?"
"좋아."
그리고 사귀었다. 사귄다는 것은 편지를 주고받고 생일에 서로 선물을 챙겨주고 데이트도 하고 하는 것이지만 더 나아가 상대를 마음속에 꼬옥 담아두는 것을 말하고 또 더 나아가 아이들에게 소문을 내어 공식적인 커플임을 공포하는 것을 뜻했다. 경호는 그렇게 했다. 틈나는 대로 전화를 걸었고 편지를 썼다. 버스 타고 시내로 나가 분식집에서 함께 떡볶이도 먹었다.
상금 받은 돈이 유용하게 쓰였다. 데이트 비용으로 쓰느라 아버지에게는 상 받은 날 중국집에서 자장면에 배갈 한 병 사준 것으로 끝냈다. 그런데 방해꾼이 있었다. 바로 방희의 핸드폰이었다.
분식집에 들어가거나 길을 걷다가도 그게 울렸다. 방희는 언니만 하나 있는데 언니에게서는 안 오고 없는 오빠한테서만 잔뜩 왔다.
"응, 오빠? 여기 시내. 친구하고."
경호는 가만히 기다렸다. 방희는 한번 통화하면 보통 십 분 이상씩 했다. 누구인가 물어볼까 말까, 까르르 웃는 입술을 훔쳐보며 혼자서 고민했다.
"그래? 알았어." 탁.
"누구야?"
"너 먼저 들어갈래?"
"왜?"
"나 약속이 생겼어."
"……."

그렇게 혼자 들어오는 버스는 또 얼마나 쓸쓸했던가. 핸드폰을 사고 싶었으나 돈은 갈수록 줄어들어갔다. 남은 돈으로 지난 발렌타인데이 때 커다란 초콜릿을 선물했다. 그애는 기뻐하면 더 예뻤다. 기뻐하는 모습을 보고 용기가 나서 오랫동안 궁리해오던 말을 했다. 지나고 나서 생각해보니 해서는 안 될 말이었다.

"나 너랑 결혼하고 싶어."

방희는 정색을 했다.

"야, 너 왜 그래? 너 이상하다."

"지금이 아니고 나중에."

"참 나. 됐어. 이제 너 다시는 안 만나."

경호는 채였다. 결혼 약속은커녕 키스도 못 했고 키스는커녕 손도 못 잡아보았다. 전화해도 경호라는 것을 알고 끊어버렸고 편지를 해도 답장이 없다. 오늘처럼 얼굴을 마주쳐도 알은체도 안 한다.

밥

라면은 확실히 배가 빨리 꺼진다. 이교시가 채 끝나기도 전에 슬슬 고파지더니 사교시가 되자 환장할 지경이다. 뱃속에서 서울행 무궁화호가 몇 대씩 지나간다. 잠시 난감하다. 학교 앞 가게로 가서 컵라면을 사먹자니 돈도 궁하지만 괜히 아깝다. 천원 가지고 사다가 끓이면 한 냄비 가득인데 말이다. 더군다나 분위기가 외출증 없이 나가기도 어렵다.

들리는 말로 어제 점심 때 땡땡이를 친 애들이 너무 많아서 오늘 점심에는 학생과장이 몽둥이를 들고 지킨단다. 교무실 가서 도시락 못 싸왔다는 소리도 하기 싫다. 그 순간 결식아동이 된다. 배는 고프고 외출증 끊으러 가기는 싫고 몰래 나가자니 학생과장에게 잡힐 게 뻔하다. 한문시간에 배운 진퇴양난(進退兩難)이다. 또 있다. 사면초가(四面楚歌).

경호는 별 상상이 다 된다. 자글자글 끓는 불고기판 앞에 앉아 뽀얀 김이 오르는 흰밥과 함께 아구아구 먹는다(큰아버지나 이모가 찾아와서 몇 번 먹은 적이 있다). 물방울이 가득 솟구쳐오르는 콜라 잔을 옆에 두고 피자를 먹는다(텔레비전 광고에서 보았다). 곱빼기 자장면을 비빈다(아버지와 간혹 먹는다). 돼지고기가 섞인 잡채를 국수처럼 먹는다(엄마가 자주 해주던 것이다). 빨간 고추장 양념이 범벅된 떡볶이와 김밥을 먹는다(방희와 먹었던 것이다). 속이 뒤틀린다.

어제는 약국 하는 아저씨가 땄다. 언젠가는 사거리 너머에서 가든 하는 아저씨가 왕창 딴 적이 있었다. 가든 아저씨는 자주 잃는

편이지만 한번 땄다 하면 왕창 딴다. 고씨 아저씨는 또 잃었다. 한 번도 딴 적이 없다. 고씨는 오십이 넘은, 빼빼 마르고 키가 작은 아저씨다. 일은 않는다. 집에 돈이 많다는 말을 아버지에게 들은 적이 있다.

어제도 담배와 맥주를 사다주고 잠시 판을 구경했다. 아저씨들은 패를 돌리고 나면 자기 패를 보는 척하면서 모두들 고씨를 힐끗거렸다. 그 이유를 경호도 안다. 고씨의 손이 가만히 있으면 패가 좋지 않다는 소리다. 그러면 사람들은 일단 돈을 건다. (어떤 식으로 하는지 경호는 짐작은 하지만 자세히는 모른다.) 그러다가 고씨 손이 떨 때가 있다. 누가 봐도 한눈에 알 수 있다. 패가 좋다는 뜻이다. 떠는 정도에 따라 차이가 난다. 보일 듯 말 듯 가느다랗게 떠는 것은 적당히 좋다는 뜻이고 바르르 표시나게 떠는 것은 어마어마하게 좋은 패가 들어왔다는 것이다. 그러면 모두들 죽어버린다. 그러니까 고씨가 딸 때란 어마어마하게 좋은 패를 들고 기본만 먹을 때이다.

그래서 날마다 잃는다. 그 아저씨도 자신의 손이 떤다는 것을 알고 있다고 한다. 그런데 아무리 숨기려고 해도 패만 좋으면 어쩔 수 없이 그렇게 된단다. 경호가 보기에도 고씨 아저씨는 마음이 약하다. 날마다 잃고 집에 들어가 덩치가 아저씨 세 배가 넘는다는 부인에게 얻어터진다고 한다. 그러면서도 한 번도 안 빠지고 판에 붙는다. 꾼들이 끼어주지 않으면 몹시 서운해한다.

판이 무르익으면 고씨는 돈을 꾸느라 정신이 없다. 차를 몰고 마을을 한바퀴 돌고 온 다음에도 (고씨의 변제능력은 훌륭하지만 노름밑천 빌리러 온 것을 이제는 다 짐작하므로 잘 꾸어주지 않는

다) 빈손이면 같은 꾼들에게라도 빌린다. 상대가 머뭇머뭇하면 자기가 먼저 백지에다 차용증을 쓴다. 언젠가는 아침에 청소를 하다가 찢어진 종이를 발견하고 경호가 맞춰보기도 했다. 거기에는 이렇게 씌어 있었다.

一金 600,000\ (육십만원정) 상기 금액을 정히 차용함.
1999. 2. 25까지 고병수 변제키로 함. 고병수 510903-147821X

아저씨들 하는 이야기를 들어보면 고씨가 딸 때가 있긴 있었다. 오미식당에서 판을 벌렸는데 (판 벌리는 장소를 여러 군데 두고 그때그때 상황에 맞는 곳에서 하는데 주로 음식점이나 다방 안방이다. 그러다가 사정이 여의치 않으면 경호네로 온다) 그날은 아저씨가 돈을 땄다. 몇 판 치지도 않아 고씨 아저씨 앞에 돈이 착착 쌓이더니 삽시간에 삼십만원이 되었다. (아저씨들 말로는 서비스 차원이라고 했다.)

그만 치자는 소리에 왜 벌써 판 깨냐, 모처럼 붙었는데, 하며 몹시 아쉬워했고 끝내 털고들 일어서자 그럼 술이라도 한잔하자며 '좋아죽네' 생맥주집으로 들어갔다. 그때 옆방에서 일금 삼백만원을 잃은 사람 하나가 벽에 머리를 찧고 있었다. 멀리 시내로 회사 다니는, 고씨 아저씨 아들이었다. 그래도 고씨는 자기가 땄다고 좋아했다고 한다.

경호가 보기에 아버지와 고씨는 별 차이가 없다. 이해가 되지 않는 부류들이라는 것부터 그렇다. 아니 큰 차이가 진다. 고씨는 부자이고 아버지는 아니다. 고씨는 날마다 일을 않고 놀러만 다니지만 아버지는 날마다 여기저기로 일하러 다닌다. 단지 마음이 약하다는 것이 닮았다. 하나는 좋은 패가 들어오면 흥분이 되어서 떨고 하나는 손아귀에 돈이 들어오면 치고 싶어서 떤다. 그리고 둘 다 잃는다.

경호는 당연히 부자가 되고 싶지만 그렇게 손을 떠는 심약한 부자는 되기 싫다. 그렇다고 별 표정 없는, 꾼들 아저씨처럼 되고 싶지도 않다. 부자는 되고 싶은데 그런 모습은 싫다. 방희하고 결혼할 수 있는 부자가 되고 싶다. 부자가 아니라면 스님처럼 덤프트럭 기사가 되고 싶다.

종이 울린다. 배가 더 고파온다. 아, 아버지가 자릿세 뜯은 것만 꾹 쥐고 있었더라면. 어젯밤의 그 숱한 만원짜리 중 한 장만 내게 있다면. 아이들은 벌써 도시락을 꺼내기 시작한다.

외출증을 끊으러 갈까? 싫다. 엄마. 경호는 어쩔 수 없이 엄마를 떠올린다. 엄마만 있다면. 엄마는 재작년에 암으로 돌아가셨다.

경호야. 아빠랑 너는 아프지 말고 잘 지내야 돼.

해골만 남아 있던 엄마가 마지막으로 기운을 차려 한 말이다. 경호는 그때 사람이 죽을 때 영화나 드라마에서처럼 툭, 하고 죽지 않는다는 것을 알았다. 엄마만 살아 있다면. 외출증 끊지 않고 나갈 수만 있다면. 저번에 끊어놓은 외출증이 어디에 있는지 모르겠다. 날짜를 쓰지 않은 거라서 잘하면 또 써먹을 수 있는데, 아무리 뒤져봐도 없다.

아이들은 와글바글 도시락을 먹기 시작한다.

"어디 가냐?"

기환이가 묻는다.

"사먹을라고."

조용히 나온다. 학생과장이 지킨다고는 했지만 벌써 가게 쪽으로 가는 애들이 여럿이다. 꼬리에 묻어간다. 선생님들은 이렇게 할 때가 종종 있다. 지킨다고 소문내는 날은 잘 안 지킨다. 그러다가 수시로 급습을 한다. 그래서 배짱 좋고 재빠른 애들은 안 잡히고 이럴까 저럴까 고민하는 애들만 매번 잡힌다.

가게 앞에서 잠시 머뭇거린다. 그대로 조금만 걸어가면 저 교회 뒤가 바로 집인데. 아버지가 쌀을 사놓고 갔을까? 쌀을 사놓았다고 해도 밥을 해놓지 않았으면 소용이 없다. 언제 씻고 밥해 먹겠는가. 가서 라면을 또 끓여 남은 치킨이랑 먹을까? 말까? 주머니에는 팔백원이 남았는데. 가게에서 다른 걸 사먹을까?

그러고 있는데 등뒤에서 학생과장이 나타나 손가락으로 까딱까딱 아이들을 불러모은다. 가게 안에서 고개를 빠끔히 내민 애들도 낚시 문 고기처럼 끌려나온다. 아차, 싶다. 이름을 적는다. 아이들은 엄마가 어디 가서 도시락을 못 싸왔다고 변명을 한다. 경호 차례다.

"너도 도시락 안 싸왔어?"

경호는 싸왔다고 대답한다. 머리에 퉁, 매가 떨어진다.

"그럼 밥 안 먹고 왜 돌아다녀."

입맛이 없다고 대답한다. 퉁, 한 대 더 떨어지고 번호와 이름이 적힌다. 오후에 방송으로 부르면 운동장에 모이란다. 경호는 이럴 때가 가장 괴롭다. 때리든지 벌을 주든지 지금 끝내버릴 것이지 학생과장은 꼭 기다리라고 한다. 기다렸다가 시간이 날 때 때리면 그때 맞으라는 것이다. 그냥 종 치자마자 집으로 내빼버릴 것을.

경호는 후회한다. 이럴 때는 학교에서 나가고 싶어진다. 멀리, 이대로 아주 멀리 도망쳐버리고 싶다.

경호 나이 열여섯. 알 것은 다 안다. 혼자 살아갈 자신이 있다. 아버지도 살았는데. 아버지도 엄마와 결혼씩이나 하고 살았는데. 서울이나 대전이나, 더 멀리 부산이나 제주도 같은 데 가서 살아보고 싶다. 그러나 그러자니 방희가 걸린다. 혼자 가버리면 방희와 결혼을 못 한다. 아버지도 결국 걸린다. 내가 가면 아버지는 어떻게 살까 싶다.

머리를 만지며 발걸음을 돌린다.

금요일

이교시 영어 시간에 기환이가 여자들 벗은 사진을 보여준다. 늙은 영어선생님은 혼자 읽고 혼자 쓰기 때문에 딴 짓 하기가 좋다. 친구들이 보여주어 몇 번 본 것과 비슷한 것들이다. 옷을 훌랑 벗고 있는 외국 여자들이다. 남자와 그것을 하고 있는 것도 있다. 어떤 것은 여자의 그곳을 정면으로 크게 찍은 것도 있다. 기환이는 인터넷을 한다. 인터넷에서 얻은 것을 컬러 프린트 해왔다.

경호는 그 사진들이 재밌다. 그것을 볼 때마다, 아니, 이런 것은 아무것도 아니다, 차마 학교에 못 가져오는 것들도 있다, 이 정도는 한번 보고 찢어버려야 한다, 하는 기환이 말을 들을 때마다 펜티엄 컴퓨터를 가지고 싶어진다. 그렇다고 고물 컴퓨터라도 있는 것은 아니다. 없다. 그래서 더욱 가지고 싶어진다. 컴퓨터는 초등학교 때부터 가지고 싶었다. 아버지가 사줄 듯하다가 엄마가 아프기 시작하고부터 쏙 들어가버렸다.

우습게도, 아버지는 농장으로 품 팔러 다니면서도 컴퓨터에 대해서는 우호적이다. 아버지도 해봤다고 했다. 농장에서 시설 관리를 컴퓨터로 하고 있기 때문이다. 언젠가는 사준다고 한다. 그러나 그게 언제인가. 그 동안 아버지가 자릿세 뜯은 것만 잘 모아두었어도 한 대 살 수 있을 것이다.

"재밌지?"

"이것뿐이냐?"

"이것만 봐 임마. 어린것이."

"더 있으면 줘봐."

"새끼. 넌 임마 방희 거 많이 봤을 것 아니야."

경호는 기환이가 방희 거, 라는 말에 기분이 확 상하지만 참는다. 딴 애라면 안 참았을 거다.

"못 봤어."

"진짜?"

"응."

"새끼."

그건 그거고 방희는 방희다. 옷을 홀랑 벗은 여자와 같이 방희도 여자이지만 경호가 보기에는 같은 여자로 안 보인다. 이 여자들은 그냥 처음부터 이런 여자이다. 방희는 틀리다. 당연히 틀리다. 그렇기 때문에 이런 것을 보면 아랫도리가 딱딱해지는데 방희 생각을 하면 그렇지가 않다. 전혀 틀리다. 밤에 자위를 할 때도 사진 속의 여자들을 생각하지 방희를 생각하지는 않는다. 여자는 여자이고 방희는 방희이다.

이교시가 끝나고 아이들이 수군대기 시작한다. 들어보니 방희 때문이다. 방희가 학교를 나갔다. 친구들과 땡땡이를 깐 것이다. 모두 네 명이다. 한 명도 아니고 넷씩이나 땡땡이를 깠으니 학교에 난리가 났다. 방희네 담임선생님이 찾으러 나갔다가 못 찾고 돌아왔다. 방희 엄마와 다른 애 엄마 둘이 학교에 왔다 갔다. 경호는 학교가 텅 빈 것 같다. 그러나 큰 학교에서는 서넛 땡땡이 깐 것은 사건도 아니라고 기환이가 말한다.

오늘은 도시락을 싸왔다. 어제 저녁 오리걸음으로 운동장을 세 바퀴나 걸은 탓에 다리가 땅겼지만 그것 때문에 일찍 일어나서 도시락을 쌌다. 어제 저녁에 아버지가 쌀을 팔아왔다. 경호는 반찬으로 오뎅을 볶았다. 겨울에 얻은 김장 김치도 아직 남아 있다.

그러나 도시락 없이 온 어제보다 더 고민이 되고 심란하다.

방희는 어디로 갔을까? 친구들을 잘 사귀어야 한다고 어른들은 말한다. 경호는 그 말을 믿지 않는다. 친구란 마음에 맞는 이들끼리 어울려지는 것이다. 좋고 안 좋고를 가릴 수 없다. 친구란 이미 친구이므로 무조건 좋은 것이다. 그러나 방희만큼은 그 말을 좀 들었으면 싶다.

방희 주변에 못된 애들이 여럿 있다. 엉덩이가 톡 불거지거나 앞머리에 실 핀을 잔뜩 찔러넣은 게 차림새가 다 똑같다. 눈썹을 밀어 갈매기 날개 만드는 것도 같다. 방희는 담배도 그애들에게 배웠을 것이다. 오늘도 그애들이 끌고나갔을 것이다. 어디 갔을까.

숙제

작년 국어 숙제도 그렇더니 이번 국어 숙제도 난생 처음 보는 것이다.

작년에는 시내로 나가 외국어 간판의 뜻을 알아오는 것이었다. 나이키가 승리의 여신이라는 것은 어디선가 들어서 알고 있었지만 그때 간판이나 상표의 뜻을 많이 알았다. 마레몬떼는 바다와 산이고 앙떼떼는 고집쟁이, 아디다스는 그것을 만든 사람 이름이 아디다슬러였다고 했다. 비너스가 미의 여신이라는 것은 초등학교 때 읽은 그리스 신화에서 보았다. 우리 말로는 좀 이상한 씨,는 예스라는 뜻이다. 우리나라나 외국이나 대답은 모두 짧다는 것을 알고 경호는 역시 누가 부르거나 뭘 시키면 다들 싫어하는구나, 생각을 했다. 또 있다. 쉐르담은 귀부인이고 베데스다는 뜻이 길었다. 옛날에 어떤 임금이 여러 해 피부질환을 앓다가 베데스다라는 연못에 빠졌는데 병이 나았다고 주인이 친절하게 이야기해주었다. 그런데 랜드로바나 체이스컬트는 주인도 모른다고 했다. 그때 같이 갔던 영모가 선전에 나오는 체이스컬트 CF 대사 중에 '정직한 젊은이'란 로고송이 나오는데 자기가 운영하면서 그 뜻도 모른다, 고 구시렁댔다. 기독서림이란 곳을 갔을 때는 주인이 짬뽕을 먹으면서 '그 말이 바로 뜻이여'라고 했다. 까슈도 주인이 모른다고 했는데 서산에서 전학 온 기환이가 '내 생각에는 공을 발로 찼다는 뜻의 사투리'라고 했다. 맞는 것 같다.

그런데 이번에는 더 어려운 것이다. 아이들은 모두 아이고, 소리를 냈다. 선생님은 우리를 난데없이 기자로 만들 생각인 모양이다.

숙제 내용은 다름아닌 '전문가를 인터뷰해오기' 이다. 아이들은 들쭉날쭉 떠들었다. 면장, 우체국장, 단위농협장, 이장 등 주로 장급들이 아이들 입에서 튀어나왔다.

"그런 분들도 좋지만 전문가란 누구겠니? 우리들이 일상생활에서 어떤 사람들이 없으면 몹시 불편해지는데 그 사람들을 한번 생각해보자."

선생님 말 한마디에 장급들은 (어차피 만나기도 어려울 테이니까) 우수수 떨어져나가고 대신 이발소 아저씨, 정육점 주인, 포크레인 기사, 농협이나 우체국 직원, 택시 기사, 버섯 생산하는 아저씨, 컴퓨터 딜러, 횟집 주방장 아저씨들을 골라잡느라고 한동안 시끄러웠다.

경호는 처음부터 생각하는 사람이 있었다. 아버지가 꼼짝 못 하는 사람이 노름하러 오는 아저씨들인데 그 아저씨들이 또 꼼짝 못 하는 사람이 있었다. 바로 파출소 소장이었다.

아저씨들은 소장을 형님이라고 불렀다. 다방이나 식당 같은 데서 판을 벌리면 간혹 그 형님이 전화를 해오기도 한다고 했다.

"야, 신고 들어왔어. 그만해."

그 전화 하나면 아저씨들은 꼼짝 못 하고 판을 걷어야 했다. 들리는 말로는 소장은 꾼들 아저씨들에게 번호를 매겨놓았다고 한다. 그러니까 전화해서

"오늘은 몇번 몇번이야?"

물으면 아저씨들이

"예 형님. 기본 가리에 육번, 구번입니다."

대답한 걸 들은 적이 있다.

기본 가리란 늘상 붙는 1, 2, 3번이고 외에 휴게소 사장 아저씨하고 가스집 사장 아저씨가 있다는 뜻이다. 고씨는 늘 잃어도 나이 덕인지 부동의 일번이다. 경호는 간혹 그 아저씨들을 길에서 만나면 번호부터 떠올리기도 한다. 아버지는 그나마 번호도 없다. 아무튼 소장 전화 하나면 누가 아무리 많이 잃어 코뿔소처럼 콧김을 내뿜어도 상황은 끝나는 것이다. (아저씨들 말로는 부인들이 돌아가면서 신고를 한다고 한다.)

동네에서 돈 많고 큰소리 내는 아저씨들을 꼼짝 못 하게 하는 파출소 소장을 한번 만나 이야기를 해보고 싶은 것이다.

수업이 끝나고 경호는 기환이와 파출소로 간다. 기환이와 가기 잘했다. 가는 도중에 공판장 앞에서 기환이가 호떡하고 핫도그를 사준다. 오뎅 국물 두 컵을 가득 마신다. 방희는 끝내 돌아오지 않았다. 어디 멀리로 가버린 모양이다. 먼 곳은 경호와 방희가 같이 가야 하는 곳이다. 그러나 방희는 친구들과 가버렸다. 그래서 기운이 없다.

파출소 문을 연다.

"무슨 일 때문에 그러니?"

맞은편 책상에서 정복의 순경이 물었다. 경호는 순간 무어라고 말해야 하나, 혼란스럽다. 소장님 인터뷰하러 왔는데요, 소리를 해야 하는데, 그 말이 나오지 않는다. 왠지 분위기가 무겁다. 아버지는 이래서 파출소나 경찰서를 싫어하는지 모르겠다. 역시 기환이와 같이 온 게 다행이다. 기환이가 나선다.

"숙제하러 왔어요."
"숙제? 숙제를 왜 이리로 하러 와?"
순경은 어리둥절한 얼굴을 한다.
"인터뷰인데요."
"인터뷰?"
"예."
"누구를?"
"소장님요."
순경은 잠시 뜸을 들이며 이 상황이 어떻게 된 건지 파악해보려는 눈빛을 했다. 까까머리 둘이 불쑥 들어와서 숙제 때문에 소장을 만나러 왔다니?
"국어 숙제가요, 전문가들을 인터뷰해오는 것이에요."
순경은 그제야 상황을 파악해볼 것도 없다는 것을 깨닫고 소장실로 얼굴을 돌렸다.
둘은 소장실 소파에 파출소장과 마주 앉는다. 지나가는 순찰차에서 간혹 보았던, 살이 약간 찌고 얼굴이 육각형에 가까운 인물이다. 옷만 벗겨놓으면 꾼들 아저씨들하고 별로 다른 게 없다. 역시 경찰복의 위력이 대단하기는 하다.
"그래 원하는 게 뭐냐?"
"저기요, 우리가 여쭤보는 것에 대답을 좀 해주세요."
기환이는 한번 시작한 말이라서 주욱 혼자 도맡아서 경찰들을 상대하고 있다. 경호도 뭔가 말을 해야했다. 아버지보다 높은 아저씨들이 있고 그 아저씨들보다 더 높은 소장님을 지금 만나고 있는 것이 아닌가. 아버지는 경찰을 싫어한다고 했지만 경호가 보기에는 무서워하는 쪽에 가까웠다. 나는 아버지하고 다르다. 배에 힘을 준다. 호떡과 핫도그 덕분에 힘이 잘 들어간다. 스님은 경찰들한테도 당당하게 큰소리를 탕탕 쳤다. 경찰들도 스님에게는 함부로 하지 않는다. 스님처럼 해야지.

"전문가들 인터뷰하는 것이 숙젠데요, 파출소 소장님을 인터뷰하고 싶어 왔어요."

"그래 물어봐라."

둘은 교대로 준비해온 질문지를 읽는다.

"일번. 경찰서에서는 무슨 일을 합니까?"

"범죄 예방 및 검거. 교통 정리. 치안 및 질서유지를 한다."

"이번. 파출소의 출퇴근 시간은 몇시입니까?"

"아침 아홉시에 출근. 여섯시에 퇴근한다. 물론 야간근무도 한다."

"삼번. 월급은 얼마나 됩니까?"

"오래 할수록 많이 받는다. 초봉은 칠십만원에서 팔십만원 정도. 오래 한 사람은 백만원에서부터 이백만원까지 받는다."

"사번. 경찰을 하면서 가장 어려운 점은 무엇인가요?"

"흉악범을 검거할 때이다. 그리고 이제부턴 번호를 빼고 물어라."

"예. 경찰이 되려면 어떻게 해야 합니까?"

"공무원 시험처럼 시험 봐서 된다. 너희들도 할 생각 있냐?"

"……범인을 잡을 때의 느낌은 어떤가요?"

"국민에게 피해를 준 사람을 잡아 해결한다는 긍지를 갖는다."

"범인을 잡으러 갈 때 교통사고는 안 나나요?"

"범인이 교통법규를 무시하고 달아날 때는 사고가 날 가능성도 있다."
"왜 경찰은 신창원을 못 잡는가요?"
"허, 애들이. 못 잡는 게 아니고 잡으려고 노력중이다."
"아저씨도 총이나 칼에 맞아보았나요?"
"애들 봐라. 우리나라는 총기 휴대를 금지하기 때문에 총에 의한 피해는 극소수이고 칼에 의한 피해는 범인 체포시 상처를 입는 경우도 있다."
"경찰이 되려면 태권도 유도 등이 몇 단이 넘어야 합니까?"
"단수 제한은 없으나 일 단 이상으로 하고 고단자들도 많다. 아직 멀었냐?"
"다 끝나가요. 범인을 놓칠 때의 심정은요?"
"안타깝고 시민들이 도와주지 않을 때 야속하다."
"신창원은 언제 잡나요?"
"빨리 잡으려고 노력하고 있다고 했잖어."
"이제 마지막이에요. 경찰도 나쁜 짓을 할 때가 있나요?"
"없다."
"범인을 잡을 때 무섭지 않나요?"
"겁은 하나도 나지 않는다. 왜? 대한민국 경찰은 강하니까."
꾼들 아저씨에 관해서 물어보고 싶은 게 있다. 진짜로 체포를 할 수 있는지, 그렇다면 얼마짜리 판부터 체포를 하는지, 만약에 체포를 한다면 자릿세 받는 사람도 하는지, 신고를 진짜로 아저씨들 부인들이 하는지 등등. 그러나 참는다. 그걸 묻다보면 경호 자신이 번호마저 없는 장씨 아들이라는 게 들통이 나고 간혹 용돈을 주는 아저씨들에게 미안하고 또 자릿세 받는 아버지에게까지도 손해를 미치기 때문이다. 소장은 몸을 일으킨다.
 인사를 하고 밖으로 나오는데 같은 반 친구들이 들어온다.
 "어? 니네들 벌써 다 했냐?"
 "그럼 다 했지, 짜샤."
 봄 햇살이 면소재지를 다 덮고 있다. 파출소 쪽에서 아까 그 순경이 너희들도 숙제하러 왔냐? 애들 또 왔는데요, 소장님, 소리가 들린다.

토요일

 이장님 아침 방송 소리에 잠을 깬다. 무어 무어 할 사람은 아침식사를 마치시고 마을 회관으로 모여달라는 소리인데 이리 퍼지고 저리 퍼지는 메아리가 채 끝나기도 전에 다음 말을 하니 무슨 소리인지 알아들을 수 없다. 아침식사를 마치시고 마을 회관 앞으로 모여달라는 소리는 언제나 같은 메뉴라서 알아듣는다. 어쨌거나 경호네는 갈 사람이 없다.
 까치가 운다. 간밤에 아버지는 들어오지 않았다. 농장 일이 많아 밤 작업을 해야 한다고 전화로 알려왔을 때 경호는 파출소에서 받아적어온 것을 옮겨적고 있었다. 옮겨적으면서 신창원은 언제쯤 잡힐까 생각해보고 있는 중이었다. 경찰은 신창원이를 잡으려고 노력하고 있고 신창원은 잡히지 않으려고 노력하고 있다. 누구의 노력이 더 강할까. 하지만 언젠가는 잡힐 거라고 아저씨들은 말했다.

　신창원에게도 엄마가 있을까? 있다 하더라도 만나지는 못할 것이다. 그렇다면 나처럼 엄마가 죽어버려서 못 만나는 사람과 살아 있는데도 만나지 못하는 사람 중에 누가 더 불쌍할까. 방희는 집에 돌아왔을까? 그 동안 친구들 나가는 것 보면 한 명이나 둘이 나가면 여러 날 안 돌아왔고 떼지어 나가면 금방 돌아왔다. 그건 가출이 아니고 놀러 나간 것이다. 그런 생각을 하다가 잠이 들었다.

　까치가 울면 반가운 손님이 찾아온다고 했다, 교과서에서. 순 거짓말이다. 까치는 날마다 운다. 경호네 집 바로 앞 전봇대 위에 까치집이 있다. 그게 아니라도 마을에는 까치가 수두룩하다. 만날 시끄러울 정도로 운다. 그러나 반가운 사람은 하나도 오지 않는다. 큰아버지나 이모가 오면 좋겠다. 정작 큰아버지나 이모가 왔을 때는 까치가 울었는지 어땠는지는 기억이 없다. 요즘은 아무도 오지 않는다. 같이 사는 아버지도 안 들어왔는데.

　오늘은 까치가 신통력을 좀 부려보면 좋겠다. 교과서도 간혹 뭘 맞추는 경우가 있으니까. 방희가 오면 좋겠다. 방희는 어제 어디에 갔을까. 방희는 오늘을 기억하고 있을까? 비록 헤어진 사이이기는 하지만 의리가 있는 애니까 기억할 듯도 싶다. 모르는 척하다가 선물을 하나 불쑥 내밀 것 같기도 하다.

　어제 세끼를 모두 오뎅 볶음과 신김치를 먹어서 또 먹자니 지겹다. 라면을 두 개 끓이고 계란도 두 개나 넣어서 먹는다. 이런 밥은 괜찮다. 시간이 넉넉하고 또 쳐다보는 사람도 없다. 남은 밥까지 말아서 다 먹고 나니 배가 불룩하다. 배부르니 괜찮다. 작년 생일에도 이렇게 넘어갔는데 뭘.

다시 방희

오늘 방희는 등교했다. 아침에 보이지 않아 얘가 진짜로 멀리 가버렸나 싶었는데 삼교시 끝나고 기환이가 여자애들 반에서 방희가 싸우고 있다고 전해왔다. 지나가는 척 훔쳐보려고 하는데 커튼이 가려져 보이지 않았다. 어쨌든 방희가 온 것은 잘된 일이다. 수업 끝나고 만나볼 생각이다. 어디 갔었느냐를 물어볼까 말까 하다가 그냥 나 오늘 생일이야, 소리만 하기로 했다.

교무실에는 쓰레기가 참 많다. 교무실 뒤로 문 하나를 사이에 두고 있는 전산실은 더욱 그렇다. 우선 담배꽁초가 엄청 나다. 컴퓨터 두 대가 그곳에 있는데 수업 없는 선생님들은 노상 거기에서 컴퓨터를 한다. 뭔가를 놓고 (선생님들은 그것을 공문이라고 한다) 자판을 두드린다. 그래서 꽁초와 구겨진 종이가 많다. 빈 담뱃갑도 있다.

경호가 속한 작문 모듬이 이번주 전산실 청소를 맡았다. 토요일은 경호 차례다. 다음주는 유리창, 그 다음주는 복도와 계단 순서이다.

경호는 가지고 간 쓰레기 봉투에 꽁초를 털어내고 바닥을 쓴다. 떨어진 재가 여기저기 날아다닌다. 선생님들이 보다가 그냥 펴둔 책도 많다. 쓸고 치운다. 그때 교무실에서 인기척이 들린다. 뜻밖에도 방희와 방희네 담임선생님이다.

"그래 이야기해봐."

경호는 빗자루를 든 채 조용히 벽으로 붙는다. 방희는 울고 있다.

"니가 때려놓고 왜 니가 울어? 자 말해봐. 왜 윤미를 때렸는지."

윤미는 어제 방희랑 같이 땡땡이를 쳤던 친구이다. 방희는 계속 울고 있다. 방희가 저렇게 말 못 하고 운다면 뭔가 몹시 속상한 게 있다는 뜻이다. 말 못 할 애가 아니다. 경호는 궁리한다. 나라면 이렇게 하겠다. 윤미는 맞아도 싸다, 네가 아니면 나라도 팰 것이다, 잘 때렸다, 한번 더 패줘라.

"자꾸 울고만 있을래?"

"흑."

"말해. 괜찮아. 니들 친하잖니. 근데 왜 때렸어?"

"걔가요."

선생님도 경호처럼 궁금한 모양이다. 조용하다.

"……."

"어제 오빠랑 나랑 섹스했다고 애들한테 말했어요. 그래서 때렸어요."

"……."

경호는 그냥 있었다. 그럴 수밖에 없었다.

"말하지 말라고 했는데 걔가 말했어요."

선생님은 선생님이라 경호처럼 그냥 있을 수 없는 모양이다. 선생님 목소리가 떨린다.

"어떤 오빠 말이니?"

"좋아하는 오빠예요."

"학생이니?"

"고이예요."

호수

스님은 없다. 경호도 알고 있다. 스님이 있을 시간이 아니다. 모자를 벗고 법당 마루턱에 걸터앉는다. 새가 간다. 새는 좋겠다, 제 마음대로 갈 수가 있어서. 이런 기분일 때는 작년에 수학여행 갔었던 해남 대흥사나 갔으면 좋겠다. 절이 좋아서가 아니다. 먼 곳으로 가고 싶은 것이다. 생판 모르는 곳으로 가서 마음껏 쏘다니고 싶은 것이다.

그런데 저 백로는 만날 자기 집으로 온다. 어디 다른 곳으로 한 번이라도 간 적이 없다. 같잖다. 다른 때 같으면 별 날갯짓 없이 폼나게 나는 저것이 참으로 정말 멋진 존재로 보였는데. 어찌 나처럼 한번도 어긋나지 않고 집으로 온단 말인가. 너도 엄마가 없냐.

걷는다. 이대로 집을 나가는 것이다, 간다, 고 다짐한다. 그러나 돈이 하나도 없다. 돈이 없으면 걸어서 가야 한다. 작년에도 대충 넘어갔지만 이렇게 비참한 생일은 처음이다. 백로가 사는 곳을 지나, 새들이 보기 싫어 더 멀리 걷는다. 방희는 다 울었을까? 좋아하는 오빠와 섹스를 했다니. 기환이가 보여준 사진이 생각난다. 그렇게까지 할 줄을 몰랐다. 깡패같이 굴기는 했지만.

호수에는 아직까지 오리들이 있다. 저 철새는 언제쯤이면 떠날까. 둑을 버리고 민물매운탕 집 앞으로 난 소롯길을 걷는다. 멀리 보이는 물빛은 푸른데 가까운 곳은 흙탕이다. 붕어 낚시 철이 시작되면서 낚시꾼들이 늘어나 있다. 호수가 크다보니까 바다처럼 파도가 (그래봤자 손바닥만하지만) 밀려온다. 낚시꾼들을 지나자 옴폭 들어간 곳이 나온다. 예전에 엄마와 아버지와 함께 와서 낚시를 했던 곳이다. 엄마가 죽고부터는 아버지는 낚시를 하지 않는다.

앉으려도 앉을 자리가 없지만 경호는 눈물이 나올 것 같아 앉기가 싫다. 계속 걷는다. 방희를 이제 미워하기로 한다. 이미 밉다. 미워서 죽을 지경이다. 그러나 미워해지지가 않는다. 밉다가도 야속하고 야속하다가 보고 싶어진다. 어른들은 이럴 때 어떻게 할까. 술을 마시나? 술을 마시고 싶다.

낮이 길어졌다고 하지만 해 지는 것은 금방이다. 경호는 어두워지니 좋다. 방희가 미운 게 아니라 아무것도 못 하는 자신이 더 밉다. 자신이 미워죽겠는데 날까지 밝으면 부끄럽기까지 하다.

공부를 잘하는 것도 아니고 운동을 잘하는 것도 아니다. 부자도 아니다. 날마다 밥하고 도시락까지 싸야 하는 신세다. 방희와 그것을 했다는 고등학생하고 붙어도 이길 자신이 없다. 차라리 잔뜩 까지기라도 할 것을, 싶다.

경호는 자신이 아버지와 몹시도 닮아 있다는 것을 깨닫는다. 꼭 아버지 같아서, 남의 농장으로 품이나 팔러 다니고, 몇푼 얻은 자릿세를 금방 잃어버리고 마는 아버지 같아서 죽고 싶은 심정이다. 잘하는 게 없다. 한 바퀴를 다 돌고 나니 더 갈 데가 없다. 벌써 깜깜한 밤이다. 출발했던 곳이다. 이 먼 곳을 걸어서 다 돌기는 처음이다. 주차장에 막연히 선다.

어디든지 가고 싶은데 갈 곳이 없다. 집은 정말 싫다. 그러나 어딘가로 가기는 가야 했다. 오리처럼 호수에서 잠을 잘 수는 없다. 스님이 돌아와 있겠구나, 싶어 다시 마을로 걷는다. 배도 고프다. 생일이라고 말하면 스님이 뭔가를 사줄 것이다.

그러다가 그렇지, 싶다. 맞다. 언젠가 스님이 덤프트럭 운전을 가르쳐주겠다고 했던 것이 생각난 것이다. 운전을 배워야겠다. 생일 기념으로 가르쳐달라고 해야지. 덤프트럭 기사가 되어야겠다. 트럭을 몰고 쌩쌩 달려보는 거다.

마을의 불빛이 경호 눈앞에서 춤을 춘다.

먼 곳에서 온 사람

우린 정말 너무도 사랑했어요.
만약 사랑이 애틋하고 포근한 것을 넘어 다른 세계로 들어가는,
그렇죠, 고통과 희열이 뒤섞인, 부풀어오른 상처를 칼로 가를 때
시원함과 통증이 함께 생기는 것처럼,
그런 것이라면 난 사랑을 처음 해본 셈이에요.
너무 좋고 그래서 아팠죠.

이곳이 바다죠? 아름답군요. 이렇게 크고 넓은 게 한 가지 색깔이라니. 파도는 같은 간격을 두고 밀려오고. 한결같은 느낌이에요. 꼭 나무들이 줄지어 팔을 벌리고 선 채 저 산 너머에까지 이어지는 것 같아서 가슴이 서늘해지는군요. 간격을 둔다는 건 각각의 쓸쓸함을 보여주는 것 같거든요. 멀리에서 보면 그냥 푸른빛이었는데, 바다란 하얗게 부서지는 파도가 사는 곳이군요.

내가 사는 마을에서 아주 높은 봉우리를 세 개쯤 넘으면, 너무 높고 가팔라 힘든 길이지만, 산의 연초록 색깔이 자기들끼리 뒤섞이며 멀어지다가 마치 안개처럼 되어버리는 곳 너머에 이 색깔이 보였죠. 세상을 두르고 있는 장막. 너무나 먼 곳이라 푸른 색깔이 마치 키질을 당해 엷은 가루로 피어오르는 듯한 그런 모습이었는데 신비하기까지 했어요.

그러니까 처음 바다를 본 게 열 살 때였어요. 할아버지 따라서 약초를 캐러 갔었지요. 난 산을 잘 탔어요. 하지만 천 미터가 넘는 산을 세 개 연거푸 넘는다는 것은 열 살 소녀에게는 쉬운 일이 아니죠. 첫번째 봉우리를 넘고 나서 지쳐버렸어요. 약초란 이렇게 사람들 다니는 길 아닌 곳에서, 계곡을 따라가든지 가파른 능선을 타면서 뜯기 마련이죠. 하지만 할아버지는 소롯길 난 곳으로만 계속 걸었어요. 가다가 약초가 보이면 캐고 곧바로 또 걸었던 거죠.

두번째 봉우리는 죽을힘을 다해서 올라갔어요. 역시 큰 산은 달랐어요. 낮은 야산이나 집 뒤에 있는 숲과는 전혀 다른 모습이었어요. 없어져버린 길이 소나무 숲에서 다시 나오고 생각지도 않은 곳에 깊은 계곡이 있기도 했어요. 계곡의 바위를 껴안고 있는 이끼도 짙고 두터웠고 나무도 훨씬 크고 약초의 종류도 못 보던 것들이었어요. 구석구석에 피어 있는 파랗고 노란 꽃들. 처음 들어보는 새소리. 그 사이를 잔잔히 흐르는 바람. 바람 따라 떠도는 푸른 빛깔의 이내. 계곡에서 피어올랐다가 나뭇가지에 걸려 움직이지 못하고 떠 있는 물안개들. 난 가슴이 벅찼어요. 진짜 산의 모습을 본 거예요. 좋아하는 대상 속에서 새로운 것을 발견한다는 것은 아주 기쁜 일이에요. 피곤했지만 아주 즐거운 길이었죠.

그리고 완전히 탈진되어 세번째 봉우리는 할아버지의 넓고 따스한 등에 업혀 올라갔어요. 올라가는 동안에 잠이 들기도 했는데 부엉이와 올빼미 울음을 듣기도 했죠. 세상은 마치 어둠과 새의 울음소리로만 되어 있는 듯했지요.

밤이 깊어 산장에 도착했어요. 아침 일찍 출발해서 하루 꼬박 걸렸던 것이죠. 산장지기는 할아버지와 친구로 가족을 다 잃고 반평생 산에서 혼자 사는 노인이었어요.

저애가 벌써 이렇게 컸나?

세월 참 빠르지?

허허, 그러면 우리가 얼마나 산 건가. 그러나저러나 어린것이 그 먼 길을 제대로 올 수 있었을까?

산을 아주 잘 탄다네. 봉우리 하나만 넘으면 나가떨어질 줄 알았더니 두번째 봉우리까지 이를 악물고 걷더구먼. 이제 고작 열 살인데 말이야.

두 할아버지가 두런두런 이야기 나누는 소리를 삶은 감자 입에 물고 꾸벅꾸벅 졸면서 아슴아슴 들었어요. 워낙 피곤했지만 그날 본 것들이, 약초나 꽃이나 깊은 계곡이나 물안개나 푸른 이내나 산 짐승들이 다니는 길이 눈앞에서 떠나지를 않았어요.

좋은 아이군.

좋은 아이지. 하지만 산을 너무 좋아해.

허, 산을 좋아하는 게 어때서. 모두 자네 피 때문이지.

산을 좋아하는 것은 나 하나로도 족해. 저애는 좀 다르게 살았으면 싶어서.

걱정할 게 뭐 있어. 산 좋아하는 사람치고 어질지 않은 사람 없다는데.

그래, 어질다는 이가 모처럼 고생해서 찾아온 친구한테 술 한잔도 안 내놔?

산꼭대기에 사는 사람한테서 술을 찾네? 술이란 자네처럼 속세에서 사는 사람이 담그는 거지. 꾸물거리지 말고 얼른 들고 온 망태나 좀 풀어보아.

침 나오는 거 참고 있었구만. 저번에 부탁하던 옷가지랑 몇 개가지고 왔어. 어때, 그냥 막소주가 좋지?

말해 무엇해. 산에 오래 있다보면 저잣거리의 막된 물건이 그리운 법이지. 소주도 좋지만 요즘은 그 국밥집의 막걸리가 생각이 난다니까.

한번 내려와. 국밥집에 막된 할망구 하나 새로 들어왔더구만. 내 소개해주지.

거 좋지.

그 말들을 마치 꿈속에서 구름 보듯 듣다 말다 했어요. 밖에서는 바람이 나뭇잎 건드는 소리가 자꾸 났고요. 부엉이와 소쩍새는 밤새 울고.

할아버지는 그냥 심심해서 나를 데리고 간 게 아니었어요. 길동무로 삼기에는 너무 어렸고, 마지막 봉우리를 올라올 때 할아버지는 숨을 가쁘게 내쉬었거든요. 열 살 되는 기념으로 넓은 곳을 보여주고 싶어하셨다는 것을 나중에 알았어요.

다음날 아침 할아버지는 날 데리고 산꼭대기 바위 위로 올라갔어요. 그리고 그때 처음으로 푸른 색깔이 길게 누워 있는 것을 보았어요. 산을 둘러싸고 있는 장막. 산이 더이상 뻗어나가지 못하는 곳. 바다였죠. 난 그때까지 산 너머에는 늘 그 다음 산이 있다고 생각했어요. 그런데, 산 다음에는 산이 있고 그 뒤로 또 산이 있고 또 산이 있고 하다가 결국 산의 세상이 끝난 곳에 다른 것이 있다는 것을 알게 된 거죠.

저기가 바다라는 곳이다.

할아버지가 말했어요.

네가 먹어보았던 미역이나 멸치가 나는 곳이란다.

하지만 바다는 너무 멀리 있어서 아주 비현실적으로 느껴졌죠. 그냥 아주 먼 곳이었어요. 나와는 전혀 상관없는 아주, 아주 먼 곳. 내가 사는 곳과는 완전히 다른 곳. 꿈보다 더 먼 세계. 그래서 그런지 얼른 내려가서 높은 산 깊은 숲속으로 쏘다니고 싶었을 뿐이었어요.

그 사람이 바다에서 왔다는 것을 들었을 때 그때 봤던 바다의 모습보다는 할아버지의 따스했던 손이나 말이 생각났었죠. 할아버지는 내가 여고 다닐 때 돌아가셨어요. 평생 산을 좋아하는 사람답게 산에 묻히셨어요. 당신께서 묻히실 자리를 스스로 잔디 심고 다듬어놓으셨죠. 한 일 년이나 앓으셨나. 내가 좋은 사람 만나 행복하게 사는 것을 눈으로 본 다음에 가고 싶다고 하셨는데.
예, 그 사람. 그림을 그린다면 가늘고 긴 선과 엷고 맑은 색깔로 그려야 할 것 같은 사람.
그 사람은 역 광장 앞 벤치에 쓰러져 있었어요. 그냥 누워 있는 것인지 지쳐 쓰러진 건지 슬쩍만 봐도 알 수가 있잖아요. 어느 먼 곳을 여행하다가 그곳에 도착한 다음 그렇게 되었는지 아니면 어딘가를 가고 싶어도 갈 수 없어서 그렇게 되었는지는 모르겠지만 광장이란 곳엔 그런 사람들이 아주 없지는 않아 그냥 지나칠 뻔했죠. 한약 재료상과 씨앗 가게에서 부탁한 말린 약초와 씨앗을 넘겨주고 필요한 물건 몇 개 사고는 돌아오는 길에 역 앞 신호등에 걸렸죠. 무심코 주위를 살피다가 그 사람을 봤어요. 긴 머리에 전체적으로 가느다란 생김새였죠. 때 전 외투와 낡은 운동화를 신은.

내 눈을 잡아끄는 것은 손이었어요. 두텁지도 가늘지도 않은, 조금 긴 손이었는데, 어떻게 생겨서 눈을 끄는 것은 아니었고, 벤치 등받이 위에 걸쳐 있는 손의 움직임 때문이었어요. 몸은 죽은 듯 누워 있는데 그 손가락은 조금씩, 뭐랄까요, 아무 능력 없는 어떤 사람이 마지막 혼신의 힘을 다하는 기도 같은 느낌이었어요. 극도로 지쳐 있거나, 심지어 죽음의 문턱에 다다랐을 때 마지막 한줌의 기운이 모아진다면 무엇을 할 수 있을까요. 기도겠죠. 그것밖에 할 수 있는 게 없을 테니까요. 그 사람의 손이 꼭 그랬어요. 살아 있는 마지막 표시인 듯, 손가락들이 천천히 움직이는데 하늘로 기어가는 듯한 느낌을 주었어요. 마치 마지막 한마디 남은 메시지를 전하기 위해 안테나를 올리는 것처럼.

난 눈을 돌리지 못했어요. 강렬한 흡인. 그 손이 그렇게 내 눈을 잡아당기고 있었던 거죠. 차들이 뭐라고 욕을 하면서 앞으로 지나가고 교통 경찰이 달려왔을 때에야 신호등이 한참 전에 바뀌었다는 것을 알았죠.

빨리 가라는 경찰의 말에 한참 망설였어요. 그러다가 그 사람을 다시 보았는데 그때 감겨 있던 그 사람의 눈이 떠졌어요. 초점 없는 눈동자. 아무런 기운도 없는. 그리고 다시 감겼죠. 그 사람이 죽는다고 생각했어요. 나도 모르게 차를 역 광장으로 몰고 갔어요.

아는 사람이에요, 도와줘요.

왜 그 소리를 하게 됐을까요. 아는 사람. 물론 처음 봤어요. 살면서 한 번도 만나지 못했던 사람이죠. 그런데 그 말이 왜 튀어나왔을까요. 불쌍한 사람이군요, 아픈가봐요, 병원에 옮겨야겠어요,

라고 말할 만도 했는데. 아는 사람. 그래, 꼭 아는 사람 같았어요. 아주 먼 옛날에 만났었던, 태어나기 전에, 전생이 있다면 그곳에서 만났었던 사람 같았죠.
 어리둥절하던 경찰이 그 사람을 안아서 내 차에 태웠어요. 그 사람은 들면 드는 대로 밀면 미는 대로 아무 움직임이 없었죠.

 어머. 저녁이 되니까 바다 색깔이 변하는군요. 어쩜, 처음 봐요. 산도 어느 날은 이렇게 시시각각 색깔이 변해요. 하지만 느낌은 달라요. 산의 색깔은 어느 한 가지만으로는 설명하기가 곤란해요.
 예를 들어 노란 기운과 붉은 기운이 약간 섞인 상태의 진초록이 물에서 번져나가는 듯한 색깔이라고밖에 설명 못 하죠. 하지만 이곳은 한 가지 색깔이 순서대로 나타나는군요. 어머, 이번에는 코발트 색깔로 변했어요. 바람 때문인가요? 산은 바람이 불면 색깔이 흔들려요. 색깔이 몸을 떤다면 이해하겠어요? 바다는 이렇군요. 바람이 불면 생각지도 않았던 색깔이 마치 마술처럼 생겨나네요. 색깔이 하나씩 줄지어 나타날 준비를 하고 있는 것처럼.
 그 사람도 이랬어요. 색깔로 치자면 한 가지 색깔이었어요. 한 가지 색깔이 분명히 나타난 다음 다른 색깔로 변하는. 복잡하지 않은. 그랬군요. 그래서 그 사람이 그랬군요. 그 사람은 바다에서 왔다고 했어요.
 그 도시에서 내가 사는 산 밑까지는 차로 약 삼십 분이 걸려요. 그 삼십 분이 세 시간 같기도 하고 삼 분 같기도 했죠. 글쎄, 이해가 되세요? 한 여자가 처음 본 한 남자를, 그것도 곧 죽을 행려병자 같은 남자를 충동적으로 데리고 간다는 게. 참 말도 안 될 일이죠. 하지만 말이 되는 건지 안 되는 건지 따질 생각조차 들지 않았지 뭐예요.

그 사람을 방에 뉘어놓고 난 뒤 무엇을 해야 할지 몰랐어요. 갈피를 잡지 못하겠더군요. 한참을 방과 부엌과 약초밭과 숲을 왔다 갔다하다가 그제야 생각해낸 게 죽을 끓이는 거였죠. 억지로 죽과 물을 받아먹고는 죽음처럼 잠을 자더군요.

빨래를 하는데 호주머니에서 무언가 나왔어요. 물고기 이빨이었어요. 물고기 이빨. 왜 이런 것을 가지고 다닐까. 이 사람은 왜 그렇게 쓰러져 있었고 그리고 왜 이런 이빨을 지니고 있을까. 어쨌든 그 사람이 회복하는 동안 난 거의 딴 사람이 된 듯했어요. 짐작하시겠지만, 맞아요, 그 사람을 한눈에 사랑하게 된 거였어요.

사랑이라는 것이 안 보면 보고 싶고 마음이 끌리고 따라서 몸도 저절로 그쪽으로 가고 오래도록 이렇게 살고 싶어지는 것이라면, 마음을 다잡으려 해도 몸이 이미 그쪽으로 가는 거, 그게 사랑이라면 두 번이나 해봤어요. 학교 다닐 때 연애를 했구요, 그리고 결혼도 한 번 했어요.

젊었을 때의 사랑이란 불붙기 쉬운 대신에 얼른 식잖아요. 선배였어요. 그땐 사랑이 내 생애 처음이자 마지막이라고 생각했어요. 오이 대처럼 푸르고 탱탱하게. 그래서 그랬겠지만 너무 웃자라는 사랑을 했었죠. 스무 살 때였으니까.

다음이 전남편이었죠. 학교를 그만두고 난 곧바로 산으로 돌아왔어요. 그렇게 산이 그리울 수가 없었어요. 말없는 키다리 아저씨처럼 늘 같은 모습으로 서 있는 산, 산들. 그 풍요의 연초록 세상. 할아버지와 함께 심었던 나무들. 할아버지가 평생 몸 바쳐 일구어놓은 약초밭. 넓은 잔디밭. 맑게 흐르는 개울. 그게 그렇게도 그리웠어요.

　산은 있잖아요, 늘 숨을 쉬어요. 낮에 숲에 들어가 소리를 느껴 보면 아주 졸음에 겨운 강아지 숨을 쉬어요. 움직이기 싫어하면서도 누가 건들면 어쩔 수 없이 일어나 하품하면서 반가워하는 그런 모습이죠. 어떤 때는 고양이처럼 가롱가롱거리기도 하고요. 저녁이 되면 소곤거리는 숨소리로 가득해요. 햇볕이 가득한 동안 마치 일을 열심히 했다는 투죠. 뭐 궁리를 하고 있는 그런 모습이라니까요. 그리고 밤에는 아주 무거운 숨소리를 내요. 자고 있는 것은 아니에요. 진짜로 몸이나 생각이나 이런 것을 키우고 있는 것 같아요.

　새벽에는, 그때의 숨소리가 가장 좋은데, 아주 활기차면서도 비밀스러운 게 숨어 있는 그런 숨을 쉬어요. 신비스러운 느낌을 주거든요. 할아버지 따라 높은 봉우리에 올라가서 느꼈던 것처럼, 산이나 숲이 살아 있는 존재라는 생각이 가장 뚜렷하게 들 때이죠. 사람으로 치면 하루의 일을 마치고 집으로 들어갈 때의 쾌활함 같은 거겠지요. 그러면 난 그것을 건들까봐 아주 조심스럽게 걸어다니곤 했어요.

　그런데 바다도 숨을 쉬는군요. 다른 숨이에요. 아주 특이해요. 이곳에 사는 사람들은, 그 사람이라면, 익숙하겠지만. 숲이 몸 구석구석 모공을 통해 숨을 쉰다면 바다는 커다란 허파를 통해 숨을 쉬는 것 같군요. 아니, 어떤 거대한 존재가 쉬는 숨, 그 자체인 것 같아요.

　난 돌아왔고 다시는 다른 곳에 가서 살지는 않겠다고 생각했어요. 그리고 일에 매달렸죠. 밭을 일구고 약초와 나무를 더 심었어요. 한번 손을 대면 끝없이 손이 가야 하는 게 흙의 일이죠. 바다는 다르다면서요? 그 사람이 일러줬어요. 바다는 바다가 허락하는 시간에만 일을 할 수 있다고.

나는 그 바쁜 게 마음에 들었어요. 그리고 결혼을 했죠. 표나게 들썩이는 연애가 싫어졌기 때문에 사람이 무덤덤한 게 나쁘지 않았어요. 중매로 만났죠. 나처럼 산을 좋아하여 비탈에서 농장을 하던 사람이었어요. 할아버지 유언대로 행복하게 산다는 것이 이런 것이구나 생각이 들기도 했죠. 같은 취미를 가진 사람. 똑같이 산 걷는 것을 즐기는 사람. 글쎄 전남편을 사랑했는지 어쨌는지는 잘 모르겠어요. 불편이 없으면, 나쁘지 않으면, 그게 사랑이라고, 행복이라고 생각했거든요. 너무 덤덤해서 심심하기도 했지만. 적당한 행복? 그게 맞을 것 같네요. 어떤 다른 정의가 있겠어요.

전남편과는 헤어졌어요. 만나는 게 쉬웠던 만큼 헤어지는 것도 어렵지 않더군요. 단지 행복하게 살아야 한다는 생각이 실패를 본 것 같아 쓰렸죠. 같이 산을 좋아하는 사람이라서 잘 살아지려니 하는 마음이 그쪽에도 있었나 본데 나하고는 사는 게 재미없었나 봐요. 한 일 년 살다가 헤어졌죠. 돌보던 농장이 잘되지 않았던 탓도 있었어요. 빚이 늘자 처분하고는 도시로 나가버리더군요.

그리고 계속 혼자였어요. 살 만했어요. 아, 오해하지 말아요. 내가 그 사람을 사랑했던 것은 외로움 때문이 아니었어요.

그 사람을 사랑하게 된 이유는 아직 잘 모르겠어요. 흡인과 빨려들고 싶은 충동이라고밖에 말할 수 없어요. 타다가 꺼지는 게 아닌, 영혼의 끝까지, 혹 영혼도 머리카락이나 발톱을 가지고 있다면 머리카락 끝이나 발톱 끝까지 타올라버리는 것, 다 타버리고 없어져버리고 싶어지는 충동.

그렇다고 사랑이라는 것의 목표를 그렇게 정해놓은 것도 아니었어요. 그냥 그 사람을 보고 있노라면 꼭 그렇게 되어버릴 것 같았죠. 그러니까 사랑하는 게 아니라 끔찍하게 사랑하게 되어버린 것, 그것이죠.

난 외롭지 않았어요. 남자가 굳이 필요하지도 않았어요. 웬만한 기계는 내가 다 다뤄요. 물려받은 땅이 있는데다 계속 일을 했기에 생활도 그리 어렵지 않았고 그리고 사랑하는 숲과 산이 있어서 늘 평안했어요. 외로움 때문이라면 다시 결혼했을 거예요. 여러 해를 혼자서 살았으니까. 중매 들어온 곳이 많았고 마음이 없잖은 곳도 서너 군데 됐죠…… 솔직히 말해도 괜찮다면, 조금씩은 흔들리기도 했어요. 숲이나 밭에서 하루를 지내다보면, 그게 아무리 좋아하는 곳이래도 사실 외롭기는 했죠. 사람이 즐거워하는 게 어디 한두 가지라야죠. 아무리 행복해도 혼자는 혼자일 뿐이니까요.

교통할 수 있는 그런 사람. 넘나들 수 있는 사람. 그런 사람이, 사내가, 필요하기도 했어요. 아니 필요했죠. 이런 말하기 좀 그렇지만 열 밤이면 일고여덟 밤은 그랬어요. 쓸쓸했죠. 하지만 모두 그냥 넘겼어요. 누구를 좋아하고 싶지도 않았던 거예요. 그 사람 만나려고 그랬는지는 모르지만, 설마 아니겠죠. 사람들은 늘 지나놓고 나서 여러 가지 연관 없는 것들을 마치 연관 있는, 연속선상의 일들처럼 정리해서 말하는 습성이 있잖아요. 그냥 우연이었겠죠. 무슨 이유가 있었다고 한들, 그게 필연이라고 한들, 그걸 어떻게 증명하나요? 사랑이 필연이라면 사소한 이유로 인연이 되지 않았던 수많은 사람들은 어떻게 설명하고요.
　내 생각에는 말이죠, 사랑이란 우연을 필연처럼 만들어가는 어떤 힘이나 생각 같은 것이 아닐까 싶어요.

　사흘째 되던 날 그 사람은 자리를 털고 일어났어요. 그 사람이 일어나서 맨 처음 한 게 뭔지 알아요? 조금 전 자신이 먹었던 밥그릇을 씻는 거였어요. 세상에. 호호. 그런 사내 첨 봤어. 죽도록 앓다가 기력을 회복하고 나서 맨 처음 한 게 설거지였다니.
　그날 밤이었어요. 우린 등나무 넝쿨 아래 할아버지가 만들어놓은 오래된 느티나무 의자에 앉았어요. 회복한 기념으로 닭을 잡았거든요. 호호. 산 가시내로 살고 있어도 닭을 잡거나 하지는 못해요. 밑에 있는 식당 주인이 잡아주었어요.
　그 사람은 잘 못 먹었어요. 아니요, 완전히 회복된 상태였어요. 부끄러운 얼굴로 아무 말 없이 일어서더니 구십 도 각도로 인사를 하더라구요. 고맙다고. 그런 사람이니 닭고긴들 제대로 먹겠어요. 몹시도 어색해하고 미안해하길래 난 산딸기 술을 내왔어요.
　어릴 적 단맛에 혹해 그 술을 핥아먹으면, 애가, 니도 요강단지 깰 거니? 할아버지가 늘 그렇게 놀리곤 하셨어요. 하지만 나에게 술을 가르쳤던 이는 할아버지였어요. 난요, 모든 것을 할아버지에게서 배웠어요. 사랑만 빼고는.
　그 검푸른 술을 마셨어요. 알아요? 맑은 공기가 흘러내려오는 산을 배경으로 잘 가꾸어진 나무와 약초의 밭 사이 나무의자 위에서 등불 하나 켜놓고 마음 가는 사내와 잘 익은 술을 마시는 기쁨을. 그 농익은 시간을. 늘 산이나 나무나 약초나 또는 밭의 작물이 나 이런 것을 친구로 생각하고 살았지만 그날만큼은 내가 주인인 듯했어요. 모든 게 나를 위해 준비되고 비장된 것 같았어요.

그는 바다에서 왔다고 했어요. 산 너머, 또 산 너머, 또 그 너머의 너머. 너무 먼 곳에서 왔던 거죠. 그렇죠. 바다란 너무 먼 곳이었고 먼 곳에서 온 사람이란 늘 지치고 끝내 목숨이 위태로울 수 있는 것 아니겠어요? 사실 그는 낯선 이였어요. 눈에 익은 낯선 이. 낯선 게 눈에 익다면 그게 무슨 말일까요.

왜 자신을 데리고 왔냐고 물어와서 손 때문이라고 대답했죠. 그 사람은 꿈속에서 어머니를 보았대요. 혼몽의 세계에서 어머니를 부르고 있는 중이었고 오래 전 바다 속에서 죽은 어머니가 나타났 대요. 그러면서 자신이 죽어가는 것 같았대요.

그는 아주 조심스러웠지만 시간이 갈수록 즐거워했어요. 술이 주는 아름다운 힘이죠. 내가 하는 말을 찬찬히 들었고 나무와 풀을 만져보며 이름을 물어오기도 했어요. 이 나무는 아주 신경질을 많이 부리게 생겼네요, 이렇게 이파리가 가늘고 긴 걸로 봐서, 농담도 하고 내가 건네주는 생 약초를 쓰단 말 없이 씹어 삼키기도 했어요.

그 사람은 일도 참 잘했어요. 처음 해보는 일인데도 일러주면 금방 알아들었어요. 뭐라구요? 짓궂어라.

그래요. 그 밤. 약초 냄새와 느티나무 의자와 덩굴나무와 산딸기 술의 날. 우리는 그 자리에서 결합되었어요. 그 사람이 내 얼굴을 만졌고 나는 그 사람 목을 만졌어요. 그 사람이 내 가슴을 쓸었고 나는 그 사람 어깨를 감싸안았어요. 접목하듯 우리는 자연스럽게 그 풀밭에서, 할아버지가 심어놓은 잔디 위에서, 합쳐졌어요.

그런 밤은 처음이었어요. 한 삼 년 가뭄 끝에 비가 오듯, 메마른 미역이 물을 만나듯, 그렇게 되었죠. 내 얼굴이 달아올라도 이해하세요.

우린 정말 너무도 사랑했어요. 만약 사랑이 애틋하고 포근한 것을 넘어 다른 세계로 들어가는, 그렇죠, 고통과 희열이 뒤섞인, 부풀어오른 상처를 칼로 가를 때 시원함과 통증이 함께 생기는 것처럼, 그런 것이라면 난 사랑을 처음 해본 셈이에요. 너무 좋고 그래서 아팠죠.

확실히 그건 다른 세상이었어요. 하늘이나 가문비나무나 소철이나 개울이나 이런 것들도 꼭 다른 세상에 있는 듯했어요. 마치, 산아래 내 집과 밭이 통째로 시간의 틈 사이로 빠져 어디 먼 곳으로 여행 온 듯했지요. 신화나 전설 같은 세계로 말이죠.

그 사람에게는 늘 물의 냄새가 났어요. 그 사람은 나에게 흙의 냄새가 난다고 했어요. 둘 다 한 번도 느껴보지 못했던 세상이었어요.

날마다 그 사람을 데리고 산과 들을 쏘다니며 꽃이나 나무의 이름과 버릇을 가르쳐주었어요. 그 사람은요, 자기가 살았던 바닷가의 비탈에서 살고 있는 나무는 바람에 시달리느라 키 클 시간이 없대요. 늘 바람이 불어오는 곳이랬어요. 참 슬펐어요. 바람에 시달리느라 키가 못 큰다는 게.

설혹 키가 큰 나무가 있어도 물러서 좋은 나무가 없대요. 우리 산에서 자라는 나무들을 몹시도 좋아했어요. 있잖아요, 그 비탈에서 자라는, 바람에 시달리느라 키 클 여력이 없다던 그 나무는, 그래서 옆으로만 가지가 뻗어 있대요. 바다 반대쪽으로. 바다 사람들은 늘 나무처럼 바람을 맞으며 산대요. 오늘은 무슨 바람이 불어오나, 내일은 무슨 바람이 부나, 그것부터 헤아린대요. 그래서 나무들처럼 바다 사람들은 꼭 한쪽으로만 키나 몸이 커버리는 듯하대요. 난, 그 말 그대로의 모습을 상상하며 깔깔 웃었죠.

우리집이 천국 같다고 했어요. 그렇죠, 바람을 막아주는 산과 숲이 있고 늘 꽃과 열매가 자라고 맑고 시원한 개울물이 흐르는 곳. 바다는 물이 귀하대요. 물과 함께 살지만 늘 갈증에 시달리는 운명을 타고난다고 말했어요.

난 나무뿐만 아니라 내가 기르고 있는 기린초나 황기, 더덕, 호미초, 남산제비꽃 같은 것들의 이름과 그걸 어떻게 약으로 쓰는지를 알려주고 그 사람은 여러 물고기들의 습성과 맛과 잡는 방법에 대해 이야기해주었어요. 난 흙을, 그는 물을 노래한 것이죠. 정말로 세상은 내가 몰랐던 것들로 가득하다는 생각이 들었어요.

그는 또 산이 완만하여 사랑스럽다고 했어요. 바다는 늘 깎아지른 절벽만 만들어놓았대요. 그게 바람과 파도의 버릇이래요. 우리는 산마루 풀밭에서, 할아버지가 아주 어렸을 때도 그만큼 컸다는 팽나무 아래에서도 사랑을 나눴어요. 그 사람, 참 튼튼했어요. 흐르는 물처럼 늘 생생했어요. 쉬지 않고 흐르는 개울의 물처럼. 늘 흐름으로 인해 생명을 얻고 있는 듯한 느낌. 아니, 흐르지 않으면 죽어버리는 어떤 존재 같았어요. 그는 물이었고 또 물고기였어요.

그렇게 두 계절이 갔어요. 그 시간들을 뭐라고 말할 수 있을까요. 꿈꾼 듯싶지만 너무 생생해요. 몸이 그걸 기억하고 있죠. 갈증. 그래요, 난 물의 세계에 대해 매료된 듯해요. 몸이 물을 만난 거죠. 갈증이에요. 그 사람의 마을 사람들이 물 위에서 평생 갈증을 느끼며 살아야 하는 것처럼 운명으로 다가온, 거듭되는 목마름. 그걸 배워버린 듯해요.

그는 점차 흙의 일을 피하기 시작하더군요. 어느 때부터 보이지 않아 찾아보면 개울가에 앉아 있었어요. 흘러가는 여울을 바라보고 있었죠. 그럴 때면 그 사람 주위로 무슨 푸르스름한 물기운이 도는 듯도 해서 가까이 가지 못하고 바라보곤 했어요. 조금씩 생기를 잃어가는 모습이었죠.

난 조금 슬퍼졌어요. 그 사람이 나처럼 숲과 흙을 사랑하는 이였으면 좋겠다고 생각했죠. 그래서 그를 더욱 산과 들과 숲과 약초밭으로 이끌었어요.

이 노란 꽃 좀 봐요, 마타리라는 앤데요, 한약상들은 패장이라고 부르고요, 이렇게 흔하지만 화상 입은 데나 안질 걸린 데 아주 좋은 약이에요. 전에 당신이 먹었던 약초 즙에도 들어갔어요. 소염 효과도 있거든요. 참 소담스럽죠? 저 흰 나비는 이름이 흰뱀눈나비예요. 흰 날개 사이로 검은 무늬가 마치 흰뱀이 눈을 뜨고 있는 것처럼 보이죠? 그래서 붙여진 이름이래요. 저기 저 꼬리가 양쪽으로 나 있는 애는, 아뇨, 저 붉은 메꽃에 앉아 있는 것이오, 쟤는 사향제비나비예요. 잡아서 맡아보면 사향 같은 냄새가 나요. 이리 와서 이걸 봐요. 작년 가을에 심어놓았는데 벌써 이렇게 컸어요. 참 착하죠? 이쪽은 거름 한 조각 들어가지 않았는데 이 메마른 땅속에서 빗물만 받아먹고도 이렇게 예쁘게 컸어요, 불평 한마디 안 하고. 봉우리 맺은 걸로 봐서 세 밤쯤 지나면 꽃이 피어나겠어요, 얘는 꽃이 도라지꽃처럼 보라색이에요. 저 물푸레나무는 내가 일곱 살 되던 생일에 할아버지가 심어놓으신 거예요. 저 산 뒤쪽에는, 키가 쭉 뻗은 육송숲이 있어요. 참 좋아요. 우리 도시락 싸서 내일 가봐요. 그곳에는 옛날 사람들이 쌓아놓은 작은 산성도 있어요. 우리 꼭 가요.

소나무 숲에 갔다 오던 날 오후 내내 시무룩하게 앉아 있더군요. 내가 가까이 가서 웃어도 억지로 한번 웃어 보이는 게 다였구요. 어디가 아픈지, 불편한지, 저녁을 먹으며 물었어요. 그렇지 않다고, 아주 편안하고 난생 처음 느껴보는 행복이라고 대답했어요. 그것은 그의 진심이었어요. 날 보며 행복하다고 말하는 그의 눈은 아주 부드러운 행복감에 젖어 있었어요. 행복도 모양이나 무게를 지니고 있다면 꼭 그런 눈빛을 지니게 될 거예요.

그런데 밤에 깨어나보니 보이지 않아요. 난 반사적으로 알았죠. 물로 간 것이다. 아니나 다를까 개여울 아래쪽, 아낙들이 빨래하기 좋을 만치 야트막한 웅덩이가 하나 있는데 그곳에 들어가 있더라구요. 몸을 담그고 얼굴만 바깥 돌에 기대고 있었어요. 개울물이 그의 목덜미에서 갈라졌다가 가슴 앞에서 다시 만나 흘러갔어요.

춥지 않아요? 왜 그랬어요?

그는 엉뚱하게 대답했어요.

달이 떴어요. 이곳의 달은 마치 산이 만들어놓은 것 같군요. 새처럼 산 사이로 날아다니는 것 같아요. 바다에서는 물이 만들어놓은 것 같은데. 수평선 저 너머에서 그냥 올라오거든요. 그러면 바다는 은색으로 바뀌어요. 이곳은 나뭇잎이 달빛에 흔들리는군요.

가만히 보고 있으면 파도 같아요. 저 나무가 뭐랬죠? 잎사귀 뾰족한 것과 키 작은 것. 아, 가문비나무하고 싸리나무. 꼭 잔물결 치는 것 같아요. 파도 소리 들려요?

감기 들어요. 얼른 나와요.

잠깐만요, 물이 차갑기는 하지만 나쁘진 않아요. 저 바스스 떨리는 잎들 좀 봐요. 예전에는 달빛이 밝으면요, 멸치떼나 전갱이떼들이 저렇게 수면에서 반짝거리며 춤을 추었어요. 여기는 완전히 다른 곳인데도 이렇게 닮은 모습이 있네요.

억지로 끌어냈죠. 몸이 얼음처럼 차가웠어요. 산중의 물은 구월이면 벌써 몹시도 차가워지거든요. 겁이 덜컥 났어요. 무엇이 이 사람을 저 속으로 잡아당길까, 궁금하기도 했어요. 향수 때문인가요? 그러면 바다 사람들은 모두가 그렇게 바다를 그리워하나요? 우리 마을에도 산이 싫다며 떠난 이들이 참 많아요. 바다도 그럴 것 아니겠어요? 자연의 세계란 몸의 혹독함을 조건으로 내세우기 마련이니까요. 글쎄, 그 사람은 물의 자식 같았어요. 내가 산과 숲의 딸이라면.

그 사람은 나를 이끌고 방으로 갔어요. 아, 물 냄새. 숲의 냄새와는 다른, 뭔가 평면적이면서도 그것들이 연달아 밀려와 입체가 되는 듯한 냄새. 너무 맑은 물비린내. 흘러가는 냄새. 모든 색깔이 다 지워지고 맨 처음 투명의 상태로 돌아가는 듯한 냄새. 그 사람 몸은 온통 물 냄새였어요. 그 사람은 다시 내 몸에서 숲의 냄새를 맡고 난 그 사람에게서 물의 냄새를 맡았어요. 숲은 물로 인해 풍성해지고 물은 숲을 만나 쓰임새가 만들어졌어요. 그 뜨거움. 차갑게 얼어붙은 몸에서 터져나오는 뜨거움. 우린 점차 더워지고 마침내 폭발하듯 타올랐어요. 물이 타오르는 모습을 그때 처음 봤어요. 숲에서 파도 소리가 나는 것도.

하지만 그의 활력은 나에게는 아주 혼란스러운 것이었죠. 지쳤을 때 내가 숲에서 원기를 회복하는 것처럼 그는 물에서 그러는 듯했는데, 나의 산이, 숲이 그에게 생명력을 주고 있지 못하다는 사실을 구체적으로 느끼기 시작했거든요. 나에게는 아주 소중한 것이 내가 사랑하는 사람에게는 쓸모없는 것이라니요.

그가 여울에 가는 시간이 잦아졌어요. 점차 저 멀리, 여울의 끝이 강과 만나는 부분을 짐작하며 눈을 더 멀리 주곤 하더군요. 난 불안해지기 시작했어요. 그래요. 그 사람은 물의 아들. 바다로 돌아갈 사람이었죠. 하지만 난 보내고 싶지 않았어요.

그 사람도 나를 두고 어디로 가고 싶지 않아했어요. 육지로 나와 아주 많은 고생을 했거든요. 한평생 바람 불고 파도 치는 곳에서 살기가 싫어서 나왔대요. 그리고 공장과 건설현장을 떠돌았대요. 하지만 육지에서 살기가 아주 힘들었나봐요. 몸이 망가졌고 끝내는 부랑자가 되어버린 것이죠. 함부로 생각하지 마세요. 내가 보기에 부랑자들이란, 마음이 여린 사람만이 할 수 있는 직업이에요.

그 사람도 나를 너무 사랑했어요. 나와 함께 죽을 때까지 살고 싶다고 늘 말했어요. 함께 살고 싶어하는 것과 본능적으로 바다로 돌아가려는 것 중 무엇이 더 클까요. 아니, 어느 것이 크든 간에 그 사람은 상처받을 수밖에 없는 구조를 지니고 있었죠. 그 둘 모두를 할 수 없기 때문에. 하나를 선택하면 하나를 버려야 하기 때문에.

나는 그 사람의 마음을 잡아두기 위해 애를 썼어요. 그 사람도 아주 많은 노력을 했구요. 내가 싫어한다는 것을 알고는 개울가에 가고 싶은 것을 애써 참는 눈치였어요. 물 속으로 들어가고 싶지 않냐고 내가 넌지시 물어보면 대답 대신 나를 꼭 껴안곤 했어요. 그럼 난 안심이 되곤 했지요.

가을이 깊어지면 산이 색깔로 몸살을 앓기 시작해요. 해마다 그 시절이면 산과 숲이 진통을 겪어요. 그 아름다움은 말로 다 할 수 없어요. 생각해보세요. 초록색이 단단한 몸 속으로 숨어들고 이파리마다 진저리를 치며 노랗고 붉은 색깔을 만들어내는데, 그것도 거대한 숲이 그러는데, 그 가운데 서 있다고 생각해보세요. 무르익은 게 터져내리는 모습. 비처럼 내리는 붉고 노란 색깔들. 그건 너무 아름다워 차라리 슬픔 같은 것이죠. 하지만 내가 사랑하는 산과 숲이, 그에게는 견뎌야 하는 것이었다니요.

그래서 생각한 게 세 개의 봉우리를 넘는 여행이었죠. 늘 되풀이되는 일상이 지루해진 탓도 있어서 더 깊은, 숲이 숨을 쉬는 그 모습을 보여주기로 했던 거죠. 완만한 각도의 구릉과는 다른 깊고 높은 모습 말이죠. 바다에도 산이 있다고 했어요. 바다 한가운데 솟아난 산이 바로 섬이라고 그가 말하곤 했죠. 그러니까 그 사람과 나는 똑같이 산에서 살아왔던 거예요. 한 사람은 육지의 산에서, 한 사람은 바다의 산에서. 그리고 그에게 멀리서나마 바다를 보여주고 싶기도 했어요.

난 어렸을 적 소풍 가는 것처럼 들뜬 밤을 보냈죠. 왜 그 생각을 못 했을까. 내가 그랬던 것처럼 깊고 높은 산의 모습을 보면 그 사람도 결국 반하고 말 것 같았죠. 이른 새벽 우리는 출발했어요. 그 사람은 별말 없이 걷기만 했죠. 난 그 사람의 기분이 좋아지길 기대하면서 조금이라도 넓은 개울이 나오면 앉아서 쉬곤 했어요. 봉우리 하나를 넘고 또 하나를 넘었어요. 산을 타는 데는 아무래도 그 사람이 서툴러서 옛날 할아버지가 날 데리고 갈 때의 속도밖에 안 나왔어요. 그 사람이 당시의 어린 나였다면 업고 가고 싶었지요. 사랑하는 사람을 업고 다닐 수 있다면, 아니, 아이보다 더 작아서 호주머니에 넣고 다닐 수 있다면. 호호. 내가 좀 심했죠?

봉우리 하나를 또 넘고 마지막 봉우리를 올라가는데 어두워지기 시작했어요. 아주 캄캄해졌을 때에야 산장에 도착했지요. 산장 옆 무덤에서 사가지고 간 소주를 따르고는 절을 했어요. 누구냐고 묻더군요. 예전 할아버지와 아주 친했던 산지기 할아버지라고 대답해주었어요. 그 사람도 절을 하더군요. 난 우리가 마치 비밀스러운 혼례라도 올리는 것 같아 공연히 마음이 벙그러졌어요.

맨 처음 그곳을 올라갔을 때의 이야기를 들려주었어요. 두 할아버지의 오래된 우정과 수시로 가져다주던 옷가지, 술, 쌀과 밑반찬들과 할아버지가 돌아가시자 내려와서 손수 염을 해주었던 이야기와 그리고 얼마 있지 않아 돌아가셨다는 것을. 그리고 그날 이래로 정말 깊이 산을 사랑하게 되었다는 것도요. 그 사람은 아주 조용히 이야기를 듣고 나서는 나를 껴안아주었죠.

아주 따뜻하고 부드러운 품이었어요. 이젠 폐허가 되어버린 산장에서 우리는 잠을 잤어요. 아침에 깨어보니 그가 보이지 않았어요. 또다시 난 본능적으로 그가 어디에 있는지를 알 수 있었죠.

내 짐작이 맞았어요. 그는 산꼭대기 바위에 앉아 멀리 바다를, 그렇죠, 바다를 바라보고 있었어요.

그리고 그 사람은 떠났어요. 바다를 보여준 게 실수였나요? 아니, 실수는 아니었을 거예요. 바다가 보이는 곳을 알고 있는데 어떻게 안 보여줄 수가 있어요? 바다를 그토록 그리워하는데 말이죠. 그 사람, 가버렸어요. 산에서 내려온 뒤 사흘 지나서였어요. 이상하게도 그가 갈 거라는 짐작을 하고 있던 나 자신을 발견하기도 했어요. 그는 바다 사람. 나는 산 사람. 그는 바다의 자식, 나는 산의 자식. 그는 물의 자손, 나는 숲의 손녀.

밉고 허전하고 원망스럽고 그러면서도 한편 후련하기도 한 게 이별이라면 난 이별을 몇 번 해봤어요. 하지만 헤어진 다음 몸의 물기가 모두 빠져나가버린 듯하고 내가 나 아닌 것 같고 사람의 희망이 송두리째 없어져버린 극도의 상실감, 그게 이별이라면 처음 해봤어요. 눈물도 안 났어요. 그냥 몸 속의 피가 다 빠져나가버린 기분이었어요.

이런 생각을 해요.

흰색과 검정색을 섞으면 회색이 되잖아요? 저 유럽 중에서도 정열적이라고 소문이 난 나라에서는, 그들이 쓰는 말에서는, 슬픔의 색이 회색이래요. 이해해요. 파란색을 슬픔의 색으로 보는 나라도 있지만 내가 볼 때는 회색이 훨씬 슬픔의 중심을 엿볼 수 있는 색깔이에요. 닮은 곳이 전혀 없는 상반된 두 개가 뒤섞여 있다는 것이 바로 슬픔이거든요.

하지만 말이죠, 살면서 감내해야 할 것들 중의 첫째가 그것 아닌가 싶어요. 홀로 남아서 사람들의 사랑을, 언제 어디서든지 끊임없이 생기는 사람들의 사랑에 대해 골똘히 생각해봤어요. 그리고 보니까 말이죠, 뜻밖에 많은 사람들이 자신이 좋아하는, 익숙한 스타일과는 다른 사람과 결혼을 했더라고요? 자신이 원하는 형태란 아무래도 자기의 특성들이 투영된 모습이기 때문에 스스로와 제법 닮아 있기 마련이죠. 물론 자신과 닮은 사람을 만나기가 쉽지는 않지만.

결혼할 때가 되면 자신이 그 동안 키워온 생각과는 다른 사람에게 끌려버린 것이죠. 호호. 그리고 한평생 후회하고 살지요. 왜 그때 저 사람에게 끌렸을까, 스스로도 이해하기 힘들죠. 가만히 보면 말이죠, 그렇게 뜻하지 않게 끌렸던 이들은 여러 개인적인 특징들이 완전히 반대인 경우가 대부분이에요. 자신에게 없는 것을 가진 사람에 대한 매력이나 기대. 그러니 이해 못 하는 부분이 많이 생길 수밖에.

결혼 적령기가 지나면 그 현상은 사라지는 듯해요. 난요, 이게 인류 진화의, 우리가 아직 잘 모르고 있는, 어떤 큰 법칙 같다는 생각이 들어요. 속담에도 부부가 너무 금실이 좋으면 자식 복이 없다잖아요? 전혀 다른 두 개가 만나서 낳은 자식들이 똑똑하대요. 아마 그래서 결혼할 때가 되면 그렇게 평소의 생각과는 다른 사람에게 끌리나봐요.

억지 같나요? 그렇게도 들릴 거예요. 사람이란 통속적인 실례들을 끄집어들여 자신의 행위에 이유를 붙이기 마련이지만 꼭 그래서 이런 말을 하는 건 아니에요.

처음엔 그 사람이 나처럼 산을 좋아하는 사람이라면 좋겠다고 생각했어요. 같은 생각을 하고, 나무나 꽃이나 풀이나 열매를 보며 똑같은 느낌을 갖고, 한 사람이 숲에 들어가고 싶어지면 남은 하나도 같은 시간에 똑같이 그러고 싶어지고 같이 잠들고 같이 잠에서 깨어나고 똑같이 배가 고프고, 같은 것을 먹고 싶어지고.

그게 아닌 것을 그 사람이 떠난 다음에 알았어요. 내가 원했던 것은 내 그림자였어요. 나와 형태가 똑같은 나. 만약 그 사람이 내 그림자 같은 이였다면 그렇게 사랑했을까요. 상대의 속에 들어 있는 게 똑같이 내 속에 들어 있는 건데 무엇 때문에 그렇게 갈증을 내고, 뜨겁게 원하고, 끊임없이 찾게 되고, 완벽한 희열을 느끼게 되고 할까요. 내가 흰색이라면 그는 검정색이고 내가 어둠이라면 그는 빛이기 때문에 그랬어요. 그는 물의 자손, 나는 숲의 손녀. 그 이질(異質)의 슬픔. 희열과 같이 오는, 독한 슬픔. 그 사람이 떠난 다음 여러 날을 그가 즐겨 찾던 개울가에 앉아 있고서야 그걸 깨달았어요. 내가 그를 사랑하는 것은 그가 나와는 다른 이여서 그랬다는 것을. 그 사랑은 서로 달라서 생기는 슬픔을 감내해야 한다는 것을.

그러니까 사랑은 이질적인 것을 확인해가는, 지루한 작업 같은 것이죠.

그 사람이 가고 옥수수 알갱이처럼 날이 갔어요…… 끝내 달이 뜨지 않는군요. 날이 흐려서 그러나요, 그믐이라서 그러나요? 달이 뜨면 그 사람이 말했던, 춤추는 멸치나 전갱이 떼들을 볼 수 있을 텐데 말이죠. 한번 보고 싶어요.

그 사람 가고 종이 한 장이 덩그러니 남았었죠. 백지였어요. 편지를 쓰려다가 그만둔 모양이에요. 난 이해해요. 그걸 어떻게 글로 쓰겠어요. 쓰는 순간 사람으로서는 견디기 힘들, 너무 쓸쓸하고 슬픈 강물로 빠져들 것 같은 예감. 말로서는 도저히 설명 안 되는 것.

그래요. 우리는 그렇게 용광로처럼 사랑했지만 한번도 사랑이라는 말을 쓰지 않았어요. 너무 깊이 사랑하면 이미 그런 단어 따위는 흩어져서 흔적도 없이 사라져버리는 듯해요. 이미 몸에서 동작으로 말이 만들어져버려요. 문득 바라보다가 슬쩍 같이 웃으면, 그게 어느 말보다도 더 강렬하고 뚜렷하죠.

나라도 그랬을 거예요. 난 그가 그리울 때마다 그 백지를 들여다보곤 했어요. 언어로 정리되지 않은, 아니, 언어로 정리되기를 거부하는 그 어떤 마음.

대신 백지 위에 어떤 물건이 하나 놓여 있었죠. 예, 그 물고기 이빨이었어요. 그걸 남겨놓았어요. 그래서 그가 영원히 가버린 것은 아니라는 생각이 들었어요. 굳이 말해서 내 표식이 나무나 풀이라면, 그의 표식은 물고기가 되겠죠. 내가 정착을 삶의 존재 증거로 삼는다면 그는 회유를 그것으로 삼겠지요. 돌아올 곳이 없다면 회유의 이유가 어디에 있겠어요? 흐르는 바람이나 물에 의해 숲이 살찌는 것처럼 말이죠.

바다 색깔이 또 변하는군요. 해가 뜨려나보죠? 붉은 기운이 퍼지고 있어요. 그 사람 같아요. 난 말이죠, 그 사람이 나를 몹시도 그리워하고 있다는 것을 알아요. 느낄 수 있어요.

내가 뿌리를 가지고 있다면 그는 꼬리를 가지고 있으니 만나게 될 거예요. 세상 어느 곳에서, 언제, 우리는 다시 만나게 될까요.

그대, 저문 바닷가에서 우는

오후 세시. 결전의 시간이다.
도사는 꼼꼼이 짚어보더니 멀리 잡을 것 없이 오늘이 거사를 치르기에 마땅한 날이며
그 여자의 기운이 가장 약해지는 세시 정도에 쳐들어가서 결단을 내리되
다소의 노고를 들여야 한다고 일러주었다.
드잡이야 당장 붙기만 하면 못 할 것 없지만 그 다소의 노고가 좀 걸렸다.
한 대 맞고 두 대 쥐어박을 자신은 있지만 도사가 일러준 것을
그대로 하게 될지는 의문이다.

"밝은 달이 먹구름 사이로 숨었어. 아무리 달빛을 받으려고 해도 먹구름이 딱 가로막었어."

도사는 감았던 눈을 반짝 뜨고 단숨에 술술 내뱉었다. 맞은편 여인의 얼굴에 흙빛이 번졌다.

"……."

"창공을 날아가던 새가 날개를 다친 형국이고 창해를 헤엄치던 물고기가 우물에 갇힌 판세여. 이름하여 진퇴양난."

"꼭 그럴 것 같습디다. 워째야 쓰까요, 좋은 방법이 없으까요?"

"방법? 있지."

"뭡니까요?"

"바람이 불어 구름을 밀어내야 쓰지. 그래야 새가 다시 날고 물고기가 바다로 나가."

"워치께요?"

"부적을 써."

여인은 순간 무거운 낯빛을 하고 고개를 약간 외로 틀었다. 일이 잔뜩 꼬여 점 보러 오기조차도 버거운데 그깟 종이쪼가리 가지고 일이 풀릴까, 누가 봐도 그런 얼굴이다. 어쩌면 여인은 동쪽으로 오백 미터 걸어가서 북쪽에서 오는 사람을 만나라든지, 야산 기슭에 묻혀 있는 몇대조 할아버지를 이장하고 성대히 제사를 모시라든지, 집에서 기르는 고양이를 멀리 내보내라든지, 식의 홀로 수고해서 풀릴 수 있는 괘를 기다리고 있는지도 몰랐다. 도사는 역시 도사다. 사투리를 빼고 높임말에 진지하고 무거운 기운을 실었다.

"손님. 처음 오셔서 잘 모르시는 모양인데. 우리 인간은 믿음이 지극하여 아무 의심이 없으면 사물을 감동시킬 수가 있어요. 이를테면 높은 곳에서 뛰어내려도 다치지 않고 깊은 물과 뜨거운 불 속에 들어가도 빠지거나 타지를 않는다는 말입니다."

"……"

"믿음에 의해서 사람의 마음이 통일되면 일은 풀립니다. 그래서 지신지인이면 가히 감물야, 라 했습니다. 믿으십시오. 그럼 모든 고민이 다 풀립니다. 한번 의심하기 시작하면 아무리 영험한 굿이나 부적도 다 소용이 없어요. 의심하는 사람이 귀신을 움직일 수 있을까요?"

"알았습니다. 얼맙니까요?"

"십만원."

"좀 비싸네요."

"다른 사람들하고 형세의 경중이 틀려. 보통은 퇴로만 뚫으믄 됐지만 지금은 천지조화가 다 남편을 괴롭히고 있어. 긴 말 말고 한 장 써가서 남편 양복 안주머니에다 넣고 바느질을 해버려."
 도사는 바로 가느다란 붓에 붉은색 먹물을 묻혀 일필휘지를 휘두르고 여인은 무거운 눈으로 받아 인사하고 나간다. 신 여사 차례다. 그는 연신 마뜩찮다.

 신 여사가 '울고 왔다가 웃고 가는 집'이라는 부제가 달린 일명 태극철학관 씩이나 온 것은 첫번째는 오빠나 올케 덕이고 두번째는 동생인 경애 탓이다.
 사실 신 여사가 마뜩찮은 것은 점(占) 때문이 아니다. 그는 집안이 아주 안 풀릴 때, 그러니까 큰아들이 집을 나갔을 때나 가게 하는 남편이 누구에게 빌려준 돈을 떼이게 생겼다거나 하면 간혹 용하다는 곳에 들러 나름대로 미래에 대한 희망을 얻어 나오곤 한다. 정작 한두 달 지나 그럭저럭 문제가 풀려 유야무야 되어버리는 것이기는 하지만 앞으로 어떻게 어떻게 하면 어찌어찌될 수이니 걱정 말라, 로 위로를 받는다. 그러니까 딱 그 정도이다. 남들이 교회나 절에 가서 마음의 평온을 얻듯이 그는 가까운 곳에서 간편하게 평온을 얻는다.
 그러면서도 이곳이 탐탁잖은 이유는 이 집을 둘러싼 문구들이 너무 현란하다는 데에 있다. '울고 왔다가 웃고 가는 집'이라는 것도 신령기가 짐작되기 전에 유행가 가사를 떠오르게 하는데다 방 입구에 붙여놓은 '고장(故障)난 사람(四覽)을 고치는 곳'이라는 글자도 영 맘에 들지 않는다. 뜻이야 어쨌든 간에 고장난 사람이라니.

그게 고장이면, 오빠가 고장난 것일까, 아니면 올케가? 그것도 아니면 나와 동생이, 혹은 그 여자가?

올케한테서 전화 온 게 삼 일 전이다. 올케는 한마디만 건드려주면 바로 쏟아질 것 같은 목소리였고 아니나 다를까 오래지 않아 스스로의 격정에 흔들림을 당해 울기 시작했다. 올케가 운다는 것은 딱 하나이다. 성격이 단단한 시어머니와 사이가 좋지는 않지만 그렇다고 그 하소연을 시누이에게 하지는 않는 법이니까 그건 아니고 말 잘 듣는 딸들 때문에 울 일이 없는 사람이니 자식 문제 때문도 아니다.

"언니 무슨 일이요?"

그는 대충 짐작이 되지만 인사로 물었다.

"고모……."

"누구랑 싸웠소?"

"나가 분해서 못 살겠네."

"울지 말고 말을 차근차근 해보시오."

"글쎄 그것이."

요약하면 이렇다. 오빠에게 여자가 또 생겼다. 둘이 보통 사이가 아닌 것을 확인하고 며칠을 벼르다가, 올케 표현대로 하자면 못된 것 버르장머리를 고쳐놓으려고 쫓아가 한바탕하다가 본전도 못 찾고 된통 당하고 왔다는 것이다.

몇 년 전에도 한 살림 잘 차렸다가 딸 하나 낳은 것으로 끝맺은 경우가 있었지만 고만고만한 지방 바닷가 도시 중소기업 전무인 오빠는 성격 활달하고 매사 시원시원한 성격이라 여자들과 쉬 가까워지고 어렵지 않게 헤어지곤 했다. 아주 드문 일이 아니라는 뜻이다. 아는 사람 널렸고, 그만큼 아는 여자들도 흔했다. 거기에다 오빠의 외도에는 언제나 여분의 이유가 하나 따라붙어다녔는데 바로 외아들임에도 아들이 없다는 거였다.

어쨌거나 오빠에게 새로 생긴 애인은 다름아닌 화류계. 화류계 중에서도 쓴맛 단맛 볼 대로 보면서 갈고 닦은 바 있는 베테랑 급이었다. 순해빠진 올케는 상대가 못 된다는 것을 깨닫지 못하고 어떻게 한번 해결해보려고 홀로 술집을 찾아갔다. 같은 성질의 사건 때문에 몇 번 시누이들의 도움을 받은 바 있어서 또다시 지원을 요청하기가 미안하기도 했거니와 이젠 요령이 붙어서 자신이 있었다고 올케는 왜 멋도 모르고 혼자서 쳐들어갔냐는 신 여사의 타박에 쿨쩍이며 대답했다.

올케는 단기필마로 선창가 골목에 위치한, 허름한 요정식 술집의 마담을 불러내어 일단 면대까지는 의연하게 했지만 담판 과정에서 관록 차이를 뼈저리게 느껴야만 했다. 우선 내가 누구누구 부인이라고 뱃속에 힘 심어가며 잽을 날렸더니 저쪽에서 곧바로 스트레이트 카운터가 정면으로 날아온 것이다.

이쪽에서 나는 누구다, 하니 저쪽에서 신 전무님 마나님이시다, 그래서? 뱃심 좋게 눈 정면으로 뜨고 딱부러지게 응대를 하자 순간 올케 심장만 벌떡일 수밖에 없었다. 그러면서 이건 잘못되어도 한참이나 잘못된 것이다, 아무래도 새각시란 게 본각시에게 한 수 접히고 들어가야 말이 되지 않는가. 성님 성님 받들어도 시원찮고 그저 죽여줍쇼 해도 분이 풀리려면 한 석 달 열흘 지나야 하거늘 이쪽 저쪽 거꾸로 층진 게 한참이구나, 분통 터져해본들 저쪽에서 눈썹 한올 꿈쩍할 표정이 아니었다.

올케가 남편에게서 손떼라고, 어쨌든 체면을 갖춰서 이르자 이 아줌마가 아침부터 초치고 있네, 내가 혼자 좋아 연애 붙은 줄 알어, 해봤으면 알 것 아니여, 연애질이 어디 낱개로 해져? 마담은 담배 한 대 꼬나물고 연기를 후 내뱉었고 정리 안 하면 가만있지 않겠다고 하자 정리? 누구한테 협박을 해, 한번 죽어볼라고 이래? 야, 그렇게 서방이 아까우면 다우다로 둘둘 말아 장롱 속에다가 잘 뫼셔놓지 뭐 하러 내둘려 내둘리기를, 했다.

그 정도까지 나오자 심장 벌떡거리는 기운에 뒷일이야 어떻게 되든 말든 자신도 모르게 벌떡 일어나 달려들었다. 그러나 이쪽은 아랫배 나온 둔한 축이고 저쪽은 강단이 몸에 척척 묻어나는 날렵한 쪽이라 쪽지어 틀어올린 머리채를 겨냥하고 덤벼들었으나 손도 못 대보고 되레 이쪽이 잡혀가지고 한바탕 되굴림을 당했고 그제야 혼자 몸으로 너무 적진 깊숙이 들어와 있음을 깨달았다. 더군다나 마담의 아랫것들에게 동서남북으로 에워싸여 협공을 당하는 판세라 입만 자유로운 대신 제대로 잡도리를 당해 생채기가 나고 머리칼 쥐어뜯긴 채 결국 집 밖으로 내쫓기고 말았다.

야, 너 같은 년 몇 트럭 와봐라, 나가 눈 하나 깜짝하는가. 아무리 술 팔아 먹고사는 팔자라도 느그 같은 것들한테 한 번도 져본 적이 없다. 야, 짐양아, 소금 뿌려라. 물도 팍 찌끌어부러라이.

"고모. 어째야 쓰겄소?"
"많이 다쳤소?"
"썩을 년이 어찌나 머리칼을 쥐어뜯던지 머리가 다 빠진 것처럼 아프고 뻐끗했는지 허리도 아프고 어깨도 쑤시고. 파스를 있는 대로 다 붙였소."
 신 여사는 한숨을 길게 내쉬었다. 아들이 없는 오빠의 외도. 그게 딱히 정답 없는 질문처럼 마음을 누르는데다 예전처럼 시누이들 좌우 포진하고 들이닥쳤을 때 아이고 성님, 내가 잘못했소, 눈물로 빌기만 하던 젊은 여인네처럼 만만하게 보고 쳐들어갔다가 된통 당하고 온 올케가 불쌍하기도 하고 또 좌우 구분 없이 호적만 믿고 덤벼든 게 답답하기도 했다.
 고모들이 그냥 있는다면 병원 가서 진단서 끊어 고소를 하겠다는 올케를 말로 일러 수건 싸매 이불 속에 뉘어두고 신 여사는 옆 도시에 살고 있는 동생 경애를 불렀다. 이런 경우는 순전히 자매의 몫이었다.
 예전하고는 사안이 조금 다르다, 단순히 아들을 보려고 그러는 것만은 아닌 것 같다, 설사 아들을 보런다고 해도 쉰 넘은 나이에 봐서 뭐하겠느냐, 이제는 다 포기하고 살았지 않았더냐, 독한 것에게 오빠가 제대로 물린 것 같다, 집에도 잘 안 들어오고 숫제 요정에서 산다고 하니 그 돈을 어디에서 다 대겠느냐, 오빠 퇴직금을 노리는 것 아니겠냐, 오빠네 딸들 줄줄이 학교 다니고 시집 보내려면 층층인데 이 일을 어떡하면 좋겠느냐, 따위가 자매가 나눈 이야기들이었다.
 올케가 소기의 목적은커녕 본전마저 날리고 오기도 했지만 한 삼 일 동안 그런 곳 출입 잦은 남편 둔 친구들에게 귀동냥을 청해 들어본즉 보통 여간내기가 아니라고 입들을 모아왔다. 하여 당장 쫓아가 드잡이를 할 수 있고 또 그게 자신 없지 않지만 굳이 돌다리 한번 더 두드리는 기분으로 그들은 고민에 심사숙고를 더했다.

태극철학관은 아무래도 무조건 쳐들어가면 이득보다는 낭패볼 것 같은 느낌 때문에 고민을 하다가 경애가 제시한 카드였다. 경애 말로 언젠가 삼수하는 아들 운수 보려고 가는 친구 따라 그곳엘 간 적이 있었는데 지금 우리와 비슷한 경우를 당한 어떤 여편네가 도사한테 워찌게 하면 그 잡년을 팍 띠불 수 있을까요, 고민을 하소연하니 도사가 이렇게 저렇게 하라고 일러주는 것을 들은 적이 있다는 거였다. 간 김에 식구들 것을 보았더니 구신같이 잘 보더라며 뒷말도 달았다. 신 여사는 그래도 떼어냈는지 한번 수소문해서 물어보자고 했고 어디서 사는 누군지도 모르는 사람을 어떻게 확인해보냐는 경애가 제 성격답게 그럴 것 없이 밑져봐야 복채뿐이니까 무조건 찾아가보자고 밀어붙였던 것이다.

신 여사와 경애는 고장난 사람이 되어 태극도사 앞에 앉았다.
"오셨소?"
도사답게 구면을 알아본다.
"언니신가본데, 언니가 보시게?"
"그게 아니고 좀 다른 일로 왔는데요."
"말씀해보시지."
경애가 자초지종을 설명하고 간간이 신 여사가 동생이 빠뜨린 것을 보충하는데 그러거나 말거나 한마디로 요약하면 오빠와 달라붙은 한 여자를 떼어달라는 것이다. 도사란 사람들의 고민을 풀어주는 존재라 못 만나 외로운 홀것들끼리 붙여주기도 하지만 붙여줄 수 있으면 말 안 듣고 잘못 만난 쌍들을 떨어지게 할 수도 있는 이 아니겠는가.

"오빠 되시는 분 사주 좀."

신 여사가 준비해간 사주를 내밀었다. 도사는 갑자을축을 짚고 또 뭔가를 써내려가더니 순간 정지했다. 주는 사람이 늦으면 받을 사람이 급해지는 법.

"뭐가 나왔습니까요?"

"음."

"뭡니까요?"

"독한 것이 하나 붙었어."

"띠지겠습니까?"

"오래 붙어 있을 여자는 아닌데 조심해야 되겠어. 보통 여문 것이 아니구만."

둘은 고개를 끄덕였다.

"띨라고 하면 할수록 더 띠기가 어려워. 더군다나 이 여자하고 맞물려서 오빠가 올해 관재수가 보여."

"……."

"이 여자는 그냥 두어도 걱정이고 띠낼라고 해도 걱정이여."

"워떻게 하면 될까요."

신 여사는 그 동안 미덥잖은 기분이 홀랑 사라지고 확실하게 고장난 사람이 되어 있었다.

"올케가 당했는데 고소를 해볼까요?"

"안 돼. 그런 것으로는 넘어갈 여자가 아니여. 오빠 사주에 한번은 넘어야 될 산이구만. 오빠가 아들이 없지?"

"예."

"그래서 몇몇 여자들을 보았구만, 맞지? 그래도 아들은 없고.

그게 쌓인 거여. 여자한테 한번은 당하는디 그게 이 여자여."

"아이고."

신 여사 입에서 가느다란 비명이 나왔다.

"섣불리 건들면 집안 망신만 나."

"……."

"줄 만큼 줘서 살만큼 살게 해버리고 띠는 방법이 우선 있고."

둘은 동시에 고개를 가로저었다.

"빨리 띨라면, 가만 보자."

"……."

"우선 날하고 시를 잘 잡아야 되고. 다소의 노고는 각오를 해야 쓰고."

둘은 목소리를 낮춘 도사 앞으로 다소곳이 고개를 뽑았다.

선창가 위로 갈매기가 난다. 둘은 식당으로 들어가 밥을 시켰다.

아들과 딸. 그 오래된 말이 다시 끈질기게 신 여사의 마음을 묶어들어오고 있다. 아버지가 일찍감치 세상을 버린 탓에 아들 하나와 두 딸을 데리고 어머니는 평생 시장 좌판에서 여름에는 콩국수, 나머지 세 계절에는 칼국수를 팔아 먹고살았다. 그거 하나로 세 자식을 키웠는데 아무래도 한 명이 벌고 셋이서 쓰는 생계라 먹고사는 것만도 버거웠다. 아니 먹는 것은 국수가닥이라도 배불리 먹을 수 있어서 다행이긴 했다. 벌어들이는 돈은 주로 오빠의 뒷바라지로 들어갔고 오빠는 그 덕에 멀리 대도시 큰 고등학교로 유학을 가서 지방 대학까지 마칠 수 있었다. 신 여사와 경애는 대신 일찌감치 기술을 배워 스스로 생활의 기둥을 만들어나가야 했다. 억척스런 어머니를 닮을 수밖에 없었다.

어쨌거나 아버지가 없는 집을 일으켜세워야 할 사람은 오빠였다. 누구도 그걸 의심하지 않았다. 그래서 두 딸은 오빠처럼 공부를 더 해 전문여성이 되어 꿈을 펼쳐보고 싶은 마음을 일찌감치 닫아걸고 생활력 야무진 처녀가 되었고 그럭저럭 결혼하여 살림 잘하는 든든한 아낙으로 변했다. 오빠는 당시의 지방 소도시에서는 그런 대학교 나온 이들도 드문 세상이라 안정된 직장을 잡았다. 집안은 그런 대로 모양을 갖춰갔다.

문제는 아들이 없었다. 외아들인 오빠는 아들을 보고자 자식을 내리 셋이나 보았지만 다 딸이었다. 아니 마지막 애가 잘못되어 사산을 했는데 그애도 딸이었다. 그리고 끝. 손자 없는 것을 어머니가 섭섭해했고 오빠도 섭섭해했으나 무엇보다도 올케가 가장 죽을 맛이었다. 그러나 안 나오는 것을 어쩌겠는가.

신 여사는 참으로 속이 상했다. 자신이나 경애는 내리 아들을 두었는데 어째 꼭 오빠네만 아들이 없는 것인지. 줄줄이 아들 뽑아놓으니 내리 사고 치고 난리 피워 해마다 작년에 앓은 골치 올해 똑같이 앓아 죽을 지경인 집도 수두룩한 세상인데 사고뭉치라도 좋으니 꼭 필요한 오빠네는 왜 없단 말인가.

사람들은 대가 끊어진다고 일렀다. 집안의 끈이 떨어진다고 말 많은 친척 노인네들이 반평생 구시렁거렸다. 그게 불만일 때가 많다. 딸자식들이 여럿인데 왜 대가 끊어지고 끈 떨어진다는 말인가.

자신의 아들이 자신의 뿌리를 확인하려고 제 아버지 쪽으로 찾으면 김씨가 나오지만 엄마 쪽으로 찾으면 신씨가 나올 것 아닌가. 그러니까 아들놈은 반은 김씨이고 반은 신씨인 것이다. 그런데 온전히 김씨라니. 언젠가 텔레비전에서 강사로 나온 여성운동가가 가부장제의 부계혈통이 생긴 내력에 대해 설명을 하고 현재의 법률이 모두 남자 중심으로 만들어졌다고 설파할 때 거실 치우던 걸레를 저만치 던져놓고 자리잡고 앉아 고개를 끄덕인 적도 있었다. 그렇게 어렵게 갈 것도 없이 호적계 직원들 일 늘어날까봐, 대통령이 한 번도 여자가 안 나와서, 장관들이나 이하 높은 것들이 다 남자라서 그렇다고 혼자 우스개로 중얼거리기도 했다. 조선시대도 아닌데 말이다. 헌법에 모든 사람이 평등하다고 나와 있는데도 말이다.

자신이 열 달을 품어 생살을 찢으며 자식을 낳아놓으면 꼭 내 몸의 일부가 떨어져 나온 것 같은데 자식은 아버지의 성씨를 따른다는 것부터 아구가 안 맞는 것이다.

그게 지 꺼면 지들이 낳지 왜 우리보고 나달라고 한다냐?

맞어, 즈그들은 즈그들이 좋아서 한번 하는 것으로 끝나잖어.

호호. 그래도 같이 입덧하고 같이 산고하는 남편들도 있드라야.

아이고. 몇이나 되겄냐. 나는 우리 큰 것 날 때 서방이랍시고 있는 것이 지리산 놀러 가부른 게 지금도 한이 백혀 죽겄는디. 그때 생각하믄 갈아마셔도 시원찮타니께.

친구들과 그런 이야기를 하기도 했다.

그런 생각을 하는 신 여사도 정작 오빠네 문제로 눈이 돌아오면 집안이냐, 여자로서의 의리냐, 로 고민을 할 수밖에 없었다.

살면서 집안에 남자가 없다는 것이 사실 얼마나 속상한지 모를 때가 한두 번이 아니었다.

 저잣거리란 으레 시비가 생기고 곧잘 싸움이 벌어지는 곳이라 국수집이라 해서 예외가 없었다. 늘상 손님들이 와글거리긴 해도 시비는 주로 옆구리 맞대고 있는 가게나 포장집 주인 여편네들과 일어났는데 이보시오 사람이 경우가 있제 어째 구정물을 여기다가 버리요, 로 시작해서 서로 감정이 상하면 아 눈깔이 있으면 보고도 몰라, 까지 발전해 곧바로 폭발하여 이년 저년 잡을 년 찢을 년으로 비화하기 일쑤였다. 그러다가 말로 하는 시비는 물러가고 본격적인 싸움이 벌어지는데 그때 꼭 끼는 종류가 상대방 집 아들들이었다. 그들은 다짜고짜 덤벼들어 국숫발을 바닥에 팽개치고 국통을 쏟고 술병을 깼다. 모름지기 신 여사 자매의 배짱과 싸움 실력은 그런 사내들과 '맞짱'을 뜨는 데서 생긴 것이다. 주먹질하면 술병을 던지고 머리칼을 채면 이빨 세워 물어뜯고 씨발년 소리에는 꼬박꼬박 니에미 호로 새끼로 대응을 했다. 그러나 밤 깊어 싸움도 끝나 널브러진 그릇 사이로 주위가 조용해지면 어머니는 상처투성이 딸들보다도 일찍 세상 뜬 남편과 멀리 유학간 아들을 울면서 찾았다. 남자를 찾은 거였다.

 꼭 동네싸움에 필요해서라기보다도 어쨌든 아들이 필요하기는 했다. 신 여사에게도 오빠네에 아들이 하나라도 있어 튼튼하게 장성하고 집안 일으켜 나중에 신씨 성을 가진 아이들도 많이 낳았으면 하는 바람이 있다. 어떤 때는 그냥 아무도 모르게 오빠가 아들을 하나 쑥 데리고 들어와버렸으면 싶은 경우도 있었다. 친구들 중에 그런 이도 있다. 키우다보니 정이 가더라고. 한동안이야 시끄럽겠지만 어쨌든 오빠의 피를 받은 자식이니 남도 아니고, 사람들 떠드는 대로 하면 집안이 끊어지는 것도 막을 수 있고, 또 늙은 어머니의 허전함도 없어질 것이고 오빠도 마음잡고 살 것 아니겠는가. 행복이 별건가, 그런 것이 행복이지.

　그래서 오빠가 딴살림 났을 때 올케의 성화로 들이닥치긴 했지만 배가 산봉우리처럼 불룩한 모습을 보고 그냥 해산까지는 두자고, 지금 내쫓으면 너무 불쌍타고 올케를 달래기도 했다. 그렇게 해서 아들 하나 보아 어른들 한(恨)이나 씻으면 되겠다고, 독하게 마음먹고 이왕 이렇게 된 거 아들 낳아주면 장리 돈이라도 꾸어다가 여자에게 한밑천 만들어줘서 보내자고 어머니와 동생 불러 세 모녀 말까지 맞추기도 했다. 그러나 여인네는 딸을 낳았고 그 딸을 안고 쓸쓸하게 떠나갔다. 신 여사는 여인네에게 얼마간 돈을 마련해주어 보내고 나서 너무 불쌍해 밤새 울었다. 술까지 마셨다. 여자란 이런 것인가. 아들을 못 낳으면 부인이든, 새각시든 다 이런단 말인가.

　남 일이 아니었다. 신 여사의 시어머니는 그가 첫딸을 낳자 돌아보지도 않고 방을 나가버렸다. 그 기분. 사람으로, 열 달을 기다려 입덧과 불편함을 이겨내고 몸을 찢으며 새로운 생명을 세상에 만들어낸 보답이 싸늘한 눈초리였다니. 사람들이 쉬 이르기를 아는 것들이 더 무섭고 있는 것들이 더 독하고 겪어본 것들이 더 모지랍스럽다더니 정말 그렇구나 싶었다. 아니 멀리 갈 것도 없이 예전에 남편이 친구들과 술 마시고 떠드는 소리를 종합해보면 군대 시절 신참 때 고참병들 때문에 죽도록 고생했으나 높은 계급 되어서는 졸병들을 아주 잘 봐주었다는 이야기만 하는데 그렇다면 대한민국 군인들 중에 고생한 사람 누가 있겠는가. 모름지기 사람이란 저 고생한 것은 부풀리기 십상이고 제가 못되게 구는 것은 금방 잊어버리기 쉽다는 것이 맞기는 맞는 것 같았다.
  며느리 늙은 것이 시엄씨라 시어머니 또한 오전에 자식 낳고 아랫도리 추스른 다음 오후에는 마늘밭 맸다면서 어쩌면 그렇게 며느리에게 독살맞게 굴었는지. 당해본 사람만이 안다는 말도 있는데 시어머니는 그 고생을 설마 정말로 다 잊었단 말인가. 아니 잊지는 않았을 것이다. 자신만 피해자로 남는 게 두려워서 그랬을 것이다. 그게 어쩌면 단지 아들이냐 딸이냐로 천국과 지옥이 갈리는 천형 같은 여자의 운명에 대한 동질감보다 더 컸던 것인지도 모를 일이다.
  여자라는 굴레가 그렇게 슬픈 것이다. 아니다. 억울한 것이다. 아니다. 기분 나쁜 것이다. 더러운 것이다.
  "우리 술 한잔하자."
  "좋지."
  밥그릇을 밀어두고 술을 시킨 자매는 소주 한 잔씩을 쭈욱 마시고 몸서리를 친다. 경애는 곧잘 한잔씩 하는 편인데 신 여사는 싸늘한 술기운이 무거운 그 무엇 같아 더욱 몸이 떨렸다. 그러나 전의를 다지기 위해서라도 술 한잔해야 하기는 했다.

  오후 세시. 결전의 시간이다. 도사는 꼼꼼이 짚어보더니 멀리 잡을 것 없이 오늘이 거사를 치르기에 마땅한 날이며 그 여자의 기운이 가장 약해지는 세시 정도에 쳐들어가서 절단을 내되 다소의 노고를 들여야 한다고 일러주었다. 드잡이야 당장 붙기만 하면 못 할 것 없지만 그 다소의 노고가 좀 걸렸다. 한 대 맞고 두 대 쥐어박을 자신은 있지만 도사가 일러준 것을 그대로 하게 될지는 의문이다.

더군다나 마담 혼자 있는 것도 아니고 같은 패들이 여럿 자리잡고 있을 게 뻔한데 말이다. 참 망측하기도 하지. 그러나 어쩌겠는가, 백번 천번 난리를 내도 다 소용없고 딱 그것만 성공하면 뚝 떨어진다는데. 믿고 따르자니 남우세스럽고 무시하자니 마음 무거워진다.

요정 위치를 물으려 전화를 하자 여태껏 머리 싸매고 드러누운 올케는 나는 그저 고모들만 믿소, 였다. 하긴 동작 느리고 사람 순한 올케는 차라리 없는 편이 나았다. 자매는 마지막 작전 점검을 하고 나섰다. 돌풍처럼 밀어닥쳐 한바탕 잡도리를 하고 후닥닥 그 다소의 노고라는 걸 해치우고 쏙 빠지는, 이른바 속전속결, 기습 작전이었다.

작전대로, 또 사실 그 방법말고는 없었으므로, 꼭 누가 뒤에서 밀어붙인 듯 자매는 화살처럼 요정 안마당으로 들어섰다. 요정이라 하면 그래도 정원도 있고 그곳에서 비단잉어도 노닐고 저쪽에서는 장구 소리도 나고 하는 곳이어야 맞지만 이건 숫제 간판도 없고 좁은 마당에 키 작은 동백 두 그루 야위어가고 주방 옆 창고 입구에 쌓여 있는 맥주 박스만이 술집임을 보여주는, 쇠락한 풍취가 바로 돋보이는 곳이었다. 어찌 보면 이제 술만 팔아서는 벌어먹고살기 힘들어 만만한 사내 등 빨아먹는 독기밖에 남지 않은 분위기이기도 하다.

"마담 방이 어딘가?"

때마침 화장실에서 부스스한 파마 머리 하나가 나오자 들이밀

듯 신 여사가 물었다. 파마 머리는 깜짝 놀라

"왜 그러는데요?"

되묻는데 얼른 머리를 굴려 왜 찾을까 궁리를 해보는 눈치였다.

"마담 방이 어디냐니까?"

곧바로 대답 안 하면 한 싸대기 쥐어박을 폼으로 경애가 바짝 다가가자 파마 머리는 한 발짝 뒤로 빼며 고개를 돌려 언니, 불안한 목소리로 마담을 불렀다. 그걸로 충분했다. 눈이 가는 가운뎃방으로 자매가 들이닥치는 것과 문이 열리며 마담이 나오는 것이 동시에 일어났다. 불쑥 문이 열리며 나타난 마담을 두 여인네는 앞뒤 볼 것 없이 머리채를 채며 방 안으로 밀고 들어갔다. 경애가 마담 치마를 밟아 둘이 우당탕 쓰러지고 신 여사는 잽싸게 문을 닫아걸었다.

으악, 엄마야. 비명은 밖에 서 있는 파마 머리에게서 나왔다.

"이것들이 지금 뭐여."

"니가 여기 마담이냐?"

"이 쌍년아, 입 닥치고 가만히 있어."

자매는 반사적으로 일어서려는 마담 위로 올라타 각자 양쪽에서 머리칼을 쥐어 뽑으며 남은 손으로 모가지를 눌렀다. 이런 경우에는 생각이고 뭐고 없는 것이다. 한번 시작한 전투는 상황이 종결될 때까지 동물적인 적개심만 쌓이고 또 그것은 그것대로 가속도가 붙는 법이다. 두 사람이 야무지게 제압을 하는데도 역시 마담은 관록의 마담이었다.

이 돌발적인 상황의 원인이 무엇인지 알 필요도 없이 마담은 제압 당해 있는 상태에서 손을 위로 뻗어 각단지게 두 머리채를 잡고 일어서려고 용을 썼다. 서로 잡고 잡힌 상태에서 셋은 반쯤 일어서다가 한쪽으로 쏠리는 기운에 넘어지며 한바탕 물레방아를 돌았다. 음료수 병이 넘어지고 신 여사 머리가 텔레비전 받침대에 퉁, 부딪혔다.

"야 이 쌍년들아, 이 문 안 열어? 언니, 언니."

문 밖은 문 밖대로 쿵쿵, 문을 주먹으로 두드리며 시끄럽다. 역시 패들이 있어 그 소리에 무슨 일이여, 하며 두엇 더 모여들고 있는 중이었다.

"이 씨발년아. 니가 사람을 어떻게 보고."

"이 쌍년아 이것 못 놔?"

"너 오늘 한번 죽어봐라."

누구 입에서 나왔는지 구분도 안 되는 (굳이 구분할 필요가 없는 상황이다) 욕을 주고받느라 입과 귀가 바쁘고 손과 발은 잡고 뽑고 채고 차고 할퀴느라 정신이 없다. 드디어 텔레비전이 넘어졌다. 행어도 같은 운명이 되어 옷가지가 싸구려 할인판매장 상품처럼 무너져내렸다. 쾅쾅, 밖에서는 문을 두드리느라 난리다. 곧 문이 깨지든지 통째로 찌그러지든지 결판이 날 태세이다.

"언니 얼른."

경애가 마담 얼굴을 타고 올라 누르며 소리를 질렀다. 도사가 말한 다소의 노고를 수행할 시간인 것이다. 신 여사는 왼쪽 오른쪽으로 요동을 치는 마담의 다리를 찍어누르며 손을 치마 속으로 넣었다.

"뭐야. 이 쌍년아 너 뭐 해."

"입 다물어, 이 잡것아."

힘으로 누르고 있던 경애가 그 소리를 끝맺음과 동시에 아악, 비명을 질렀다. 마담이 경애 손을 물어뜯은 것이다.

"야, 너 왜 이래."

경애가 손을 붙잡고 잠시 떨어져나갔고 마담은 선불 맞은 이리처럼 발악을 하며 신 여사 팔목을 손톱으로 긁으면서 낚아챘다. 퍽. 경애가 물린 분풀이로 주먹을 휘둘렀다. 충격을 받고 한 일 초간 멍하던 마담은 다시 발악을 했다. 두 손으로 아랫도리를 막으며 남는 입으로는 경애의 몸 어디든 물려고 으르렁거렸다. 주먹으로 얼굴 얻어맞은 것보다 가랑이 사이로 손이 들어온 것이 더 괴로운 모습이라 정신이 아래쪽으로 쏠려 경애가 비교적 쉽게 이빨을 피해서 얼굴을 쥐어잡고 한쪽으로 꺾으며 외쳤다.

"언니 빨리."

신 여사는 위는 동생에게 맡겨놓고 아랫도리로 깊숙이 달려들었다. 마담은 야, 이, 표독스럽게 저항을 하며 있는 힘 없는 힘 다 동원해서 몸을 비틀었다. 그래서 신 여사의 동작이 제대로 들어맞지가 않는다.

드디어 팬티에 손이 닿았다. 언뜻 공간이 생기는 옆구리 쪽으로 손가락을 집어넣어 아래로 당겼다.

"왜 이래, 이것들이. 크억, 죽을래?"

"그래 오늘 한번 죽어보자."

마담이 한쪽으로 용심을 쓰는 탓에 팬티는 사십오 도 각도로만 길게 늘어났다.

"저쪽으로 돌려봐."

경애가 레슬링 자유형 자세로 마담의 몸을 비트느라 안간힘을 썼다. 마담은 마담대로 팬티 한 장이 수억짜리 집문서보다도 더 중히 여겨지는 듯 있는 비명 없는 소리 다 내뱉으며 포악을 떨었다. 그러다가 힘에 밀려 몸이 틀어졌다. 신 여사가 재빨리 반대쪽을 끌어내렸다. 팬티가 허벅지까지 내려왔다. 그때다. 문 한쪽이 찌그러지며 여자들 셋이서 쏟아져 들어온 게. 이제 상황은 난리를 넘어서 아수라장의 혼전 상태이다. 쏟아져 들어온 것들이 자매들을 덮쳤다.

거의 다 된 판국에 변수가 생긴 것이다. 덮치는 서슬에 머리를 얻어맞은 신 여사가 벽 쪽으로 퉁겨졌다. 경애도 두 명에게 새로이 머리채를 잡혀 이번에는 역으로 깔리는 판이었다. 비로소 몸이 놓여난 마담이 씩씩대며 산발한 머리칼을 곤두세우고 일어서서 팬티를 고쳐입기 시작했다.

"이 씨발년들이 왜 놈(남)의 빤스를."

순간 벽으로 퉁겨났던 신 여사가 달려드는 여자 하나를 밀치고 마담에게로 몸을 날렸다. 마담은 채 팬티를 올리기 전이라 다리가 묶인 덕에 바로 넘어진다. 악. 몸이 화장대에 부딪히며 화장품 병들이 와르르 쏟아졌다. 깔려 있던 경애가 끄응, 힘을 쓰며 바득바득 일어나 두 여자를 죽어라, 밀쳐냈다. 밀렸던 여자들이 전열을 가다듬음과 동시에 다시 달려들자 경애는 마침 눈에 잡힌 물주전자를 집어 뿌렸다.

"이 씨발것들아, 뒈지기 싫으믄 가만히 있어."

그리고 손에 잡히는 대로 화장품 병들을 집어던졌다. 어깨에도 맞고 배에도 맞고 큰 것 서너 개는 벽에 부딪히며 파삭, 깨졌다. 여자들이 서슬에 눌려 한구석으로 몰렸다. 틈을 타 자매는 다시 마담 아랫도리로 덤벼들었다. 경애가 가슴을 찍어누르고 치마를 걷어올린 다음 재빨리 엉덩이를 받쳐들자 신 여사가 팬티를 벗기는 데 성공한다. 순간 패거리들이 몸을 날려 덮친다.

이제 도망만 남았다. 자매는 머리칼과 옷자락을 잡고 늘어진 것들을 질질 끌고 부서진 문 쪽으로 나왔다. 부북, 옷이 찢어졌다. 옷 잡았던 이는 반작용으로 문 안으로 다시 나가떨어지고 나머지는 통째로 와르르 마루 밑으로 굴러쏟아졌다. 그 서슬에 잡았던 손이 풀어진다.

자매는 그대로 몸을 날려 죽자사자 도망쳤다. 마당을 가로질러 골목을 빠져나왔다. 패들이 와르르 쫓아왔다. 깜짝 놀란 사람들이 구경을 하는지 어쩐지 구분도 할 수 없이 그대로 어선들이 줄을 지어 매달려 있는 방파제 끝으로 뛰어갔다.

"언니 돌."

경애가 집어준 자갈돌에 팬티를 싸서 묶었다. 레이스 달린 연분홍색 꽃팬티이다. 신 여사는 돌 실은 팬티를 들고 방파제 끝, 길게 기름 띠가 퍼져 있는 바다 앞에 섰다. 헉헉, 둘다 숨이 가쁘다.

"언니 얼릉."

방파제 양쪽에 묶여 있는 어선 사이, 널찍한 바다 한가운데를 겨냥하고 힘껏 멀리 던졌다. 팬티 끝이 파르르 날갯짓을 하다가 풍덩 빠진다.

"깊이 깊이 가라앉아부러라."

갈매기가 근처에서 날다가 끼욱, 놀라며 멀어졌다. 배들이 오고 가는 것이 서서히 눈에 보였다. 뒤돌아서니 다 쫓아온 여자들 뒤로 그새 사람들이 잔뜩 모여 이쪽을 바라보고 있다. 그제야 자매는 자신들이 맨발인 걸 알았다. 경찰도 온다.

일행은 파출소 안에서 이쪽 저쪽으로 앉아 서로 쌍년 소리를 주고받았다. 하나같이 가관이다. 쥐어뜯겨 산발한 머리는 기본이고 다들 각단지게 상처 하나씩을 달고 있다. 신 여사는 이마에서 피가 흐르고 경애는 물린 손등이 시퍼렇게 솟아 있다. 마담도 눈가에 파란 멍이 들었다.

신 여사와 경애가 서서히 입을 다문 것은 계속 서로 욕만 하면 똑같이 유치장에 처넣어버리겠다는 경찰의 위협 때문이 아니었다.

입고 있는 빤스를 벳겨서 바다에다 던져 가라앉히믄 뚝 떨어집니다.

도사의 말대로 될지 안 될지는 모를 일이나 어쨌든 다소 정도가 아니라 대단한 노고를 들여서 목적은 달성했기 때문이고 이제는 파출소에 잡혀들어온 이 상황을 어떻게 풀어갈 것인가를 궁리해야 했기 때문이다. 조용해지기는 마담도 마찬가지다. 서로가 서로에게 질린 탓이다. 신 여사나 경애나 장바닥 시절부터 드잡이판이 드물지 않았지만 이처럼 야무지게 덤벼드는 여자는 처음 겪었고 마담은 마담대로, 상대가 자신의 애인인 신 전무의 누이동생들이라는 것을 (물론 짐작은 했지만) 듣고 나서, 또 호되게 당한 끝이라 파란 물 든 눈자위나 만지며 허 참, 허 참, 소리만 냈다. 시끄러운 것은 마담이 데리고 있는 여자들이었다.

그들은 자기 쪽 사람 수 많은 것을 믿고 입을 다물지 않았다.

"이 순경님, 저것들을 폭행으로 고소할라요."

"약값에 찢어진 옷값 물어내."
"저런 것들은 징역을 살려부러야 돼."
"빨리 고소장 접수해주시오. 우리가."
"조용히 못 하요."
 순경이 듣다 말고 소리를 꽥 질렀다. 파마 머리만이 아직 끝말을 맺지 못해 중얼붕얼했고 나머지는 일순 조용해졌다.
"그런데 하나 물어봅시다. 장 마담 팬티는 왜 벗긴 거요?"
 저만치서 반은 심각해하고, 반은 재미있어하는 표정의 소장이 어중간한 웃음을 머금고 다가와 물었다. 물으면서 마담의 아랫도리로 눈이 한번 슬쩍 갔다왔다. 아닌게 아니라 마담은 곧바로 쫓아나왔고 방파제 끝에서 자매를 붙잡음과 동시에 한데 모아져 경찰에게 잡혀왔기 때문에 치마 속에다 천 조각이라도 하나 붙여보지 못했던 것이다.
"정말 내가 기가 막혀서. 아니 왜 팬티는 벗기고 지랄이야?"
 신 여사는 소장에게 간단히 내막을 설명했다. 마담이 입을 딱 벌렸다.
"아니 점쟁이 말 믿고 그랬단 말이야?"
"어찌 됐든 저것이 오빠한테서 떨어지기만 하면 되니까요."
"참나. 이건 뭐냐, 간통으로 처리를 해야 되는 거야, 폭행으로 해야 돼? 아니면 성추행으로 해? 참말로."
 순경은 주변을 돌아보며 난감한 표정을 했다.
"간통은 무슨. 마누라 고소도 없고 증거도 없는데. 아, 당연히 폭행으로 해야죠. 저년들이 무조건 달려들어 우리를 이렇게 해놨는데. 아이고 허리야. 아퍼 죽겠구만."

무리로 앉아 있는 것들 중 가장 많이 당했다는 표정의 단발머리가 탁, 튀어나왔다가 순경의 제지를 받고 다시 앉았다.

신 여사와 경애는 저녁 일곱시가 넘어서야 나왔다. 한동안 옥신각신하다가 시간이 흐르면서 성질들도 누그러졌고 굳이 진단서 끊을 정도도 아니고 또 폭행으로 처리하겠다면 먼저 당했던 올케가 있으므로 진단서를 끊어 같이 맞고소를 하겠다고 하고 마담 입장에서는 켕기기도 해서 그럭저럭 쌍방합의를 보고 나왔다.

마담과 오빠 양쪽 다 안면이 충분히 있다며 이런 경우에는 법률상으로 처리하려면 아주 복잡해지고, 서로 원수 같겠지만 사실 따지고 보면 꼭 남이라고 말할 수 있는 것이 아닌 것은 물론 대물파손도 가서 보니 쓰러진 티브이나 옷걸이는 다시 세우면 되고 화장품 병이야 공짜 샘플 흔한 세상이니 별로 큰 손실도 아닌데다 서로 치료해준 셈 치고 각자 연고 하나씩 사서 바르면 되겠다고 소장이 중재에 나서 본 타협이다. 이러거나 저러거나 영업시간이 시작되는 관계로 다시 씻고 찍어바르기 위해 여인네들은 아이고 데이고, 하며 서로를 표시나게 부축하며 요정으로 돌아들 갔다.

올라가자는 경애를 제치고 신 여사는 어둡고 사람 없는 곳을 찾아 방파제 끝으로 걸어나갔다. 주변이 컴컴해져서 다행이다. 바다색은 이미 검게 변해 있고 지나가는 배들의 등불이 길게 은색 꼬리를 늘어뜨리고 있다. 그곳에서 그는 길게 숨을 내쉬었다. 다리가 후들거리고 가슴속에서 서러운 그 무언가가 복받쳐오르기 시작했다.

마담이 입었던 팬티 하나가 저 바다 속으로 장소를 옮긴 것 외에는 무엇이 있다는 말인가. 과연 잘한 것인가. 점쟁이 말대로 한 게 정말 잘한 것인가. 배 등불이 눈가에서 길게 늘어나기 시작했다. 도대체 이게 무슨 짓이란 말인가, 어린애들도 아니고. 그는 털썩 주저앉아 울기 시작했다.

"언니."

경애가 다가왔다.

"왜 이래야 되냐. 우리가."

"언니 울지 마. 나도 눈물 나는 거 간신히 참고 있어."

"경애야. 따지고 보면 누가 뭐 잘못했냐. 일찍 돌아가신 아버지가 잘못이냐, 재가 안 한 엄마가 잘못이냐, 아들 못 낳은 올케가 잘못이냐, 응? 경애야. 그렇다고 바람 피운 오빠가 죽을 죄를 지은 것도 아니고 그렇다고 저 마담이 죽을 죄를 지은 것 같지도 않고 솔직히. 근데 왜 이리 화가 나고 눈물이 나냐?"

"언니. 그렇다고 우리가 잘못한 건 또 아니잖아."

"모르겠다, 경애야 나는 모르겠다. 허응."

"흑, 언니."

신 여사는 눈물샘의 꼭지가 풀려 걷잡을 수 없이 흐느끼기 시작했고 경애도 따라 울기 시작했다. 말없이 나왔던 관계로 집에서 찾고 있을 게 뻔하지만 전화할 생각도 잊어버리고 신 여사는 그냥 쪼그려 앉아 하염없이 울고 경애는 경애대로 언니의 등을 껴안고 흐느꼈다.

"다 믿고 싶어."

말릴 사람도 없다. 그걸 다행으로 여겨 자매는 하염없이 운다. 밤에 출항하는 어선들이 들고나는 그곳에서 만들어진 파도가 팬티가 가라앉은 곳을 지나 자매가 서로 붙잡고 우는 방파제 아래에서 철썩철썩 은가루를 날리며 부서진다.

강물은 흘러 어디로 가는가

기차가 또 지나간다. 저것들은 끊임없이 지나간다.
가고 오는 것을 더하고 빼보면 영(0)이 될 것이다.
그러니까 포장마차의 자리에서 보면 끊임없이 가고 오는 것과
어디에도 안 가고 가만히 있는 것과 같은 것이 된다.
몇 년째 같은 자리만 지키고 있는 자신이 되는 것이다.
단지 사람들이 가고 오는 것만 있는 것이다.
가고 오고 했다는 것, 그것만 있는 것이다.

열시 사십구분. 어지간한 시간이다. 시끄러운 날도 점차 사위여 간다. 한참 소란스럽던 사람들이 약속이나 한 듯, 그래봤자 남녀 섞여 두 팀이었지만, 빠져나가자 실내는 약간 허전할 정도로 조용하다. 소란스러웠다고는 하나, 옛날에 비하면 택도 없다. 일이 년 전까지만 해도 육교 밑에 있는, 궁색한 기가 흐르는 이 포장마차도 잘되는 편이었다. 잘되었다는 것은 포장마차를 차리면서 얻었던 빚을 거진 다 갚고 (그전에 장사에 실패하면서 처형에게서 얻어썼던 빚이 아직 남아 있다. 처형은 오늘도 남은 천칠백에 이자까지 붙여 빨리 갚아달라고 전혀 친근하지 않게 말했다. 그에게 처형은 고마우면서도 아주 지겨운 존재이다) 두 아이 학교 보내면서 먹고살 수는 있었다는 소리이다. 끊어질 듯하면서도 손님이 들었다. 손님들은 하루 잘 먹으려고 열흘 굶은 놈들처럼 먹어댔다.

그러다가 아이엠에프가 터지자 찬바람이 불었고 내내 그 모양이다. 그래도 사람들은, 비록 시절이 더럽다고 하나 서민들 이용하는 포장마차는 바람을 덜 탈 게 아니냐고들 위로해왔다. (처형네에서 주로 하는 소리이다.) 세월이 더러우면 없는 놈들만 더 죽어난다는 것을 통 모르고 있는 말씀이다. 그러자니 어쨌거나 (이자는 떼어먹는다 치더라도) 빚의 한축이라도 이 달 안으로 갚기는 해야겠는데 싶어 고민이 된다. 요즘 같으면 말 그대로 하루 벌어 하루 먹고산다는 말이 딱 맞아떨어진다. 짜증이 난다. 돈 빌려준 사람이 갚아달라는 거야 뭐라고 하지 못하지만 남자가 왜 그래, 내가 그렇게 말렸는데도 장사를 벌이더니, 아무나 장사하는 줄 알어, 해가며 언니 편을 들어 남편을 쏘아붙이는 마누라가 꼴 보기 싫어 더욱 그렇다. 그게 그 동안은 저쪽에서 뭐라고 타박하기 전에 아군끼리 먼저 알아서 죽여버리는 일종의 자멸 작전이었는데, 나이가 들어가서 그러나, 이제는 마누라가 편이 되어주지 않는 게 서운하고 얄밉다. 아니 마누라가 그러고 있는 것을 보면 진짜같이 여겨진다. 아닌게 아니라 포장마차 장사가 잘 안 되고부터 유난히 신경질을 부린다. 문구점 유통업 하다가 쫄딱 말아먹고 죽네 사네 하다가 포장마차로 간신히 먹고살 만해졌는데 불경기 좀 탄다고 다시 독오른 모습으로 변했다. 어차피 장사 안 된다는 핑계로 나와서 도와주지도 않으면서 말이다.

 잊어버리자, 생각하고 주인은 고개를 들어 좌중을 한번 훑어본다. 이제 남은 손님은 둘 다 각단지게 귀걸이를 한, 노랗고 빨간 물을 들인 새파랗게 젊은 것들 한 쌍하고 가방 사내와 부원장뿐이다.

 기차가 지나간다. 서울행 무궁화호이다. 잔뜩 사람들을 앉히거나 세워놓았을 것이다. 오래 묵은 풍경이다. 그러니 쿵쾅거리는 그 요란한 소리가 숲을 휩쓰는 폭풍처럼 주변을 꿰뚫고 지나가도 눈길 하나 주지 않고 주인은 자리를 치운다. 컵을 씻고 행주질을 한다. 그러니까 한 십오 분 간격으로 수백 명씩 무슨 사연으로 인해 입 다물고, 졸며, 신문 보며, 이어폰을 꽂은 채 올라가거나 내려가거나 하는 게 하등 상관이 없는 것이다. 저녁마다 온누리교회에서 터져나오는 찬송가가 그의 인생에 아무런 도움이 되지 않듯이.

저중에는 결혼을 하거나 내일 이혼을 하기 위해 기차를 타는 사람도 있을 테고 집에서 돈을 훔쳐 나오는 중이거나 딸이 교통사고를 당했다는 연락을 받거나 간신히 먼 도시에서 일자리를 얻은 이가 모처럼 집에 들러 몇푼 돈을 내려놓고 다시 일자리로 돌아가거나 일 년을 기다려온 밤기차 여행을 이제 막 떠나는 중이거나 오전에 포경수술을 했거나 자궁적출수술을 하고 퇴원을 했거나 빚쟁이를 피해 도망치거나 퇴직자들을 대상으로 사기를 치고 뜨거나 아내 몰래 숨겨놓은 정부를 만나러 가거나 휴가를 받거나 귀대하거나 모든 게 미칠 것 같아 무작정 탄 이들로 가득할 거였다.

그는 툭 하면 지나가는 기차 소리가 시끄러웠고 세월이 지난 지금은 그저 또 지나가는구나 정도로 만연이 되어 있기는 했다. 어떤 사연이든, 어쨌든 그것은 그들만의 것이었고, 그들에게는 그게 가장 중요한 것처럼, 주인도 자기의 중요한 일 때문에 바쁜 중이었다.

부원장이 은행을 구워달라고 했기 때문이다. 친형제처럼 열 알씩 가지런히 꿰어 있는 꼬치 두 개를 가스 불 위에 올린다. 속껍질

강물은 흘러 어디로 가는가   177

이 바스작, 타고 고소한 냄새가 난다.

오늘은 개시가 안 좋았다. 부원장과 사십오 도 각도를 두고 앉아 있는 저 가방 든 사내가 첫 손님이라서 그랬다.

집을 나서는 순간 찾아온 처형과 부부의 연보다는 자매의 정에 붙어버린 마누라, 두 여인네에게서 듣기 싫은 소리 듣느라 문 여는 시간이 늦기도 했지만 (그래서 일진이 좋지 않을 거라고 혼자서 툴툴거렸다) 김밥을 나란히 쌓고 안주 정리하고 국물 데우고 나서도 한 시간 정도 손님이 없다가 마침내 첫 손님으로 들어선 이가 하필 닳고 닳아 실밥 불거져나온 까만색 어깨걸이 가방을 멘 사내였다. 주인은 기분이 좋지 못해 웃는 낯이 잘 만들어지지 않았다. 머쓱거리며 들어온 사내는 앉지도 못하고 어중간한 인사를 보내왔다.

저기…….

아직 개시도 못 했는데.

사내는 여전히 선 채로 고개만 보일 듯 말 듯 끄덕였다. 주인은 못 본 체 잠시 멈춘 손을 움직였다. 사내도 그냥 서 있었다. 서로가 서로에게 당신의 처분만을 기다리겠다는 투였다. 일 분쯤 지나 사내가 드디어 마음을 먹고 자리에 앉았다.

김밥하고 좀 줘요.

주인은 대답도 않고 소주와 잔, 그리고 김밥 한 줄을 썰어주었다. 사실 이 사내처럼 고정적인 단골은 없다. 횟수로만 따진다면 감사패라도 능히 받고 남는다. 그 동안 의자가 닳아 윤기 반들거리게 하는 데 혁혁한 공로를 남긴 이다. 그런데 개시 손님으로 왜 대접을 못 받는가 하면 사내의 평소 몸에 밴 습성 때문이다. 도무지 매상에 도움이 되지 않는다. 한사코 안주 사먹을 생각을 않는다. 생각이야 왜 없겠는가. 한눈에 봐도 돈이 말라붙은 형상인데 그게 호주머니 속으로 그대로 옮아가 거기에서 꺼내느니 오래 묵은 천원권이나 동전이 전부이다. 찾아와서 국물에 소주만 먹고 간다. 처음부터 지금까지 한결같은 모습이다. 당연히 그가 첫 손님으로 오면 별로 좋지 않다. 이 사내가 개시로 와서 국물에 소주만 마시고 간 날은 누가 그렇게 조종을 하지도 않았건만 매상이 떨어지고 골치 아픈 손들이 유난히 끓었다. 아무리 안주를 안 사먹는다고, 그렇다고 손해 보는 것은 아니니, 욕할 수는 없는 노릇이다. 하지만 첫 손님부터 헐하게 먹으려 들면 종일 그런 존재들만 줄을 선다는 것을 경험을 통해 다른 사람들 부처나 예수 믿는 것만큼이나 믿고 있다.

 주인이 볼 때 도대체 어디에서 뭘 하는지는 알 수 없어도 후줄근한 점퍼에 풀기 없는 얼굴로 (퇴근하는 길 같기는 하다) 늘상 드나드는데 손님이 꽉 차 있어 도저히 빈자리가 없을 때라든지 너무 장사가 안 되어 신경질이 난다든지 할 때는 거절하기도 했다. 그러나 이 사내는 쉬 물러가지 않는다. 발에 차인 강아지처럼 동그란 눈을 끔벅거리며 눈치를 보지만 절대 포기는 안 한다.

 오늘은 안 되겠소, 그냥 가시요.

 서서 얼릉 먹고 가지요.

 보시다시피 자리가 없잖수.

 그럼 밖에서 마시죠.

 그러면 주인이 이기는 법은 드물다. 그렇다고 밖으로 모실 수는 없는 일. 술과 국물 그릇을 주면 재주껏 비좁은 데 끼어서 기필코 병 바닥을 말리고 간다. 어쩌다 안주를 시키는 경우도 있다. 자신이 생각해보아도 너무 미안하기도 하고, 주인의 얼굴이 아주 사나워 있을 때는 김밥을 하나씩 시킨다. 오늘도 그렇다. 그러니까 가방 사내는 지금 김밥을 소중히 떠받들어 모시며 소주를 마시고 있는 중이다.

그런데 오늘은 좀 이상하다. 주인 눈치 보며 마시는 이들의 공통점이 바로 빨리 마시고 사라지는 것이고 이 사내도 늘 그래왔는데 오늘은 아예 말뚝을 박을 심사인지 지금까지 갈 생각을 안 한다.

비라도 좀 좍좍 오면 좋겠는데 말이야.

부원장이 말을 꺼낸다.

그러게 말입니다. 너무 가물었어요.

주인은 얼른 대꾸를 해주며 비닐 씌운 접시에 은행을 올리고 초고추장과 소금 그릇을 함께 내놓는다. 약간 고개를 숙이고 있는 부원장은 고개를 끄덕이며 그것을 받고는

한잔 더 하시오.

주인을 끈다. 예,예. 주인이 잔을 받는다. 부원장은 근처 아파트에 사는 이로 간혹 단골이다.

처형과 마누라, 개시 손님 때문에 불편한 주인의 마음이 그나마 풀린 것은 호리호리하고 조금 굳어 있는 풍의 학원 부원장인 이 사람이 들어오고부터다. 이 사람이 오는 날은 장사가 괜찮다. 씀씀이가 헤프다. 그럼 오늘은 잘되는 날인가, 아닌가. 헷갈린다.

이 사내는 맨정신으로 들어오는 법이 없다. 언제나 시내에서 잔

뜩 마시고 집으로 돌아가는 길에 들른다. 당연히 반가운 손님이다. 오늘도 취한 얼굴로 들어왔다. 더욱 굳은 얼굴에 눈알은 충혈되고 몸은 흔들리고 있었다.

이 사람은 들어와 맥주만 마시는데 몹시 취하면 좀 별다른 버릇이 있다. 맥주 한 병에 만원씩 꼭 낸다. 무조건 시키고 무조건 낸다.

맨 처음 오던 날도 그랬다. 몸 가누기가 쉽지 않을 정도로 취해 들어오더니 맥주 한 병을 시켰다. 같은 술 한 병이라도 소주하고 맥주는 하늘과 땅 차이다. 맥주 이윤이 월등히 높은데다 이 술은 양은 더 많되 금방 마시는 것이다. 맥주 한 병을 따주자 만원권을 냈다. 우선 받았다. 돈부터 내는 손님들이 왕왕 있는 탓이다.

주인 양반 한잔하시지.

이런 손님하고는 같이 마셔주는 게 여러모로 도움이 되기에 그는 홀랑 받아마셨다.

무슨 속상한 일이라도 있으세요?

차 사고를 냈어.

사고요? 안 다치셨어요?

부원장은 고개를 아주 크게 젓고는 또 한 병 달라고 했다. 주인이 아직 술이 남았다고 하자 얼굴을 잔뜩 찡그렸다.

에에이. 달라면 그냥 줘어.

주인은 한 병을 또 땄고 사내는 다시 만원짜리를 지갑에서 꺼냈다.

돈은 아까 받았는데요.

강물은 흘러 어디로 가는가 181

에에이.

지폐가 억지로 넘어왔다. 사내는 자신이 시내 모학원의 부원장이라고 소개하고 술 마시고 들어오다가 택시를 들이받았으며 면허증과 명함을 주고 왔노라고 말하고는 한 잔 마시고 또 따라주고 나서 다시 한 병 더 달라고 했다. 이번에는 주인이 남은 술을 따랐다. 그 날 부원장은 다섯 병을 주인과 나눠 마시고 오만원을 냈다. 주인은 다섯 병 값과 무수리 잔돈을 빼고 돈을 주머니에 찔러주었다. (그때 그는 이 돈을 모두 되돌려줘야 하는가 마는가, 한 이만원 정도는 슬쩍 빼돌리는 게 낫지 않을까, 로 몹시 갈등을 했다. 그러나 결국 되돌려주었는데 주변의 손님들이 빤히 보고 있기도 했지만 혹시 이 사람이 자신을 시험하지는 않나, 싶어서였다.) 돈이 다시 왔는지 어쨌는지 신경도 안 쓰고 그는 저만치 보이는 아파트로 넘어질 듯 비틀거리며 걸어갔는데 그 이래로 포장마차에 들를 때면 언제나 비슷한 모습이었다.

주인을 중심으로 맞은편 넓은 자리에는 부원장이 앉고 오른편에는 가방 사내가 앉았으며 왼편에는 (이곳이 비교적 어두운 곳이다) 머리에 물들인 젊은 것들이 앉아 있으니 언뜻 보면 그럭저럭 자리를 다 채운 듯이 보인다. 애들이 포장 한쪽의 가랑이를 벌리고 들어온 것은 부원장이 들어오기 얼마 전이었다.

시내 요란벅적하는 데서 비틀고 부수며 놀아야 어울릴 상판때기인데도 후미진 포장마차에서 죽치고 있는 걸 보면 이제 막 까지기 시작해서 겉만 뒤집어졌지 속은 아직 무녀리든지 아니면 반대로 한동안 착실히 부모 속 썩이는 짓 하다가 그것도 시들해서 (물론 돈이 없어서이겠지만) 슬슬 어른이 돼가든지 둘 중 하나만큼은 분명한 듯했다.

돈 있어?

없어.

그런데 왜 여길 들어오자고 해?

너가 있잖아.

없어.

주인은 마음을 졸였다. 이런 애들도 부원장 닮아 씀씀이가 헤프기는 한데 서로 믿고만 들어온 경우가 종종 있다. 그러나 주인은 여자애가 거짓말을 하고 있다는 것을 직감으로 알아챘다. 그것도 다 관록이었다.

맥주 주세요. 혹시 청하 있어요?

달라는 대로 내주고 안주는? 물었다. 이런 애들은 자존심이 매우 강하고 또 어디선가 돈이 나오기는 한다. 그러고 보면 돈 없다고 배 째라, 드러눕는 것들은 조금이라도 삭은 것들 중에서 나온다. 아이들은 석굴을 시켰다.

칼로 석굴 꼭지를 따고 초고추장에 마늘 다진 것을 버무려 위로 골고루 발랐다. 빨간 물 들인 여자애는 청하를 마시고 노란물 사내애는 맥주를 마셨다. 기차가 지나갔다. 유난히 길고 느린 화물열차였다.

아이 시끄러워.

노란물은 대답이 없다. 주인은 괜히 미안해졌다. 젊은것들이 그렇게 앉아 있으니 어쨌든 좀 장사하는 집 같기도 했다. 꼴사납고 자시고는 그 다음 문제이다. 젊은애들은 우선 안주를 많이 먹는다. 아니나 다를까. 석굴 열 개를 순식간에 먹어치우고 같은 걸로 하나 더 달라고 했다. 노란물은 싫다고 족발을 시켰다. 그애들이 볼 때는 살 많은 뒷다리를 만지작거리다가 눈이 다른 데로 돌아갔을 때 얼른 앞다리를 집었다. 그리고 재빨리 발바닥 쪽을 자르고 뼈 사이로 칼을 집어넣고 떼어냈다.

시끄러워. 딴 데 가자니까.

빨간물은 연신 그 소리이다. 실제로 몹시 신경질이 난 얼굴이다. 주인은 못 들은 척한다. 어쩔 것인가. 지나가는 기차를. 그래도 시끄럽다고 계속 종알거렸다.

비보다는 눈이 와야 좋죠.

사내다. 부원장을 바라보고 한 말이다. 술집에서 오다가다 만난 사이끼리의 호감 같은 것은 없다. 그는 사실 부원장을 얄밉게 생각하는 사람이다. 평소 이곳에서 선 채 술을 마시는 이는 둘뿐이다. 그러나 부원장은 주인이 권하는 자리를 마다하고 기둥을 붙잡고 흔들며 먹고 가방 사내는 그냥 서서 견디며 소주를 마시기에 (빈자리가 많을 때 아니면 염치 좋게 앉을 엄두가 나지 않는다) 모양만 같지 실속은 층이 한참이나 졌다. 그렇게 서로 같이 서서 소 닭 보듯 마신 경우가 몇 번 있긴 했었다.

그런 것 아세요? 포장마차에 눈이 오면 말이죠.

사내는 갑자기 뭔가에 취한 듯 연설조를 내뱉는다.

그는 아주 젊었을 때 이런저런 일거리 때문에 여러 도시를 전전했다. 어느 날 낯선 곳에서 하루 일을 마치고 합숙소를 빠져나왔다. 갈 곳이 있어야만 밖으로 나갈 수 있는 것은 아니다. 외로웠고 또 밤마다 계속되는 합숙소 속의 짓고땡에 심란한데다 돌아다니는 주간지를 몇 번이고 독파하여 달달 외울 정도(이렇게 되기까지 그렇다고 오랜 시간이 필요한 것은 아니었다. 단 오 일이면 충분했다)여서 따분했다. 또 밖에는 바람 없이 함박눈이 펑펑 쏟아지고 있었다.

대충 돌아다니다가 포장마차에 들렀다. 바짝 마른 아줌마가 주인이었다. 아줌마가 적극 권하는 (쓸데없이, 주인이 적극 권한다는 것은 이문이 많이 남는 비싼 안주거나 오늘 지나면 버려야 하는 것 중 하나인데 그런 것을 아직은 몰랐던 나이였고 설사 눈치챈다 하더라도 이미 집게로 집어 불 위에 올려놓아서 총각 홀로 어떻게 당하겠는가, 라는 말을 해서 주인의 기분을 잠시 긁는다) 닭목에 소주를 마셨다. 울대 빼낸 닭 모가지 껍질을 넓게 펴고 소주병으로 살과 뼈를 두드려 넓게 편 그것은 제법 크기도 해 불만이 없었다.

고기를 연탄 화덕에 올려놓자 연기가 올랐다. 아줌마는 천장에 만들어 놓은 네모난 환풍창을 들어올려 뒤로 젖혔다. 그때 나타난 풍경이 있다. 세월에 눌렸든지 일이나 빚이나 가족에 눌렸든지 여하튼 무언가에 눌렸음은 분명한 중년 남자 둘이 구석에서 코 박고 뭐라고 자신 없는 소리를 중얼거리며 술을 마시고 있어서 그곳은 마치 아줌마와 그와 둘만 있는 듯했는데, 그래서 도통 시끄럽지 않아 닭 모가지가 탄불에 구워지는 소리만 치치직 무게 있게 들리는데, 그때 환풍창을 통해 덩어리가 이만한 함박눈이 포장마차 안으로 내리기 시작했다.

눈은 빨갛기만 한, 깔끔 떠는 이들은 거들떠보지도 않을, 그 뼈가 뒤섞인 고기 덩어리에 마치 장식처럼 내리기 시작했다. 기름이 지글거리는 곳에 떨어져 비늘처럼 녹기도 하고 탄불 속으로 떨어져 물이 되어보기도 전에 기체로 변해 다시 하늘로 올라가기도 했다. 카바이드 불빛의 침침한 포장마차 안으로 눈이 떨어져 내리는 모습이 꼭 만화나 어렸을 때 들었던 동화 같다고 생각했다.

그때부터 포장마차를 꼭 하고 싶었다, 물론 여건이 안 되어 아직 못 하고 있다, 어쨌거나 그 모습이 자꾸 떠오른다, 이름하여 낭만이다, 그런 낭만이 있을 때가 살맛이 났다, 지금은 도통 살맛이 나지 않는다, 중학교 다니는 딸애를 데리고 와서 그런 맛을 가르쳐주고 싶지만 (딸애랑 같이 온다면 맛있는 것을 여러 가지 사먹을 테지만 어쨌든 그는 이 대목에서 주인의 눈치를 살폈다) 죽어도 싫다고 한다, 설명해주면 짜증만 낸다, 솔직히 말하면 오늘 딸애의 생일이다, 딸애는 지금까지 한 번도 초대해보지 못했다며 오늘 처음으로 친구들을 초대했다, 그래서 아주 늦게 들어가야 한다, 이해해달라. 운운.

그러면 포장마차 하지 그랬어요.

제법 길게 말을 들어주던 부원장이 비웃는 얼굴로 묻는다. 사실 그는 그런 주정을 받아줄 기분이 아니었다. 듣기 싫어도 그냥 있었던 것은 반은 듣고 반은 딴 생각을 하느라 그랬다.

그의 학원이 부도날 위기에 몰렸고, 그것 때문에 여러 날째 자신의 친형인 원장과 싸웠으며(그가 볼 때 공동 유산으로 물려받은 학원을 형이 일부러 부도를 내고 정리하고 있는 듯했다), 또 아내와도 싸운 뒤였고 (근래 들어 목돈을 갖다주지 못했다) 급기야 어제는 아내가 아이들을 싣고 친정으로 가버렸기에 오늘도 술을 마시고 있는 중이었다.

그는 어젯밤에 홀로 자면서 자신이 그 동안 한번도 혼자서 잠을 자지 않았다는 것을 깨달았다. 하여 거의 뜬눈으로 지새웠고 아내에 대한 분노와 말도 없이 제 엄마를 따라가버린 자식들에 대한 원망으로 이를 갈았으며 오늘도 어제와 똑같이 형과 목소리를 높였고 오후에 발악하는 기분으로 단골 술집으로 가서 술을 마시다가 친한 마담이나 아가씨와 잠을 잘 생각이었으나 참으로 이상하게도 시간이 갈수록 그런 기분이 자꾸 죽어 털레털레 집으로 돌아왔고 막상 불 꺼진 아파트가 보이자 도저히 들어갈 용기가 나지 않아 이곳에 온 거였다.

주인은 내려놓았던 찜통을 다시 올리고 가스 불을 당긴다. 국물이 반도 안 떨어졌다. 유리상자 속의 멍게 해삼 생굴 석굴 대합 따위가 거의 그대로이다. 그걸 보니 속이 답답하다. 영 시원찮다. 시대가 바뀌어 탄불은 가스로 바뀌고 카바이드는 전기로 변화된 게 언젠데 그런가. 하긴 옛날에 비해 특히 겨울 장사가 안 되는 거 보면 그 낭만이니 정취니 하는 게 없어진 것은 사실이다. 말 그대로 춥다고 싫다는 것이다, 젊은것들은.

그렇다고 포장마차가 다 이런 것은 아니다. 없는 사람들 식당으로 가고 돈 있는 사람들이 포장마차로 간다는 말이 나돈 지가 벌써 십 년이다. 포장마차 안주값이 한순간에 치솟은 뒤부터 그렇다. 그러나 그것은 시내에서 통하는 소리다. 자릿세만 이천만원씩 하는 곳 이야기다. 정취? 낭만? 아나 개 물어갈 소리다. 자식이 거

저 얻어먹다시피 하는 주제에, 싶어 주인은 신경질적으로 담배를 빤다. 빨면서 이렇게 짜증나는 날에는 뜻밖의 흐름이 있어 밤 깊어 삼차 사차 손님들이 잔뜩 들지도 모르겠다는 생각이 든다. 들었다기 보다는 일부러 했다. 손님의 흐름이 바뀌는 것은 한순간이다.

그러나 기분이 좋아지지 않는다. 소주 하나 시켜놓고 또아리를 틀고 앉은 사내나 머리 처박고 뭔가를 속삭이며, 그러고 보니 이제는 껴안다 못해 볼에 입도 맞추고 슬쩍 젖도 만지고 있는 젊은 쌍이 순간 눈에 걸린다. 빗자루로 확 쓸어내버리고 싶다. 하지만 담담한 얼굴로 못 본 척한다. 그게 장사다.

눈이 가는 곳은 당연히 부원장이다. 그는 은행을 씹고 있는데, 그게 맛있어서가 아니라 누가 시켜서 억지로 먹는 폼이다.

한잔하세요.

주인이 두 손으로 삼분의 일쯤 남은 잔에 첨잔을 하고 부원장은 한 손으로 받는다. 받고 나서 한동안 고개를 처박고 눈은 위로 치켜 뜬 채 골똘히 무슨 생각에 잠기더니 하, 하고 숨을 내뱉는다.

주인 양반.

부원장이다. 그가 주인을 부를 때 양반을 붙이는 경우는 오늘이 처음이다. 주인은 기분이 조금 좋아진다.

예.

올해 세상에 종말이 온다는 거 알아요?

예?

노스트라다무스라고 하는 유명한 예언가가 올해 세상이 깡그리

망해먹는다고 한 거 아냐구.

　글쎄요, 비슷한 소리를 언젠가 주워듣기는 했습니다만.

　작년부터 손님 중에 이런 소리 하는 이들이 없지 않다.

　그 사람이 올해 칠월에 다 망한다고 했다 이거야.

　예, 헤헤.

　인제 며칠만 있으면 말이야, 내 생각에는 말이야, 정말로 망할 것 같은데 말이야, 이런 젠장, 망해버렸으면 좋겠단 말이야.

　무슨 말씀을.

　씨팔.

　주인은 그 동안 쌓은 경험으로, 어쨌든 손님이 없기도 해서, 부원장을 다독여줄 필요를 느낀다. 그렇지만 이런 소리에는 어떻게 해야 할지 잠시 먹먹하다. 쓸 만한 대답은 고덕대승이나 텔레비전에 나오는 유명한 학자들이나 저녁마다 찬송가를 틀어대는 온누리교회 목사 같은 이들이나 할 수 있을 것 같다. 그 사이 홀로 소주를 마시던 사내가 부원장 쪽으로, 마치 한 십 년간 절치부심하다가 마침내 집안의 원수를 찾아냈다는, 눈빛을 쏘아온다.

　주인은 순간 어쩌면 이 둘은 오래 묵은 원수이지 않을까 하는 생각이 든다. 포장마차란 싸움은 아주 흔했고 살인도 아주 없지는 않은 곳이다. 어쩌면, 그러니까 저 부원장네 식구들이 옛날 저 가방 사내네의 재산을 모두 빼앗았으며 (권력과 법을 이용해서) 사내는 복수의 칼날을 갈다가 드디어 부원장을 찾아냈으며 부원장은 사내를 알아보지 못했으며 (몰락해버린 사람을 한눈에 알아보기는 어려우므로) 사내는 부원장에게 복수할 적당한 기회를 노리며 이곳엘 오는, 그런 사이가 아닐까 싶었는데 바로 다음 순간에 그게 얼마 전에 마누라에게서 들었던 드라마의 내용이었다는 것을 깨닫고는 속으로 웃었다.
기차 두 대가 엇갈려 지나간다. 유독 시끄럽다. 주인은 빨리 지나가기를 기다린다.
주인 양반은 세상에 종말이 온다는 생각 해본 적 없냐 이 말이야.
우리야 뭐 하루하루 간신히 벌어먹고 사느라 망해볼 시간도 없는데요 뭐.
거짓말이다. 종말이 오는 게 아니라 와야 한다고 숱하게 생각해봤다. 포장마차를 사고 얼마 안 있어 철거당했을 때도 그랬다. (그가 하는 곳은 도로점령 허가가 나온, 번호표 붙은 곳이 아니다. 대신 자릿값이 쌌다.) 그때만이 아니었다. 경찰과 구청 공무원들에게 돈을 뜯길 때도 그런 생각이 났고 남편 편들기보다는 언니네 편을 들어 자신을 윽박지르는 마누라를 볼 때도 그랬다.
그러고 있자니 오늘 자고 간다는 처형이 떠오른다. 지금쯤 둘은 무얼 하고 있을 것인가. 자꾸만 자신이 한쪽 끝으로 밀려나는 기분이다.

열한시 이십칠분. 하루가 마감되어가는 시간이다.
기차가 또 지나간다. 이번에는 서울발이다. 저 기차 안에 결혼이나 이혼을 했거나 훔친 돈을 다 써버렸거나 교통사고 당한 딸이 이제 다 아물었거나 혹 죽어버렸거나 일자리에서 끝내 쫓겨났거나 이제는 절대로 밤기차 여행을 하지 않겠노라 이를 득득 갈거나 포경 수술한 실밥을 뽑으러 하거나 자궁을 잃고 여러 날 울었거나 빚쟁이에게 숨어 있는 곳을 들켜 장소를 옮기거나 다시 범행할 장소를 물색하거나 정부와의 밤샘 정사로 몹시 피곤하거나 휴가를 받거나 귀대하거나 막연하게 돌아다녀보아도 미칠 것 같은 것은 뻔해 다시금 되돌아오는 이들로 가득할 터이지만 단지 시끄러울 뿐이다.

참으로 손님이 없다. 그렇다고 다들 집구석에 틀어박혀 밥이나 착실히 먹고 텔레비전이나 얌전히 보고 있는 것은 아닌 듯싶다. 아직도 시내에서 나자빠져 있나.

그러나 밖은 시끄럽다. 망할 놈의 기차는 듣는 기분에 그러는지 꼭 뭔가에 쫓기는 듯 유독 시끄럽게 지나가고 인도의 사람들도 우왕좌왕한다. 택시는 택시대로 바쁘고 오토바이들도 덩달아 난리다. 어차피 마감 짓는다는 것은, 끝이라는 것은, 다소의 소란이 있게 마련이다.

젊은애들이 심상찮다. 벌써 청하 두 병에 맥주 네 병째이다. 노란물은 세 병째부터 빨간물 어깨를 껴안더니 슬슬 등을 쓸었고 네 병째를 비워가면서 본격적으로 만지기 시작한다.

주인은 자꾸 가려는 눈을 억지로 돌려놓는다. 소주 한 병을 더 시킨 사내만 또 그 복수의 눈빛으로 부원장 쪽을 바라본다. 사내도 이제 잔뜩 취했다. 평소에는 후딱 한 병을 비우고 돌아가는 이가 오늘은 한 병 더 시켰으니 모처럼 안주시킨 기세로 버텨보는 눈치이다. 다른 날에 비하면 들어갈 때가 한참이나 지났는데 말이다. 딸애 생일? 거 참.

많이 취하셨네요.

주인은 그 정도에서 견제를 한다.
예? 예. 취했죠. 근데 저기 선생님.
그가 갑자기 부원장을 부른다. 부원장은 숙였던 고개를 들고 붉게 바라보는 것으로 답을 한다.
저기, 저도 말이죠. 노스트라다무스를 아는데, 에, 제가 듣기로는 그게 팔월에 일어난다고 하더군요.
부원장은 그쪽을 바라보기만 하는 걸로 그게 무슨 소리냐, 를 보낸다.
누가 그러던데 히꾹.
갑자기 말을 한 탓으로 사내는 딸꾹질을 하기 시작한다.
팔월 며칠인가 되면 히꾹, 지구가 가운데 서 히꾹, 가운데 서고 태양계가 십자가를 그린다고 하더군요, 히꾹.
부원장은 계속 같은 자세로 바라보며 그래서? 말 계속해봐, 를 보낸다.
그러니까 그게 그 동안 태양계 움직임을 히꾹, 컴퓨터에 넣어서 알아낸 건데, 히꾹, 십자가가 생기는데 히꾹.
왜 생기는데요 그게?
주인이 끼어든다. 어른 셋이 눈을 맞추자 애들은 이제 접붙여놓은 나무들처럼 이마를 맞대고 입술을 본격적으로 빨기 시작한다.
뭐 히꾹 아 왜 이래. 모르죠. 어쨌든 기분 나쁘죠.
십자가가 좋은 거 아닌가요?
글쎄 하여간 기분 나쁘죠.
그게 어떻게 십자가가 되죠? 다 곡선을 그릴 텐데.
정신을 차린 부원장이 반문을 한다. 사내는 대답을 못 하고 그게 곡선이었나를 생각한다.
 십자가가 된다면 그게 십자가가 아니고 나뭇가지처럼 되겠죠.
 사내가 고개를 끄덕인다. 다시 침묵이 흐른다.
 당신은 그럼 종말이 온다면 뭘 하겠소?
 부원장은 좀 유치하지만 시기적으로는 딱 들어맞는 질문을 한다.
 난 말이죠. 나무를 심을 거요.
 사내가 말한다.
 순간 주인은 자신이 하고 싶은 것을 떠올린다.
 그는 할 일이 있다. 마누라를 줘패보는 것이다. 내일이 종말이라면 맘놓고 한번 후드려갈겨버리고 싶은 거다. 반평생 마누라를 고생시킨 사람이 마지막엔 회한의 눈물을 흘리듯, 어차피 마지막에는 차마 하지 못했던 것을 해보고 싶기 마련이어서, 한번이라도 수굿하게 져주지 않는 눈알을 쥐어뽑고 곰살궂은 말 한마디 할 줄 모르는 입을 뭉개버리고 싶다. 그런 상상을 할 때면 몸의 피가 뜨겁게 달아오른다. 상상의 나래가 멈춰지지 않는다. 봐두었던 장작 개비로 피 터지게 작살을 내버리고 싶다. 총으로 쏴죽이고 싶다. 그것도 한방에 말고, 양손과 발, 허벅지, 어깨, 양 옆으로 나온 뱃살 가슴 순으로 천천히, 참혹하게 죽이고 싶다. 그러나 언젠가 취한 김에 싸우다가, 그런 날이 온다면 어차피 끝장이기도 하니까, 그러고 말 거라고 말을 꺼내자마자 마누라는 얼굴에 독기로 화장을 하며 한마디 내뱉었다.
 당신이 나 죽이기 전에 내가 작두로 당신을 토막토막 쳐죽일 거야, 알어?

웃기네.

부원장이 가소롭다는 얼굴을 한다. 보아하니 여자애의 젖가슴을 더듬고 있던 노란물도 너무 팽창되는 아랫도리를 좀 진정시킬 필요를 느꼈는지 고개를 돌려 비웃는 얼굴을 한다. 사람들이 비웃자 사내는 입을 한동안 다물었다가 (그 와중에도 딸꾹질은 계속되었다) 다시 연다.

사실은, 돈을 써보고 싶습니다.

이번에는 아무도 비웃지 않는다.

솔직히 말하면 그렇습니다. 돈이 그리 많지는 않지만 하루 저녁 내 써버릴 돈은 됩니다. 아니, 한 달 넘게 쓸 수 있을 겁니다. 히꾹. 제가 사는 집 보증금도 있고 조금입니다만 적금 부어놓은 것도 있으니까요. 하지만 하룻밤에 다 써버리고 싶습니다. 여기 주인도 짐작하시겠지만 저는 돈을 잘 쓰지 않습니다. 요즘 들어 벌이가 더 나빠져서 더욱 그렇습니다. 제가 돈을 써버리면 생활이 안 됩니다. 그래서 저는 뭐든지 아끼고 모읍니다.

주인이 전혀 살갑지 않은 눈으로 사내를 한번 쳐다본다.

전 뭐든지 알뜰하게 모으면서 살았어요. 근데 종말이 오면 무슨 소용이 있습니까. 제가 오랜 세월 모아온 게 무슨 소용이 있습니까. 경품으로 모아둔 전화카드를 밤새 쓸 생각입니다. 그리고 돈도 써버릴 히꾹.

돈 이야기가 부원장의 신경을 건드린다. 부원장이 말을 낚아챈다.

진작 그렇다고 말을 해야지 그럼.

제가 뭘 잘못했나요? 그럼 선생은 뭘 할 건데요?

사내가 빤히, 도전적인 눈빛을 한다. 부원장이 맞받아 노려보다가 술기운을 빌려 고개를 숙인다.

나? 잘 몰라. 씨팔.

분위기가 조금 이상하게 돌자 주인은 긴장을 한다. 직감이다. 아니나 다를까. 부원장이 갑자기 고개를 번쩍 들면서 손에 들었던 맥주병을 집어던진다. 챙. 병이 깨진다.

야 이 새끼야.

사내와 주인은 깜짝 놀라지만 표정은 다르다. 주인은 말 그대로 일이 크게 벌어질까봐 놀라고 사내는 뜻밖이라는 표정인데 언뜻 보기엔 도전을 받아주겠다는 모습으로 보인다. 사실 사내 마음으로도 그렇다. 도대체 이런 부류들의 싸움 실력이라는 게 안 봐도 빤히 보이기 때문이다. 그랬거나 말았거나 둘은 도대체 누구에게 욕을 했느냐가 궁금하다. 주인이 보기에는 사내에게 욕을 하는 듯한데 그렇다고 병을 집어던질 만한 상황은 아니었으므로 이제 저 부원장도 달래 보내야겠고 저 사내도 싫은 소리 몇마디 지껄여서 내보내야겠다고 급히 생각한다. 그런데 문제는 그게 아니었다.

저기 선생님.

야이 씨발새끼야.

부원장의 눈은 주인과 사내의 중간쯤에서 엉뚱하게도 젊은 애들에게로 휙 돌아간다.

너 정심학원 다녔지.

오른손으로 빨간물의 젖통을 주무르던 노란물이, 주변의 가벼운 실랑이쯤으로 여겨 (눈에는 가소롭다는 빛이 스치고) 힐끗 바라보던 게 다인데, 고개를 뽑는다.
 너 정심학원 다녔어 안 다녔어?
 다녔는데 왜요?
 나 알아, 몰라?
 알긴 아는데 병은 왜 깨고 시비야?
 이 개새끼야, 근데 왜 인사를 않는 거야 엉?
 주인이나 사내는 상황의 급변을 쉬 따라가지 못하고 있다.
 욕을 해?
 이 새끼야. 나 너 알아. 저것(빨간물)도 우리 학원 다녔어. 좆만한 것들이 까져갖고는 선생도 몰라보고. 야이 씨팔년놈들아. 학원 선생도 선생이야. 이것들이 어디서.
 다시 잔을 집어던진다. 비석치기를 당한 안주 그릇이 팅, 몸을 떨고 술이 사방으로 튄다.
 저, 저기 선생님.
 주인이 끼어들었으나 소용이 없기는 찬송가와 다를 바가 없다.
 아이 씨팔 왜 이래.
 뭐, 왜 이래?
 열받네 이거. 그래 니네 학원에 다녔다. 나 내 돈 내고 다녔어. 어쩔 건데. 아 씨팔, 오늘 뚜껑 열리네.
 순간 이번에는 노란물이 맥주병을 던진다. 병은 부원장의 얼굴을 스치고 포장에 한번 몸을 준 다음 바닥에 떨어져 퍽, 깨진다. 주인이 일어섬과 동시에 부원장은 얼굴을 감싸고 고개를 숙인다.
 좆나 재수 없네. 야 가자.
 노란물이 빨간물을 데리고 바깥으로 나간다. 주인의 몸이 반쯤 따라나간다.
　야 임마, 술값 안 내고 가?
　그 새끼한테 받아요.
　둘은 끼익, 멈춰 서는 택시에 몸을 싣고 부웅, 사라진다.

　주인은 멋쩍기도 해서 별 필요도 없는데도 양파와 마늘 따위를 다듬고 조금 부족하다 싶은 초고추장을 만든다. 기차가 또 지나간다. 저것들은 끊임없이 지나간다. 가고 오는 것을 더하고 빼보면 영(0)이 될 것이다. 그러니까 포장마차의 자리에서 보면 끊임없이 가고 오는 것과 어디에도 안 가고 가만히 있는 것과 같은 것이 된다. 몇 년째 같은 자리만 지키고 있는 자신이 되는 것이다. 단지 사람들이 가고 오는 것만 있는 것이다. 가고 오고 했다는 것, 그것만 있는 것이다. 그렇지만 초고추장을 만들면서 주인은 저 기차를 타고 어디론가로 가고 싶다는 생각을 포장마차 한 이래 처음으로, 아니 생각해보면 태어나서 처음으로 한다. 그러자 그런 엉뚱한 생각을 한 번도 안 하고 살아왔다는 것을 깨닫는다. 다시 본래의 상태로 되돌아온다고 해도 어디론가로 가보고 싶어진다.
　다행히 상처를 입거나 하지 않았지만 그런 경우 마음의 상처는 더 강하게 입게 마련이어서 부원장은 자신이 왜 이렇게 술을 마시게 되었는가를 주절주절 내놓는다.
　나 참, 이런 기분 겪어봤어? 비참해. 비참하다구. 당신들은 그래도 집에 가면 마누라 자식들 있잖아. 엉?
　주인과 사내는 둘 다 동시에 하고 싶은 말이 있지만 아무도 대꾸를 안 한다. 주인은 부원장이 귀찮아지기 시작한다.

주인은 두 사람이 얼른 갔으면 좋겠다 싶다. 모든 게 지겹다. 장사 걷어치우고 정말 어디로 가버릴까, 싶다. 그는 곰곰이 생각하다가 가고 싶은 곳이 바로 다른 포장마차라는 결론을 내린다. (차마 먼 곳으로 갈 엄두가 나지 않는다.) 오늘은 저 사람들처럼 손님으로 좀 있어보고 싶어진 것이다. 그러나 정말 가게 될까, 스스로가 궁금하다. 그러면서 내일의 종말이 보장된 다음에야 어딘가로 훌훌 떠나게 될 것 같다고 생각한다.

가방 사내는 계속 실밥 틀어진 가방을 만지작거린다. 이곳에 너무 오래 앉아 있었고 또 분위기를 봐도 자신이 일어서야 되기도 하다. 딸애 친구들도 돌아갔을 시간이다. 그렇지만 선뜻 일어나지지가 않는다. 집에 가기 싫어진 것이다. 술 때문만은 아니다. 일어서는 순간 어깨를 파고들 가방의 무게가 진저리나게 싫다. 하지만 집 외엔 갈 곳이 없다는 사실이 자꾸 그를 괴롭힌다.

부원장은 한동안 주절거리다가 말을 멈추고 숨만 길게 내쉰다. 그러면서 먼저 말을 꺼냈지만 정작 자신은 내일 세상이 망한다면 무엇을 할지에 대하여 한 번도 생각해보지 못했다는 것을 깨닫는다. 할 게 없는 것이다. 할 게 없다니. 세상에.

침묵은 이어지고 기차는 어둠의 터널을 만들며 또 지나간다.

변태(變態)

그러고 보면 나는 잡스러운 것 없이 순수한 것에 대해서는 일종의 두려움 같은 게 있었는지도 몰랐다. 정확히 말하자면 더러운 곳에 가면 깨끗해지고 싶었고 깨끗한 곳에 가면 더러워지고 싶은 변덕에 시달렸던 거였다. 바다나 육지가 서로 싫어해 끝없이 파도에 떠밀리기만 하는 시체처럼.

1

 그 여인네가 암캐나 뱀이라면 나는 무엇이었나. 간밤의 피와 새벽녘의 몽정 덕에 한 방울 정액으로 인한 냄새나는 것쯤이 아니면 과연 그 개나 뱀의 앞자리에서 무엇이었나.
 나는 꿈틀댈 줄만 아는 애벌레였다.
 성충이 되지 못했다는 것은 결국 청춘이라는 소리인데, 참으로 민망하게도 청춘에 으레 따라붙는, 희망이라거나 푸른 꿈이라거나 그런 것들과는 하등 상관 없이, 밟혀 한쪽이 뭉그러지고 살충제를 뒤집어쓴, 고통에 헐떡이는 벌레였다. 날개 트여볼 엄두도 나지 않는 징그런 것이었다. 그 시절 내게 충만했던 것은 결핍과 죽음이었다. 결핍으로 내 몸뚱이는 불안하게 길어졌고 죽음으로 내 정신은 거듭 침잠하며 넓어졌다. 그것도 성장이라면 성장이었다.

밤이었다. 모든 것들이 다 잠들어야 할 시간이건만 모든 것들이 다 소스라쳐 깨어 있던 밤이었다. 우리는 MBC 건물이 다 탈 때까지 군인과 대치한 채 그 자리에 있었다.

"진실을 알리지 않는 방송국은 태워버립시다."

한 사내가 외치며 방송국 정문에 석유를 끼얹고 불을 질렀다. 금방 타올랐다. 도시 곳곳에서 불길이 치솟는 중이었다.

"그래도 우리의 진실을 알리려면 방송국이 있어야 합니다. 방송국을 살립시다."

다른 사내가 외쳤다. 주변 사람들이 덤벼들어 불을 껐다. 그을음이 귀신처럼 떠돌았고 그 너머로 군인들이 사자처럼 보였다. 이번에는 그쪽에서 불길이 치솟았다. 오른쪽의 키 낮은 금성사가 위태로웠다. 불은 한순간에 건물을 타고 올랐다. 팡, 팡. 유리창이 터졌다.

"변압기가 폭발한다."

누군가가 외쳤다. 방송국 건물과 박종갑 내과 건물 사이에 변압기가 있었다. 우리는 뒤로 몇 발짝씩 피했다. 변압기가 폭발하는 것을 아무도 본 적이 없었고, 그게 터지면 위력이 어느 정도인지도 몰랐다. 변압기는 폭발하지 않았고 대신 군인들과 시민들이 다시 폭발하기 시작했다.

밤이 깊어지면서 우리는 조금씩 밀렸다. 최루탄이 터져나오면 전열이 흩어져 사정없이 밀려나기 바빴다. 주위는 아수라장이었고 저쪽에 장갑차를 가운데 두고 군인들이 점차 밀고 들어왔다. 사람들이 보도블록을 깼고 누군가가 각목을 한 짐씩 부려놓았다.

돌조각들은 쓸모가 있었으나 그놈의 각목은 뒷골목 패싸움 때나 쓰지 총 든 군인들에게는 소용이 없었다. 최루탄이 터지고 우리는 다시 밀렸다. 그때 노인 하나가 불쑥 나서며 지팡이로 우리들을 때렸다.

"늙은이도 버티는디 젊은것들이 밀려야."

노인은 사람들 사이를 다니며 계속 때렸다. 우리는 그대로 서서 지팡이에 얻어맞았다. 맞아도 쌌다. 고개를 숙이는 이도 있었다. 우우우, 사람들이 다시 한목소리를 내기 시작했다.

"젊은것들이 심 놔뒀다가 워따 쓸라고 그래. 덤벼들어. 저것들한테 죽자살자 덤벼."

우우우, 사람들의 목소리가 더욱 거세졌다. 순간 장갑차 위로 상체만 내놓고 있던 군인이 총을 쏘았고 노인은 축 늘어졌다. 우리는 한순간에 피가 끓어올랐다.

"갑시다. 나갑시다."

재무장하고 복수를 다짐하는 패전국의 결사대처럼 사람들은 앞으로 밀고 나갔다. 나는 어렸고, 어리다는 것은 쓸데없이 분노나 잘하고 마는 것이기도 해서 돌멩이 두 개를 부여잡고 앞뒤 볼 것 없이 앞으로 내달렸다.

이 개새끼들아.

얼마만큼 왔나. 돌멩이를 차례대로 던지고 섰을 때, 한 오 초간 막막한 시간이 지나자, 비로소 내가 던진 돌멩이가 얼토당토않게 목표물을 훨씬 지나버렸다는 것을 깨달았다. 그리고 안개 같은 최루탄 가스 사이로 군인과 장갑차가 나타났고, 그것은 너무도 가까이 있어서 침을 뱉으면 닿을 거리였다.

장갑차 위의 군인이 총으로 나를 겨누는 게 보였다. 그 순간. 어떤 판단이나 추측도 할 수 없던 그 시간. 얼음 같거나 두부 같거나 하여튼 한 가지 색으로만 머릿속이 채워지던 짧은 시간.
"비켜. 다들 비켜."
와, 하는 함성 속에서 육중한 기계 소리가 다가왔다. 포크레인이었다. 총구가 나에게서 포크레인 쪽으로 옮겨갔다. 쾅, 포크레인과 장갑차가 부딪치는 소리와 함께 탕탕탕 총소리.

하숙방은 텅 비어 있었고 주인네는 문 꼭꼭 걸어잠그고 불까지 꺼놓은 상태였다. 새벽이 다가오고 있었다. 나는 내 방에 기어들어가 이불을 뒤집어썼다. 깊고 따뜻한 품속으로 숨고 싶었고 이불을 그것으로 여겨 둘둘 말았다. 그러나 몸을 감싸고 있는 것은 순식간에 바람에 흩어지고 곧바로 날카로운 총구가 눈앞에 따악 나를 겨누고 섰다. 총구에서 불꽃이 터지고 노인이 쓰러졌다. 포크레인 운전석의 사내가 쓰러졌다. 주변에는 시신이 산처럼 쌓이고 차들이 불탔다. 날이 점차 밝아오는 것도 모르고 벌레처럼 나는 꿈틀댔다.

2

거웃이 돋고 목소리가 변하면서부터 나는 두꺼운 옷의 저편에 숨어 있는 사람의, 여자의, 몸에 대해 알고 싶었다. 뭔가 기가 막힌 것들로 꽉 차 있을 것 같은 젖가슴과 부드러운 살, 그리고 언젠가 사창가에서 사는 아이가 학교로 가져와서 보았던 외국 잡지 속의, 털 나고 벌어진 아랫도리가 궁금했다.

그리고 어느 날 갑자기 그 아름다운 것들이 둘러싸고 있는 저 깊은 속을 먼저 보고야 말았다.

젖무덤을 보기 전에 찢겨져나온 내장을 보았고, 부드러운 살결을 만져보기도 전에 떨어진 붉은 살점을 보았고, 뜨겁게 껴안아보기도 전에 세상을 향해 뿜어져나오는 새빨간 피를 보았고, 향기로운 머리카락의 냄새를 맡아보기도 전에 두개골이 부서지는 것을 보았는데, 거기에서는 오만 가지 정신의 뒤엉킨, 싫고 좋고 간절히 원하고 극도로 원망하는, 복잡한 실타래의 형체는 온데간데없고 핏줄이 뒤엉킨 뇌수가 굳어가는 죽처럼 덩어리져 있었다.

내가 알게 된 사람의 몸은 그런 것이었고 그것은 죽음이었다.

그때까지 죽음이라고 본 것은, 아니 죽음이라고 부르는 짧은 시간이 지나 번데기 속에서 나비는 빠져나가버리고 남은 꼬치 같은 시체를 본 것은, 물에 빠져 죽어 있는 이가 다였다. 바닷가에서는 말라붙어서 죽는 이보다 축축하게 몸 적시며 죽는 이들이 많았다. 멀리서 죽은 사람이 떠밀려오기도 했는데, 건져보면 팅팅 불어 있었고 간혹 상어에게 먹혀 뼈만 남은 상태로 마을로 돌아오는 경우도 있었다.

시장 좌판에서 훔친 새우로 학꽁치를 낚으며 하루를 보내던 날이 있었다.

좌판 위에 가지런히 놓여 있는 보리새우를 겨냥하고 슬슬 걸어가다가 아줌마가 좌판 아래로 몸을 구부려 무언가를 찾는 순간 재빨리 한줌 움켜쥐고 뛰었다. 아이고매 이 새끼야. 아줌마가 곧바로 쫓아왔다. 보기보다 빨랐고, 또 빠르지 않으면 그 바닥에서 견뎌내지를 못했다. 쫓아오는 기세에 눌려 나는 훔치고도 기겁을 해서 손에 쥔 것을 얼른 떨어뜨렸다. 아줌마는 그것을 줍느라 더이상 쫓아오지 못했고 냉동 공장 뒤까지 도망가서야 숨을 고른 내 손아귀에는 달랑 네 마리가 남아 있었다. 아껴 쓰면 될 정도였다.

꽁치는 적당히 무리를 지어 어선과 어선 사이를 헤엄쳐 다녔다. 우리는 낚싯대에 붙어 낚시를 두 개 달고 거기에 새우살을 조금씩 끼웠다. 꽁치는 수면에서부터 한 뼘 정도 아래에서 헤엄을 치는 것이라서 훤히 보였다. 낚시를 집어넣고 기다리면 한 마리씩 다가와서 물었고, 너무 빤히 보이는 탓에 마치 죽기 위해 기다리고 있는 듯싶기도 했다.

동무 하나가 저쪽에서 누가 빠져 죽었단다, 가보자, 나를 불렀다. 해가 지기 시작했다. 선창은 슬슬 사시장철 그 붉게 도드라진 입술을 벌릴 줄만 아는 작부의 노랫소리 높아지고 취객들의 오줌이 바닷물에 보태어져 낮과는 다르게 복잡하고 시끄러워지기 시작하는 시간이었다.

우리는 낚싯줄에 아가미가 관통당한 채 고들고들 말라가는 학꽁치 예닐곱 마리를 땅에 끌다시피 하고, 종일 여기에 부딪히고 저기를 찔러 지청구 듣기에 바빴던 낚싯대를 어깨에 메고 줄달음을 쳤다.

야 이 쌍놈의 새끼들아.

친구 낚싯바늘이 공중에서 춤을 추다가 지나가던 아저씨 잠바를 뚫었다.

왜 사람을 낚으고 지랄이여, 이 새끼들아.

나와 친구는 자리에 섰다. 그 아저씨가 옷에서 바늘을 빼낼 때까지 우리는 거미에게 침 맞은 나방이었다. 친구는 바늘을 돌려받는 대신 뺨을 한 대 야무지게 얻어맞았고 내 머리 한쪽에도 큰 주먹이 왔다 갔다. 그런 식으로 우리의 살갗은 두꺼워지고 대가리는 여물었다.

산파시라고 부르는 뜬 부두 선착장에 사람들이 모여 있었다. 저만치 섬들도 이제는 보이지 않고 아이들이나 갈매기들이나 선착장 근처에 죽 이어 있는 술집에 볼일이 없는 존재들은 집으로 돌아갈 시간인데, 어쨌든 야단 좀 얻어맞고 꽁치로 전이나 만들어 따뜻한 밥 한 그릇씩 먹고 이불 속으로 들어가야 할 시간인데, 어린 소녀는 그러지 못하고 산파시에 누워 있었다. 아이를 물 속에서 끄집어냈던 사내는 물을 줄줄 흘리며 벌렁 나자빠졌는데 숨 몰아쉬는 것만 아니면 그가 꼭 죽은 것 같았다. 소녀의 엄마가 아이 어깨를 부여잡고 울었다. 수건 머리, 주름진 손. 나는 가슴이 덜컹 내려앉았다.

낮에 새우를 훔쳤던, 그 아줌마였다. 나는 어떤 거대한 것이 뒤엉키는 기분이었다. 뭔가가 잘못되어가고 있는 것 같았고 몹시 미안하고 무안해졌다. 그러면서 혹 얼굴을 알아볼까 겁이 나 아이들 뒤로 숨었다. 그러나 나 따위를 알아볼 상황이 아니었다. 가슴을 치고 머리카락을 뽑고 하늘을 향해 울부짖는데, 나를 쫓아올 때의 독살스런 모습은 온데간데없었다. 아, 새우를 다른 곳에서 훔쳤더라면 좋았을 것을.

소녀는 물에 젖은 머리카락을 바닥에 펴고 잠이 든 것 같았다.

잠을 자다가 비에 맞은 것 같았다. 유난히 하얀 얼굴. 죽음은 이미 마무리되어 있었다. 그러니까 나에게 죽음이란 갑작스러운 것이긴 하되 깨끗하고 깔끔하게 정돈된 그런 것이었다. 그때까지는.

3

　여인은 멀리서 살지 않았다. 내 방을 나오면 주일마다 연예인 신도를 불러 부흥회를 하는 교회가 있고 십 분만 걸으면 광주천으로 흐르는, 개천으로 부르기가 스스로도 부끄러울 정도로 더러운 개천이 나왔다. 그것을 가녀리게 덮어보고 있는 다리를 지나면 여자 중학교가 있었다. 까르르거리는 십대의 발랄함이 거기에 있어 그나마 생기를 풍겼다. 하나 있는 튀김집에서는 여중생들 중에 머리 굵은 서넛이 담배를 빨아보기도 해, 싱싱한 생기가 곧잘 되바라지고 싸가지없는 게 되기 일쑤였다. 울퉁불퉁한 콘크리트 바닥에는 늘상 오뎅 국물이 흐르고 주로 여학생들이 남긴 튀김 쪼가리들이 돌아다니는 그곳에 나도 친구들과 종종 들러 라면을 먹었다.
　실내는 컴컴했고 툽툽했으며 적당한 불량기가 떠돌았다. 그 기운이 몸에 맞는 것은 나뿐만이 아니었다. 하여 인근 고등학교 이러저러한 애들이 들락날락했으며 즉석에서 싸움을 벌여 아줌마의 근심을 만들어주곤 했는데 아줌마 또한 참고 달래는 것을 장사의 수완으로 삼았다. 그러나 싸움만 있는 게 아니었다. 고만고만한 어둠을 좋아하는 아이들끼리 통하는 게 있어 대충 누구 친구의 친구로 계보 정리가 끝나면 소주잔이나 튀김을 치켜들고 뭐라고 떠

들어댔다.
 튀김집 너머에 여인네 가게가 있었다. 이름은 부산집이었다.

 내가 하숙했던 집에는 방이 모두 네 개였다. 주인집 빼고 세 군데 방에서 모두 다섯 명이 살았다. 대학생 하나 없이, 나를 제외하고는 재수생 삼수생 사수생이었다. 막내인 나에게는 밤에 라면 끓이는 일이 몫으로 떨어졌다.
 나는 그들의 손에 이끌려 그곳엘 갔다. 가능성 없는 희망도 희망이랍시고 광주 인근에서 학원가를 찾아든 그들은, 아무리 잘 보아주어도 학생 낯바닥이 아닌 그들은, 하루 공부에 사흘 놀고 엿새 휴식의 질서를 착실히 지키고 있던 그들은 대폿집 주인을 보릿고개 시절 집 나갔던 어매로 삼아 착실히 들락거렸다. 그러나 이쪽에서 아무리 엄니, 이모 해봤자 종일 겪느니 그런 것들뿐인 주인이 반가워할 리 없어, 나날이 돈 떨어져가고 책 없어져가고 시계가 사라져갔다.
 어느 날 줄만 라도인 마지막 시계까지 외상으로 잡혀먹고 난 목포 출신이 가겟집에서 천원을 빌려 집 잘못 골라 들은 것을 천추의 한으로 여기며 독방 한 달을 채우고 있는 가운뎃방의 착실한 삼수생을 제외한 우리들을 데리고 나갔다.
 목포는 스무 살 재수생으로 오던 첫날 방 안을 서서 오가며 영어 문장 씨부럴댄 것으로 일 년치 공부를 마감하고 술과 고향 땅 여자들과 성병을 친구로 지내는 이였다.
 문을 열고 들어서자 아무도 보이지 않았다. 말끔하게 닦아놓은, 길쭉한 노란 탁자와 탁자 한쪽에 놓여 있는 수저통, 얼음과 함께 유리칸 속에 들어 있는 안주거리, 그리고 흰 회벽과 벽 아래 갈색 페인트 칠 된 형광등 하나가 다였다.

"계시오?"

어중간하게 들어서자 방문이 열리며 젖꼭지가 도드라지게 블라우스를 입은 여인네가 나왔다. 삼십대 중반. 동그란 파마 머리. 주근깨. 뾰족한 눈알. 여인네는 잠깐 우리들 면면을 살펴보다가 같잖다는 얼굴을 했다.

"소주 좀 주시오."

"소주?"

"예, 술집 아니오?"

여인네의 찢어진 눈이 다시 한번 주욱 훑다가 내 눈과 마주쳤다.

"앉어들 보셔."

떠꺼머리들은 달랑 소주 두 병 시켜놓고 기본으로 나온 시래깃국과 고추를 안주로 마시며 나름대로 차 찔러보고 포 쏘아보고 했지만 여인은 에구, 어린 것들, 하는 눈치였다. 맛보다는 과시용으로 몇 번 마시고 빨아보았던 나는 또래보다는 대가리가 굵고 또 겉모양이 어른스러워 보인 데가 있었지만 그런 것은 튀김집 같은 곳에서나 통하는 거였다. 결국 하릴없는 열여덟 살이었다. 하여 구석에 자리 잡고 앉아 형들이 따라주는 소주나 별맛도 모르고 홀짝였다.

"하필 이름이 부산집이오?"

우리들 중 하나가 물었다.

"왜, 제목이 맘에 안 들어?"

"고향이 부산이오?"

"고향이라면 고향이고, 아니라믄 아니지."

"안주 뭐가 있소?"

"보아하니 돈도 없겠는디, 내 서비스로 오이 좀 깎아줄 테니까 그냥 자시고 가."

떠꺼머리들은 노련한 기운에 눌리고 있었다. 그곳은 생김새는 다른 곳과 비슷했지만 분위기가 영 달랐다. 아무나 닥치는 대로 받아 파는 곳이 아니었다.

여러 날 뒤 나는 왔다갔다 살피다가 아주 조용한 시간대에 혼자 용기를 내어 그곳에 갔다.

"어서 오세요."

여인은 인사부터 하고 방문을 열었고, 내가 어중간하게 서 있는 것을 한동안 보더니 핏, 웃었다.

"혼자 왔어?"

나는 죄지은 아이처럼 예, 대답했다.

"술 마실라고? 소주 줄까, 막걸리 줄까."

"소주 주세요."

여인은 보해소주 병을 따고 오이를 깎았다.

"안주 시키지 말고 여기에 먹어, 응?"

나는 최대한 노련하게 보이려고 아직 익숙하지 않은 담배도 꺼내 피우고 고개를 돌려 별 볼것 없는 데를 무슨 중요한 이유나 있는 것처럼 바라보았다. 여인은 네 속 짐작한다는 표정으로 나를 말끄러미 바라보았다. 여기가 튀김집이면 좀 좋을까 싶어졌고 결국 뻔한 거나 물어보고 말았다.
"왜 이름이 부산집이에요?"
여인은 다시 웃었다.
"그때 같이 왔던 사람들이 누구야?"
"친구."
"그런 잔챙이들 꾀지 말라고."
"예에."
"몇 살이야?"
"스무 살요."
"거짓말 말어. 교복 입고 가는 거 봤어."
"……."
"술 많이 마시면 안 좋아. 먹고 싶어 못 견딜 때나 한 번씩 와, 혼자서."

그제야 여인을 정면으로 바라볼 수 있었다. 여인의 블라우스에는 젖꼭지 표시가 여전히 두드러져 있었다. 나는 다시 고개를 살짝 돌려 행주를 바라보았다.

그게 내가 여인을 알게 된 경위다.

그러나 나로서는 그 여인에게서 무엇 하나 얻을 게 없었다. 몇 쪼가리의 김치와 선짓국과 소주를 받기는 했으나, 그럴 때면 일금 오백원이 내 주머니에서 나갔기에 그건 옳게 받는 게 아니었다. 간혹 나를 보며 웃어주기도 했기에, 있다면 그 웃음뿐이었다. 동그랗게 잔뜩 볶아놓은 머리칼이나 독기가 있어 뵈는 눈초리나 뾰족하게 솟은 콧날이나 유난히 빨갛기만 한 입술들을 움직여서 짓는 웃음은 사실 천박해 보였는데, 나를 향해 슬며시 웃을 때는 천박함보다는 뭔가 다른 쓸쓸함이 그 주근깨까지 덮을 지경이었다.

4

　여인네는 주로 지방의 별 세력 없는 소설가나 털털한 교사, 고만고만한 장사꾼들 중에서도 나이든 이들을 상대했다. 이래저래 눈치가 보여 자주 가지 못했는데 어쩌다 이 정도 참았으면 한번 갈 만하다 싶은 날 중에서도 술청에 사람들이 없을 때 들어가보면 방에 그들이 있었다. 그런 날 여인네는 길쭉한 오이나 썰어주고 금방 들어갔다.
　나는 막연한 질투를 느꼈다. 도대체 저 방에는 무엇이 있어 저들은 꼭 저 속으로 들어가는가. 숨겨놓은 금붙이나 있나, 한 십 년 묵은 통장이라도 있나. 저 속에 들어갈 수 있으려면 어떻게 해야 하는 것인가.
　안에서 말소리가 들렸다.
　"맥주 좀 더 가져와."
　"그만하면 많이 잡쉈소."
　"뱀이 개구리 생각해주네."
　"호호. 그럴 때도 있어야지, 맨날 발귀먹고 사나."
　"니미, 발귀먹으려면 몸뚱이나 좀 발귀먹어주지."
　"밖에 손님 있어."
　"나 같은 이 또 있구먼. 누군지 몰라도 주소 잘못 잡은 거여."
　"들어. 순진한 손님이야."

"순진한 거 좋아하시네. 아, 맥주 좀 더 가져오라니께."
"왜 이래요. 이것 놔요. 술 갖고 올게."
여인은 아이스박스에서 맥주를 꺼내며 해끔 나를 향해 웃었다. 닳고 헤픈 것이 아름답다는 생각을 했다.
잔뜩 취한 이는 이러자, 안 되냐? 그럼 최소한 저러자, 그것도 안 되냐? 실랑이를 하다가 방을 박차고 나왔고 오도카니 앉아 있는 나를 보더니 한마디 내뱉었다.
"얼씨구, 새파란 것을 하나 앉혔구먼."
여인네가 얼른 따라나왔다.
"아이구, 왜 이러실까. 얌전히 있는 손님한테."
"씨팔, 줄 듯 줄 듯하면서 안 준다 싶더니. 야, 나 너 잘못 봤어야. 에라이 씨발년아."
나는 발끈 일어나서 멱살을 잡았다.
"어쭈, 이 새끼 봐라."
그 사람을 죽도록 패버리고 싶었다. 눈에 거슬리는 것은 모두 죽여버리고 싶고 그게 마음대로 안 될 때는 스스로가 죽어버리고 싶은 때가 바로 아름답다는 십대였다.
"동생, 이러지 마. 어른한테 이러는 게 아니야, 응."
상대가 어른이라서가 아니라 여인네가 죽자살자 부탁을 했기에 마음이 약해졌다. 손을 풀었고, 이 어른이 뺨을 한 대 때린다고 하더라도 기꺼이 맞을 마음이 순간 들었다. 그렇다고 여인네를 향해 무슨 고상한 연민이라거나 고매한 연정 따위를 꿈꾸며 아껴하는 것은 아니었다.
나는 그곳에 들르면 언제나 흥분된 상태였다. 듣기에 옆집 아줌마한테 심부름 갔을 때나 혹 우연히 찾아온 여인네들과 뜻하지 않게 한번 해봤다는 친구들이 있었기에, 비록 그게 화장실 낙서를 각색한 것이라 해도 아주 없는 것은 아니어서, 뭔가가 끊임없이 기대가 되는 중이었다. 나와 비슷한 또래였을 여인네 첫사랑이나, 늙다리들만 상대하다가 지친 나머지 새파란 것과 가까워지고 싶은 동물적인 습성에 기대어 안겨보거나 맞춰보는 것을 막연히 꿈꾸고 있었던 것이다.

그러니까 어른의 멱살을 잡은 것은 여인네의 품위를 지키기 위한 것이 아니라, 하나의 암컷을 두고 다른 수컷과 싸움을 벌이는 그런 것이었다. 한 대 얻어터질 각오를 한 것도 그래야 이 여인네와 더 가까워질 거라는 판단 때문이었다. 그러나 어른은 나와 여인네를 붉은 눈으로 노려보더니 맥주병을 벽에 던져 깨고는 나가버렸다.

그날 나는 여인네와 처음으로 단둘이 앉아 술을 마셨다. 그녀는 이미 취해 있었고 나는 술에 대한 관록이 전혀 없었으므로 둘 다 몹시 취했다. 그러나 여인네는 울지도 않았고 과거를 꺼내지도 않았다. 그냥 몹시 비감할 정도로 신경질을 부렸고, 취한 상태에서 취한 여인을 어떻게 해야 할지를 나는 전혀 몰랐다. 어른을 한번 안아본다는 것은 그렇게 어려웠다.

여인네는 취해 짜증을 부린 끝에 벌떡 일어서서 청바지 허리띠에 손을 댔다.

"너, 내 것 한번 볼래? 보여줄까?"

내 고통은 구체적으로 시작되었다. 어쩌자고 벗는다는 여인네를, 보여주겠다는 여인네를 억지로 밀어넣고 되돌아왔던가. 왜 그 순간 겁을 냈던가. 뭐 잘난 게 있다고 심방 간 전도사처럼 얌전히 돌아온 게 내게는 고통이었다. 밤마다 스스로를 질책하고 그냥 보여주지 않고 볼 거냐고 물어본 여인네를 타박했다. 그러면서 시간이 갔다. 그럴 수밖에 없는 게, 그 무엇에 시달려 더이상 참지 못하고 가보면 언제나 그 안에서는 어른들의 목소리나 트로트가 흘러나오고 있었다.

그런 밤이면 여인네의 천박해 뵈는 웃음이나 유난히 빨갛기만 한 입술을 일부러 생각하지 않으려고 노력했다. 대신 내 또래를 떠올렸다. 주인집 딸이었다. 보기 드물게 미인이었던 주인집 딸은 항상 맑고 깨끗한 모습이어서, 저 하늘의 새털구름이거나 잡티 없는 꽃 같았는데, 그래서 나는 근접을 못 하고 있었다.

맑은 게 부담스러워 일부러 더럽게 생각해보려고 해도, 그녀도 똥을 누고 침을 흘리고, 침 뱉어 발로 쓱 문지르기도 하고, 학교에서는 친구들과 갈등하고 질투하고, 아직 철 덜 든 총각 선생을 죽도록 사모하여 수업시간에 오줌깨나 마려울 것이고, 해봤으나 그런 상상에는 간혹 보았던 그녀의 친구들 얼굴만 아득바득 떠오를 뿐이었다. 늘상 부딪치며 보는 얼굴인데도 그 반달 눈에 가지런한 이목구비가 볼수록 맑아서 거듭 접근할 수 없었다.

그리고 보면 나는 잡스러운 것 없이 순수한 것에 대해서는 일종의 두려움 같은 게 있었는지도 몰랐다. 정확히 말하자면 더러운 곳에 가면 깨끗해지고 싶었고 깨끗한 곳에 가면 더러워지고 싶은 변덕에 시달렸던 거였다. 바다나 육지가 서로 싫어해 끝없이 파도에 떠밀리기만 하는 시체처럼.

주인집 딸과는 가까워지지가 않았다. 제과점에 마주 앉은 아이들처럼, 교회나 시립 도서관엘 자주 들락거리는 아이들이 흔히 그러하듯, 미래에 대한 넓은 포부와 가고 싶은 대학과 캠핑이나 캠프파이어, 시인의 생애, 바오밥나무와 자신을 지킬 수 있는 게 네 개의 가시뿐인 장미 때문에 골치를 앓는 어린 왕자, 오래된 왕국의 애너벨리에 대하여 이야기를 나눌 수 없었다. 그녀는 맑고 순수한 여고생이었지만 나는 고등학교 교복만 뒤집어쓴 애벌레였다. 그녀는 예쁜 글씨로 또박또박 자신의 꿈이 벽지 학교 교사라고 쓰는 데 반해 나는 높은 이상이나 미래에 대한 꿈도 없이 그저 빨간책이나 보다가 어른처럼 꾸미고 부산집 찾아다니는 존재였다.

내가 맑은 것을 부담스러워하는 이유는 아마 저 선창가에서 어린 시절을 보내며 듣고 보고 자랐기 때문인 듯도 한데, 선창가란 즉석에서 보기에 재미있는 것들로 가득했다.

우리집은 선창가에서 한 블록 뒤 가게였다. 아버지 어머니는 주문을 받아 종일 오꼬시나 센뻬이, 뽀빠이 따위를 박스에 담아 포장을 했다. 가게를 제외하고는 수채통에서 곧잘 똥물이 솟구쳐서 어머니가 수시로 막대기로 쑤셔야 하는 부엌과 우리 식구가 같이 앉을 수는 있어도 눕지는 못하는 방과 남의 집에 눈치 받아가며 만화영화 보러 다닌 끝에 들여놓은 흑백 텔레비전, 그리고 다락이 있었다. 나와 동생들은 다락에서 지냈는데, 밤중에 일어나 요강에 오줌을 누려면 조준이 잘못 되는 나날이 흔했던 탓에 늘 지린내를 풍겼다.

다락에 누워 벽에 뚫어놓은 구멍을 통해 거꾸로 비치는 바깥의 풍경을 바라보다가 귀찮으면 선창가로 나가곤 했다. 그곳은 비린내와 여러 섬에서 나오거나 들어갈 사람, 바다에서 돌아온 배와, 그곳에서 퍼낸 고기 상자들, 물건 파는 좌판, 소가 끄는 수레, 보따리, 술집들로 언제나 조용한 법이 없었다. 간혹 거지들이 구석에 앉아 햇볕을 쬐기도 했고 실성한 여인네가 산만큼 부른 배를 부여잡고 쓸데없이 왔다갔다하기도 했다.

종일 그 사이를 오갔다. 냉동공장에서 얼음을 배에 실을 때 떨어지는 얼음 조각을 주워먹었고, 좌판 아줌마들이 리어카 사이에서 오줌눌 때 드러나는 허연 엉덩이를 훔쳐보았으며, 소녀가 빠져 죽었던 곳에서 놀래미를 낚았다. 그곳에서 서쪽으로 조금만 가면 사창가가 나오는데 거기도 사람 사는 곳이라, 내 또래 친구들이 있었다.

나는 그애들에게서 어른들이 연애하는 방법과 한 번 할 때 얼마씩 주는가를 귀담아들었고 그 순간에는 빨리 어른이 되고 싶었다. 한 애는 자기가 알고 있는 형과 누나들이 둘씩, 넷이 한방에 들어가서 그 짓을 했는데 서로 바꿔 하는 것까지 보다가 달군 연탄집게로 누나들 구두에 구멍을 내놓고 도망쳐오는 중이라고 해서 우리를 즐겁게 해줬다.

아파서 노랗게 떴을 때도 항구를 쏘다녔다. 항구에 도착한 여객선에서는 제멋대로 생겨먹은 사람들과 누가 죽었고, 누가 뭘 낳고, 누가 누구네 작은각시로 들어갔다는 풍문들이 함께 내렸다.

나에게 익숙한 것이라곤 그런 거였다. 하여 주인집 딸을 상상으로 입맞추고 안아보는 것으로 시작했어도 언제 바뀌었는지 그 여인네가 내 품에 있는 것으로 마감되곤 했다.

5

 다음날 나는 산수 오거리에서 동명동으로 이어지는 도로가에 있었다. 사람들을 가득 실은 차들이 천천히 지나갔다. 차들의 창문은 모두 깨져 있었다. 사람들은 창문 밖으로 각목을 흔들며 노래를 불렀다. 금호 고속버스로 달려가 뛰어들자 청년들이 끄집어 올려주었다. 각목 하나가 나에게 배정되었다. 그리고 곧이어 주먹밥을 김으로 싼 것과 딸기, 콜라가 왔다. 그것들이 쌓여 있는 네모난 함지박에는 산수5동 부녀회 일동이라고 씌어 있었다. 나는 김밥을 우걱우걱 씹으며 노래를 따라 불렀다.
 전두환이 물러가라 홀라홀라
 전두환이 물러가라 홀라홀라
 모두 우리 편이었다. 그제야 여러 날의 두려움에서, 지나가는 사람들을 무작정 곤봉과 개머리판으로 패 조지던, 당하고 안 당하고가 순전히 점령군의 기분과 손가락에 달린, 그 패전국 국민의 절망에서 빠져나올 수 있었다. 그리고 우리를 점령한 적군의 대장이 전두환이라는 것을 확인할 수 있었다. 차는 시내를 천천히 한 바퀴 돌았다. 이미 시가전이 벌어지고 있었다.
 그 사람이 머리에 총을 맞은 것은 양영학원 옆 삼거리에서 버스를 내려 도청이 바라보이는 벽에 막 섰을 때였다. 도로 한복판에서는 지프를 옆으로 세워놓고 시민군 두 사람이 도청을 향해 총을 쏘고 있었다. 도청 쪽에서도 총알이 날아오고 있었다. 나는 도로

와 평행선을 긋는 사람들 틈에 서서 그 장면을 바라보았다. 저쪽에서도 곳곳에 바리케이드를 쳐놓고 도청과 교전중이었다. 앞에 있던 시민군이 쓰러졌다.

"아이고 맞았다."

"저걸 워쩐다냐."

다들 발만 동동 굴렀지 선뜻 구하러 가는 이가 없었다. 왕복 이차선 도로 가운데라 서너 발짝만 가면 닿을 곳이지만 도청 쪽에서 총알이 무섭게 날아오고 있어 엄두를 내지 못하고 있었다. 시민군은 쓰러진 채 꿈틀거렸다. 피가 약간 경사진 도로를 따라 흘렀다.

"비켜요, 비켜."

사람들이 길을 터주었다. 한 사람이 외쳤다.

"누구 태극기 좀 갖다주세요. 흰 손수건하고."

옆 가게에서 태극기와 흰 손수건이 전해져왔다. 남자는 막대기에 흰 손수건을 걸어 항복 표시를 하고 태극기로 몸을 가렸다. 그리고 천천히 차로 향했다. 사람들은 꿀꺽 마른침을 삼키며 긴장된 눈초리로 그 남자를 바라보았다. 차에 도착했다. 사람들이 안도의 숨을 내쉬었다. 지프 뒤에 몸을 숨긴 남자는 시민군의 몸을 반듯이 누이고 맥박이 뛰는지를 살펴보았다.

"아직 살았어."

그는 부상자를 옮기려고 했다. 그러나 그것도 잠깐. 순간 남자의 움직임이 없어졌다. 총소리 외에는 깊은 고요가 잠시 주위를 감싸고 돌았다. 그는 두 팔을 부상자의 몸에 둔 채 그대로 목이 뒤로 꺾였다. 총에 맞아 머리 한쪽이 터졌다.

금방까지 살아 움직이던 사람이 시체가 되어 눈앞에 나뒹구는 것을 나는 멍하니 바라보았다. 깨어진 두개골에서 핏줄 선명한 뇌가 사방으로 터져나왔다는 것을 조금 지난 다음에야 알았다.

아무것도 떠올릴 수가 없었다. 조각난 뇌수와 촘촘히 서 있는 사람들만이 확연하게, 정지된 사진처럼 눈앞에 보였다. 그때 누가 나에게 기댔다.
"같이 좀 잡읍시다."
청년 하나가 나를 불렀다. 얼떨결에 청년이 시키는 대로 나에게 몸을 기대는 아이의 팔을 잡았다. 청년이 탈지면을 그의 등에 댔다. 널찍한 솜이 금방 빨간색으로 물들었다.
"저기 병원으로."
우리는 그를 부축하면서 걸었다. 그는 멍하니 나와 청년이 미는 대로 터벅터벅 걷기 시작했다. 나는 아직까지 뭐가 어떻게 된 건지 알지 못했다. 그는 조금씩 고개가 앞으로 숙여졌다. 아주 천천히, 슬로우비디오처럼 고개가 숙여졌고 내가 목을 잡았다. 내 쪽으로 고개가 돌아왔다. 잘해야 중삼이나 고등학교 일학년 정도. 동그란 얼굴에 안경을 쓴, 아주 순해 뵈는 아이. 아, 그는 나와 어깨를 비비고 있었던 아이였다. 총알이 날아온 각도는 구십 도 옆. 총알은 나를 스치고 나와 어깨를 맞대고 있는 그의 어깨와 등이 만나는 부분을 파고든 것이다. 나는 몸을 떨기 시작했다. 그때였다. 그의 눈이 나와 마주친 게. 힘이 풀린 눈빛 속에는 아무것도 없었다. 그 어떤 것도 없이 풀린 동공만이 거기에 있었다. 아니 어쩌면 아무것도 없다라고 말 되어질 것들로, 알 수 없는 그 무엇으로 가득 차 있는 것인지도 몰랐다.

병원 앞에 이르렀을 때 아이의 고개는 완전히 바닥을 향해 꺾여 있었고 내 가슴은 걷잡을 수 없이 두근거리고 있었다. 어떻게 설명할 수 없는 그 아이의 눈만 허공 속에서 나를 계속 지켜보고 있었다. 병원 입구에서 사람들이 같이 덤벼들어 아이를 부축했다.

"저기, 나, 나는."

나는 뛰기 시작했다. 사람들이 도로에 길게 늘어서 있고, 여전히 총소리와 화염에 휩싸인 자동차에서는 검은 연기가 하늘을 타고 오르는데 그것들은 아주 오래된 사진처럼 비현실적으로 보였다. 수천 발의 총알이 하늘을 뒤덮고 있었다. 총알들은 일정한 거리를 유지하면서 날아가더니 한순간에 방향을 바꿔 나에게 덤벼들기 시작했다.

그것은 착각이면서도 현실이었다. 극도의 공포에 휩싸여 걸음이 잘 걸어지지가 않았다. 나를 바라보는 저 많은 사람들이 다 총알 같기도 했고 모두 이미 죽어 저승의 문이 열리기를 기다리는 혼령들 같기도 했다. 골목에는 사람들이 없었다. 이제 나와 총알만 그곳에 가득했다.

하숙집은 여전히 텅 비어 있었다. 방문을 닫아걸고 이불을 뒤집어썼다. 그러나 총알은 계속 따라왔다. 드디어, 환난을 일종의 재미로 받아들이는 사춘기의 철없음이 얼마나 속없는 것이었는가, 뼈가 저리기 시작했다. 이제 죽음이 눈앞에 다가온 것이다.

누군가 노크를 했다. 덜덜 떨며 문을 열었다. 총알이었다. 총알이 퓌웅, 귀를 스치며 벽에 박혔다. 이 세상에는 나와 총알뿐이었다. 내 심장과 머리를 겨누는 저 번뜩이는 총구. 나는 살충제를 맞은 벌레처럼, 우악스런 발에 밟혀 몸뚱이 한쪽이 뭉그러진 벌레처럼 꾸물댔다.
 내가 기억하는, 오래 전 아랫도리에 구멍 난 바지 하나 걸치고 돌아다니던 그 시절부터 모든 것이 뇌리 속을 스쳐갔다. 그것을 어떻게 설명할 수 있을까. 가족과 친척들, 친구들, 한두 번 만나고 인연이 끊어져버린 사람들의 면면이 다 떠올랐다. 그 찰나에 기억 창고 속의 모든 것들이, 촘촘하게, 예외없이 내 망막에 파노라마처럼 지나갔다.

 사방 지옥처럼 어둡고 우주에 퍼져 있는 무한대의 시공간이 첩첩 벽으로 변하여 좁혀들고 총구만이 칼날처럼 눈앞에서 번득이자 늙은 살쾡이 같은, 가죽이나 살 몽땅 썩어버리고 독(毒)만 남은 묵은 여인네를 나는 발악하듯 떠올렸다. 독이면서 약인, 늙었으면서 이제 막 열네번째 재가를 하여 수줍음을 띠는 그 새색시가 보고 싶어진 것이다. 구원은 말씀이나 경전에서도 오지만 발정난 늙은 암캐나 또아리 튼 암뱀에게서도 올 수 있는 거였다. 구원이란 그러니까 배고픈 아이 손에 우연히 들려지는 반 조각 붕어빵에도 있는 것이고 곰팡이 슨 몇 개의 팥알에도, 지독한 가뭄 중에는, 있는 것이다.
 어떻게 갔는지도 모르게, 아직 대낮의 행길을 깊은 밤 공동묘지처럼 걸어갔고 무작정 고리를 잡아챘는데, 문은 쉽게 열렸다. 여인네가 약간 놀라는 얼굴을 했다. 거기에는 벌써 사내 서넛이 앉아 있었다. 안면이 한두 번씩은 있는 이들이었다. 나는 아무 말도 못 하고 그냥 앉아 정신을 가다듬었다.
 그들은 취해 있었다. 떠드는 말로 짐작해보면 닫힌 문을 억지로 열고 들어왔고 술이 없다는 소리에 근처 가게에서 소주와 새마을 담배를 직접 사가지고 와서 마시고 있는 듯했다. 시장이 서지 않아 안주도 없었다. 그들은 피우고 마시면서 바깥의 일들에 대해 분개하고 있었다. 여인네는 굳은 표정으로 말이 없었다.

분명 여인네를 보러 갔으나 나는 어느새 어른들과 바깥의 일에 대해 말을 주고받고 있었다. 분노와 절망이 뒤섞였다. 시간이 지났다. 오후 늦은 시간이 되면서 총소리가 더욱 기승을 부리기 시작했다. 그때까지 조용히 앉았던 여인네가 일어나 더럭 문을 열었다.

"가요, 가. 지금 여기서 뭐 하고 있어. 빨리 가요."

"왜 이래. 좀 쉬러 왔구만."

"얼른 가. 술도 없는 술집에 왜 앉아 있어."

"간다니까."

"가서 총 들고 싸우든지 그럴 배짱 없으면 집에 가서 마누라 새끼 보듬고 자빠져. 달렸다는 것들이 기껏."

여인네는 사내들을 몰아냈고 그들은 평소와는 달리 힘없이 물러났다. 혼자 남은 나는 불안하여 여인네를 올려다보았다. 탕탕 타타탕. 총소리가 콩 볶듯 했다. 습한 술청이 마치 난리를 피해 찾아들어온 동굴로 여겨졌고 스스로가 상처입은 어린 동물스러웠다. 따뜻하게 안아다오, 여인네야. 가녀린 것으로 여겨다오.

시끄럽던 총소리가 한순간에 멎었다. 째깍째깍 시계 소리가 들렸다. 그러자 뭔가 거대한 폭발이 일어날 것 같아 더욱 불안해졌다.

그녀가 지그시 쳐다보더니 버럭 외쳤다.

"너도 가, 이 새끼야. 쬐끄만한 게 까져갖고."

내 뒤로 탁, 문 닫히는 소리가 들렸다. 그리고 다시금 총소리. 누군가의 살과 뼈와 머리통을 꿰뚫기 위해 집을 떠나는 저 총알의 소리. 내 옷이 벗겨지기 시작했다.

돛 낡는 어부
―남쪽 섬

섬에 사람들이 남아 있지 않고부터는 질녜의 이상한 춤을 아무도 탓하지 않았다.
아니 미친 짓으로 바다나 한번 뒤집어졌으면 좋겠다고 흔히들 잠녀처럼 말했다.
그건 어부도 마찬가지였다.
거대한 풍랑이 일어 바다가 한번 발광을 하고 나면 가깝고
먼 물이 바뀌고 위아래 물도 바뀌고 돌멩이들도 몸을 뒤집고 썩은 해초는 떠밀려 가고
밑바닥의 흙 알갱이들도 한바탕 몸살을 앓고 해서 새로운 색깔을 띠었다.
그것은 새로운 탄생이었다.

어부는 어떤 소리를 듣고 잠에서 깨었다. 잠이 깨고 나서도 무슨 소리인지를 몰랐다. 벽장 옆에 달려 있는 오래된 괘종 소리도 아니고 라디오 소리도 아니었다. 누가 지나가면서 뭐라고 소리를 지른 것도 아니고 바람이 빈 세숫대야를 건드는 소리도 아니었다. 집 나간 괭이가 배가 고파 자존심 상하는 것을 무릅쓰고 귀가함을 알리는 것도 분명 아니었다.

그러나 분명 무슨 소린가를, 외부에서 만들어지는 그런 것은 아닌 듯하지만, 듣고 잠에서 깼기에 그 소리가 무엇인지 궁금했다. 드문드문 찢겨나간 벽지도 바라보고 문도 열어보고, 헝클어진 머리칼을 뒤로 쓸어보기도 하고 생으로 담배를 피워보기도 하다가, 이런저런 궁리를 해보다가 자신의 옆자리에서 났던 소리란 걸 깨달았다. 옆자리는 늘 그랬던 것처럼 비어 있었고 결국 그를 깨웠던 것은 비어 있는 것의 소리였다. 그러니까 소리라기보다는 빈

공간이 만들어내는 울림 같은 거였다.

아내와 자식들이 차례차례 저 세상으로 가고 나서 그의 옆자리는 언제나 아무도 없었다. 홀로 먹고 홀로 자는 생활이 한두 해가 아니었기에 새삼 외로움이 건들 이유가 없었다.

그는 잠시 생각하다가 그게 어젯밤에 다녀간 잠녀의 흔적이라는 결론을 얻었다. 그리고 허허 그거 참, 웃었다. 잠녀가 다녀가는 것은 혹간 있어왔던 터라 엉뚱하게도 옆자리가 외롭다고 울려대는 까닭을 알 수가 없었다. 허나 알 것도 같았다.

어제는 산날맹이에서 사는 노인 내외가 같이 죽었다. 죽을 때가 아직 덜 되었다고 말하는 사람이 없었기에 아무도 울지 않았다. 어부는 말린 생선 한 두름을 부조로 내놓았고 그것은 부엌 깊은 곳에 숨겨졌는데 그중 몇 마리는 몇 되지 않은 문상객의 술안주로 자리를 옮겼다. 기근중이라 죽음만큼은 풍성했다. 부부가 한날 한 시에 죽어 얼마나 복 받았냐고, 대놓고 부러워하는 이도 있었다.

그는 그곳에서 잠녀를 보았다. 그가 유독 그 집에 다른 이들보다 부조에 손을 아끼지 않은 것은 순전히 죽은 이의 조카인 잠녀 때문이었다. 곡 없는 초상은 오래 지킬 것도 없어 과히 늦지 않게 집으로 돌아와 몸을 뉘었고 개잠이 설핏 들까 말까 할 때 마당에 들어오는 이가 있었다.

주무시오?

사립문을 닫아건 적이 없기에 이곳에서는 사람의 방문이 목소리로 시작됐다.

이. 워쩐 일로.

잠시 누웠다 일어난 탓도 있었지만 그 무엇에 눌려서 그랬는지 어쨌는지 마당에 서 있는 여인네가 잠시 죽은 아내로 보였다. 혼백이 강령해서 달빛 아래 서 있는 듯한 모습이었다. 하지만 여인네는 잠녀였다. 어부는 잠시 멍한 상태가 되었다가 정신을 차리면서 그러나 잠녀를 보며 아내를 떠올린 게 이번이 처음은 아니라고 생각했다.

혼자 바다에서 나와 헝설이를 메고 집으로 걸어가는 모습을 먼 발치에서 보고 있노라면 마치 예전의 아내가, 죽어 썩기 전의, 같이 걸어가다가 한발 앞서 사립문을 여는 모습으로 비쳐 자신도 모르게 어이, 머시기 어매, 불러질 것 같았다. 수건으로 머리를 감고 밭으로 가는 모습도 순간순간 아내로 여겨졌다.

하긴 죽은 아내도 잠녀였고 그리고 잠녀답게 물 속에서 죽었다.

괴기(생선) 없는 시절에 부주를 여러 마리 했습디다. 고맙소.

고맙기는 뭐가 고맙소. 나도 거기 신세 지고 사는 입장인디.

잠녀는 잠시 끊었다가 말을 이었다.

내일도 바닥(바다)에 나가시지라우?

그럴 것이요.

어디로 나가시오?

글쎄, 정하지는 않았는디.

형광등 불빛에 본 잠녀는 늙어 있었다. 예전에 근동에 아름답다고 소문났던 이다. 한때는 피어나는 동백 같았던 여인네를 보며 어부는 흘러간 시간을 떠올렸다.

시간이란 언제나 같은 속도로 흘러가지만 때에 따라서 그것을 받아들이는 사람의 몸 속에서는 길게 늘어날 수도 아주 짧게 줄어들기도 했다. 시간이라는 것이 몸 속에 녹아들면서 세포들을 거듭 늙고 낡게 만들었음에도 그는 간간이 과거와 현실의 틈바구니에 끼어 옛날로 돌아가곤 했다. 기억의 힘이라면 힘이겠으나 그 증세는 흰머리가 늘수록 더해갔다.

낚시를 나갔다가도 언뜻 정신을 차려보면 예전에 두 자 반짜리 능성어를 낚았던, 그러나 지금은 지나가던 기름배가 가라앉아 주변이 까맣게 죽어버린 곳에 낚싯줄을 던져놓고 있는 자신을 발견하기도 했다.

그는 기억 속에서 다시금 능성어를, 현실에서는 기름이 테 둘러진 돌멩이를 낚는 거였다. 그런 증세가 시작되면서 사람들이 늙어간다는 건 결국 그들이 잡아먹은 생선이나 소라의 시간이 몸으로 옮겨오는 것이지 않나, 조금은 희한한 생각까지 들었다. 몸은 녹아서 사라져버리지만 그것들이 자라났던 시간은 사람 몸에 그대로 쌓여 결국 늙어간다는 것이다. 그렇게 본다면 그가 낚아올린 고기의 수는 물질의 수이면서 시간의 양이기도 했고 시간이라는 것은 옮겨다니며 몸을, 즉 형체나 틀을 지니게 되는 거였다.

잠녀를 바라보는 것도 그런 것이다. 잠녀도 그 동안 잡아먹은 시간의 양이 대단해 그만큼 낡아가는 중이었는데 사내의 눈으로 보기에는 부드러운 각을 그리며 내려간 눈가의 서늘함은 아직도 남아 있었다. 그래서 그랬나? 저 여인네는 다름아닌 여인네 바로 그거여서 뜬금없이 은밀한 잠자리가 떠올랐고 하여 달밤에 서 있는 모습을 보며 홀로 몸을 떨었다.

낼은 바람이 좀 터질랑가 모르겠네이.

그러게 말이요. 어저께 질네가 산 너머에서 이짝으로 내려와 또 춤을 췄다고는 합디다.
 소 접붙이는 질네 말인가?
 야.
 허헛. 그 썩을 것이요. 초상난 디 와서.
 그애 말이 지 딴에는 천도랍시고 췄답디다.
 허 참.
 사내란 그런 소리에 그렇게 웃을 수밖에 없었는데 질네의 춤이란 좀 괴상한 데가 있어, 서방바위를 부여잡고 무슨 물귀신 소리를 내며 추는 것으로 춤이라고 하기에는 미친 짓에 가까웠다. 남자의 물건 모양을 그대로 빼닮은 바위를 빙빙 돌아가면서 쓰다듬고 만지고 튕기고, 마치 능숙한 여인네가 길 잘못 찾아든 나그네의 고의춤을 벗기고 서너 달의 방랑에 지친 물건을 애무하는 모습으로, 고행의 끝에는 지독한 욕구가 솟기 마련이듯이, 질네의 애무를 받은 서방바위는 한 자씩 더 자라나기도 하더라고 누군가 말을 하기도 했다.
 그러나 남세스러운 짓이라 외면한다 하면서도 그런 소문이 돈 다음날은 어부도 어쩔 수 없이 그곳을 눈여겨보았는데, 한 자씩이나 자라나 있지도 않았고 설사 자랐다고 해도 남자의 물건은 한번 자란 다음에는 다음을 위해 쇠약해져버리게 마련이기도 해서 언제나 같은 크기였다.
 차라리 질네 미친 짓으로 날이나 한번 사납게 불었으믄 좋겠소.

 섬에 사람들이 남아 있지 않고부터는 질네의 이상한 춤을 아무도 탓하지 않았다. 아니 미친 짓으로 바다나 한번 뒤집어졌으면 좋겠다고 흔히들 잠녀처럼 말했다. 그건 어부도 마찬가지였다. 거대한 풍랑이 일어 바다가 한번 발광을 하고 나면 가깝고 먼 물이 바뀌고 위아래 물도 바뀌고 돌맹이들도 몸을 뒤집고 썩은 해초는 떠밀려 가고 밑바닥의 흙 알갱이들도 한바탕 몸살을 앓고 해서 새로운 색깔을 띠었다. 그것은 새로운 탄생이었다.

그러나 섬은 오래도록 바람 없이 잔잔한 기운에 의해 지배당하고 있는 중이었다.

썩을 것이, 지랄을 할라믄 한번 제대로 해서, 그랑께 옷도 홀랑 벗어붙이고 그냥……

어부는 혼자 생각하다가 헤헤스러워서 생각을 멈췄다. 저 낡았으되 아직은 서늘한 눈매의 여인네가 눈앞에 있었다.

노루섬에 혹시 안 가실라요?

부드러운 얼굴의 여인네는 한동안 가지런히 닫혀 있던 입을 다시 열었다.

…….

따로 안 정했으믄 노루섬으로 갑시다.

갑시다? 이녁도 물질을 그짝으로 간다는 말이요?

어부의 입에서 자신도 모르게, 자연스럽게, 이녁 소리가 나왔다.

야.

초상은 워짜고.

뭐 일이 있어야지라우. 차라리 물질이나 해서 초상에 쓸 것이나 좀 건져올라고 그라요.

이. 헌디 노루섬에서 왜 요전에 재미 좀 봤등가?

간밤에 꿈을 한나 꿨는디라우 거기서 풍랑이 이는디 수염이 허연 신령 한 분이 서 있습디다.
그랬등가?
그래서 한번 가보고 잡소.
그렇다믄 그래보세.
꿈 이야기 탓인 듯 잠녀는 샐풋 웃었다. 그제야 어부는 아직도 자신이 손님 대접을 하지 못하고 있다는 것을 알아차리고 서둘러서 좀 앉으라고 걸레로 마루를 닦았다.
홀아비 과부로 살아오면서 그들은 아주 가까워질 여건을 갖게 되었지만 정작 그래서 늘 거리를 두고 살아야 했다. 마을이란 사람들의 눈과 귀와 말로 만들어지는 것이었다. 어부의 입장에서 보면 저 여인네가 밥상 차릴 때 수젓가락 한 벌 더 놓는다고 해서 크게 탈 될 것은 없지만, 마을이란 그게 바로 탈인 곳이어서, 그들은 꺼려했으며 남들이 하는 정도의 교류도 조심해하며 지내오던 중이었다.
그러나 바다에 기근이 들고 섬의 사람들이 줄어들자 마을의 형태는 점차 바스라졌고 그만큼씩 둘은 자유스러워졌는데, 그러고 보니 둘은 이미 늙어 있었다.
잠녀는 이제 신경쓸 것 없는데도 버릇처럼 주변을 힐끗 한번 둘러보고 마루에 엉덩이를 슬쩍 걸쳤다.
밥이나 잡숫구 주무시오?
거 뭐, 거그서 좀 주서묵었는디.
고구마라도 좀 갖고 올 걸 그랬소이.
아닐시. 저참에 준 것도 아직 남었는디.

그라믄 주무시오.
가, 갈라고?
야.
여인네는 달빛과 한 색깔로 멀어졌다.
어부는 허전하다고 보채는 이부자리를 다독여 개어놓고 낚시를 챙겼다. 바다로 나가면서 잠시 봉우리 꼭대기 아래, 먼 옛날 신선들이 바둑이나 두려 들르곤 했다는 신선대를 바라보았다. 마을이란 어차피 몸을 담고 있는 곳이라서 잠깐 동안이라도 떠나는 이에겐 새삼스러운 존재였고 바다란 이제부터 하루 종일 바라보아야 할 곳이기에 시작부터 눈이 갈 리 없었다. 그가 바다를 본 것은 일어나서 잠깐 동안 표정을 살피는 것으로 충분했다.
바다는 처음부터라고 해도 무방할 정도로 여러 달째 같은 모습이었다. 바람도 별로 없고 따라서 파도도 없다. 그는 따로 물때를 계산하지 않았다. 어제의 물때에 숫자를 하나 더하면 그만인 것이다. 어제가 두 물이었으니 오늘은 세 물인 것이다. 사리철이라 물의 흐름이 조금씩 빨라지는 중이었다.
그가 신선대를 잠시 올려다본 것은 혹 무리돌이 굴러내리지 않을까 해서였다. 오랜 버릇이었는데 몹시도 오래 전부터, 그의 아버지의 아버지의 아버지의, 또 그 위의 아버지들로부터 내려오는 것이다. 그렇다고 그곳이 무슨 성황당이나 대나무 높이 세운 무당집은 아니었지만 그곳에서 무리돌이 굴러떨어지면 아버지들은 바다로 나가지 않았다. 한낮에 만약 돌이 떨어지면 마을에 남아 있는 사람들이 바다로 쫓아나가서 데리고 왔다. 돌이 쏟아지고 잠시 동안, 그러니까 바다로 나갔던 이들이 마을로 돌아올 정도의 시간이 지나면 잠잠하던 하늘에 돌연 흑빛이 깔리고 바다에서는 풍랑이 일었다.

오랜 버릇이란 그런 거였다. 신선대를 바라보며 오늘의 일기를 살피는 것.

그가 아버지를 따라 바다의 일과 물고기들의 생태와 버릇들에 대하여 배우기 시작했을 적부터 그들은 풍랑의 예견을 라디오에서 듣기 시작했다. 들물 때와 날물 때, 해 뜨는 시간과 해 지는 시간, 멀리에서 만들어지는 태풍과 파랑에 대해서 들었다. 그러나 그것은 틀리기 쉬웠고 고기를 낚거나 그물질하는 바위섬의 이쪽 저쪽에서 일곤 하던 풍랑과 돌풍에 대해서는 나오지 않았다. 라디오에서는 지난 풍랑에 죽어버린 이들에 대해서는 알려주지만 오늘 오후에 풍랑을 만나 죽을 자들에 대해서는 한마디도 알려주지 못했다.

그의 아버지도 라디오의 일기예보보다 신선대를 더 믿었고 그것은, 언제부턴가 신통력이 없어져버렸다고 말들 하던 뒤에도, 그도 마찬가지였다.

어부는 선착장에서 늙은 구장을 만났다.

인자 나가는가?

예. 인자 나가요. 밥은 자셨소?

구장은 그의 아버지의 친구로 친구들이 모두 죽고 홀로 남은 이가 흔히 그렇듯 훨씬 더 늙어버린 관계로 잠시 정신이 오락가락했기에 그는 목소리를 잔뜩 높였다.

요즘 갈치가 무는가, 돔이 무는가?

아무것도 안 무요.

이. 그라믄 나도 한 마리 좀 낚어다주소.

어르신. 바다에서 고기가 한 마리도 안 문단께라.

죽어야 쓰는디.

정신의 오락가락은 말의 오락가락으로 바뀌기 쉬웠다.

무슨 말씀이요. 오래 사셔야지.

죽는 것이 좋아. 죽어삐린 것이 좋당께.

죽는 것이 뭐가 좋습니까. 이승 강아지가 죽은 정승보다 낫다고 안 그랍디여.

다들 죽어삐리잖어. 죽어뿔고 나서 죽어 간 디가 고약타고 돌아온 사람이 있등가?

그는 낚시 채비를 내려놓고 늙은이를 내려다봤다. 눈물과 눈곱이 항시 머물러 있는 그곳에는 그러나 보기에 무슨 기운이 지나가는 듯도 했다. 이제 죽어야 할 때를 알아차린 듯도 했고 어쩌면 산 귀신이 되어가는 듯도 했다.

이? 봤냐고오. 거그가 싫다고 온 사람을.

그 말도 맞소.

어부는 대답을 작게 했다.

그쯤에서 대꾸를 멈추고 배의 밧줄을 끌어당겼다. 늙은이만큼이나 늙은 배가 느릿느릿 다가왔고 그는 잠시 배의 움직임이 구장의 걸음걸이와 비슷하다고 생각했다. 배 갑판이 간밤의 이슬로 촉촉해서 늙은이의 입에서 끊임없이 흘러내린 침을 꼭 닮아 있었다.

그렇다믄 어이, 나 참짱애(장어)나 한 마리 낚어다주소이? 그놈이나 한 마리 과서 묵으믄 좀 살 것 같네이.

늙은이는 아주 짧은 순간에 죽을 것에서 살 것으로 돌아와 있었다.
그놈을 들지름 쪼깜 놓고 볶아갖고는.
늙은이의 말은 거기에서 멈췄다. 입을 다문 게 아니라 기계 소리에 묻힌 것이다. 어부가 그의 작고 오래된 배의 기계를 돌리고 나서도 늙은이의 말은 뭐라고 구시렁 구시렁 계속되었던 것이다. 늙는다는 것은 어쨌거나 젊은것들이 짐작하기 어려운, 죽음이나 또다른 삶에 대한 쪼가리 또는 샛길을 발견해가는 중이라 할 만한데 그래서 그들은 수시로 이곳을 떠나 저곳으로 잠시 다녀오는 버릇이 생긴 것이다. 여전히 늙은이는 서서히 꽁무니를 빼는 배를 바라보며 뭐라고 궁시렁대는 중이었다.

그는 늙은이를 뒤로 하고 섬을 돌아 반대쪽으로 갔다. 하긴 어부도 이미 늙기 시작하는 중이어서 이미 아비 어미와 아내를 땅이나 바다에 묻었고 자식 둘도 가슴에 묻은 지 한참이나 된데다가 머리는 이미 반백이었다. 잠녀는 약속대로 바다와 섬이 만나는 곳의, 무슨 선심이라도 쓰는 모양으로 둥글넓적하게 자리잡은 바위 위에 걸터앉아 있었다. 그 밑이 움푹 파여 물이 깊건만 그는 서른 팔 길이 전부터 속도를 줄여 천천히 다가갔고 너무 일찍 후진 기어를 넣어서 하마터면 배의 주둥아리가 바위에 닿지 못할 뻔해 다시 한번 전진을 해야 했다. 이것도 흰머리가 생기면서 나타난 버릇으로 이제는 자신의 것들 중에 사소한 어느 한 가지라도 깨어져 나가는 것을 견디지 못하기 때문이다.
오셨소?

많이 지달렸는가?

아니요.

좋은 꿈 또 꿨는가?

어부는 잠녀의 꿈에라도 기대어보고 싶었다. 늙은 여편네란 아무래도 신통력이 없지 않지는 않겠는가 말이다.

꿈을 뭐 맨날 꾼다요, 잠은 잘 주무셨소?

이녁이 왔다가고는 통 못 잤네.

왜 못 주무셨소?

난들 알겠는가.

늙을수록 순해지는 것은 있어 배는 별 투정 없이 탕탕탕거리며 바다로 나아갔다. 그가 사는 남쪽 섬이 조금씩 멀어졌다. 멀어질수록 푸른 바다와 색깔을 알 수 없는 공기와 사람과 사람 사이를 막연하게 만들어버리는 거리라는 것이 그 가운데 들어차서 아늑하고 그런 대로 조금은 포근해 보이기도 했다.

노루섬. 노루를 닮았다는 섬. 어부나 잠녀는 노루를 눈으로 직접 본 적은 없다. 먼 옛날에 탐라의 어부 하나가 풍랑을 따라 떠밀려왔다가 섬의 생김생김이 한라산에서 사는 노루를 닮았다고 한데서 이름이 지어졌다고 하지만 한라산에서 곰이 살았으면 곰섬이 되고, 또 사슴이 살았다면 사슴섬이 되었지 않았겠는가. 어쩌자고 나무 한 그루 변변찮은 돌섬에 이름은 향기 나는 것으로 붙였단 말인가.

어부는 갑판에 두었던 차비를 꺼냈다. 잠녀는 말없이 그의 동작을 바라보기만 했다. 그가 한 마리만 낚으면 온 동네 사람들 배를 불리고도 남는다는, 깊고 깊은 바다 속에서 살다가 어쩌다 한번씩 마실을 나온다는 돗을 낚으러 다닌 게 벌써 칠 년째이다. 그 세월은 다른 것을 낚으러 다니지를 않았다는 뜻이고 낚을 고기가 없다는 의미였다. 그가 연명을 해오는 것은 집 앞에 있는 약간의 텃밭에서 나는 푸성귀와 섬의 옹두라지에 넣어둔 스물댓 개의 통발에 걸린 잡어들, 그리고 잠녀가 남 눈에 뜨이지 않게 가져다주는 알곡식들이었다.

그건 섬의 사정도 마찬가지였다. 어느 순간 고기가 나지 않기 시작했다. 빈약해진 바다는 한순간에 다가왔다. 징조가 없지 않았다. 촘촘한 그물로 바다를 쓸어낼 때 이미 기근은 시작되고 있던 것이다. 작은 배들은 할 일이 없어지고 큰 배들은 더 멀리 나갔다. 고기가 나는 곳은 점차 멀어지고 거기에서 또 더 멀어졌다. 다음에는, 고기가 나는 곳이 너무 멀어 기껏 잡아와봐도 수지타산이 맞지 않고 더군다나 그 바다가 남의 영토로 정해지면서 큰 배를 부리던 젊은이들은 섬에서 사라졌다.

남은 이들도 끊임없이 떠나고 싶어했고 그 희망만큼은 하늘에 의해 받아들여졌다.

또한번 대통령이 갈리던 그 어느 해 이후 그 증세는 심해지다 못해 하나의 질서가 되어갔다. 그가 도미나 농어 따위를 낚으러 다니던 차비를 돗낚시로 바꾼 게 그 어름이었다. 그리고 그해는 주민들이 시름시름 앓기 시작하던 때이기도 했다.

돗의 골을 먹이믄 좋은디.

늙은이들의 말이 아니더라도 어부는 그걸 알고 있었다. 그러나 평생을 낚시로 목숨줄을 이어온 그도 돗을 낚아본 적은 없었다.

그렇다고 그물질하고 낚시하는 것 외에는 무엇을 할 줄도 몰랐다. 돗을 낚아보았다는 어부의 말을 들어둔 것은 있었다. 그는 날마다 예전에 돗이 물린 적이 있다는 곳을 돌아다니며 줄을 던졌다. 돗은 잡히지 않았고 아들은 그해 겨울이 깊어지기 전에 벼랑에서 몸을 던졌다. 그는 아들을 제 어미의 가묘와 누이 옆에 묻었다. 기근이 깊어지고 있었다.

옛이야기에 듣자면 예전에는 기근이 들면 이웃도 잡아먹고 심지어는 제 새끼를 고기로 팔아먹거나 직접 잡아먹기도 했으니 사람의 본모습이란 어쩌면 그런 것인지도 몰랐다. 제아무리 높은 탑을 쌓아도 배가 고프면 눈이 돌아가고 입이 비뚤어지니 그것이 담고 있는 마음인들 제자리에 옳게 붙어 있을 리 있겠는가.

굶주림으로 육신은 말라가고 마음의 빈곤으로 해서 섬사람들은 그악스럽게 변해갔다. 내 것 남의 것 가리지 않고 소까지 모두 잡아먹어버렸는데 이게 이르는 대로 망할 징조라는 것인가. 어부는 그게 무서웠다.

이거 쫌 따라 왔는디 어쩌실라요, 이따가 꾸죽(소라)이나 하나 잡히믄 그것 깨서 안주로 하실라요 아니믄

잠녀는 반 정도 든 소주병을 들어 보이고는 마늘 몇 쪽을 꺼냈다.

이것에다가라도 한 꼬푸 하실라요.

어부는 노루섬 바위에 배를 붙였다. 꾸죽이라니. 팔기도 아쉬운 것 아닌가.

줘보소.

잠녀가 잔에 소주를 따르고 마늘 껍질을 벗겼다.

이것이 샛밭에다가 심었던 것인가?

야. 비가 안 와서 밑이 잘 들었습디다.

어부는 언젠가 밭에서 마늘을 심고 있던 잠녀를 떠올렸다. 거름을 두어 바지게 내어다준 적도 있었다.

이거라도 찍어 잡수시요. 맛이 독해라우.

저런 물건이 있었더랬지. 잠녀가 내놓은 것은 검정색 필름통에 든 된장이었다. 어부는 두 가지 독한 맛이 다 좋았다. 독한 맛은 잠시 시름을 잊게 하는 마력이 있다. 잠시 어부의 얼굴을 바라보던 잠녀는 마늘을 몇 알 더 까서 사내 손 닿기 좋은 곳으로 밀어둔 다음 흙가루 묻은 손가락을 몸뻬에 스윽 닦고는 고개를 바다로 돌렸다.

이녁 꿈대로 오늘은 좀 잡았으믄 쓰겠네이.

어부는 받아먹은 인사를 차렸다. 잠녀는 실풋 웃고 말았다.

이녁이나 돗 한번 진짜로 낚어보시요.

낚을 걸시.

…….

꼭 낚어서 동네 사람들 한번 배터지게 맹글고 말걸시. 죽은 새끼들한티도 한 상 차려줄 걸시.

그라시요. 나야 노상 손구락만한 것 건지로 댕기지만은 이녁은 참말로 한번 낚어보시요. 나도 돗이라는 것을 구경 좀 해봅시다.

아니네. 괴기가 안 나고부터 다들 이녁이 갯것하고 물질해서 잡은 것으로 안 묵고 살았는가. 다 이녁 덕이지.

그래봤자. 미역이나 고동뿐이 더 있소.

그래도 그것이 어딘디.

…….

다 잡아먹기만 바빠서 이리 된 거 아니겄나. 나는 이런 생각을 해보네. 옛날에 우리 할배들의 할배들, 그보다 더 오래된 할배들의 시절에도 우리는 바다에서 괴기를 잡고 소라를 따묵고 살았지 않았겄는가. 헌데 숭년(흉년)이 들어 굶어죽거나 전쟁이 나서 칼 맞고 총 맞아 죽던 시절은 있었어도 바다에서 괴기가 나지 않어 못 묵고살았다는 시절은 들어보지를 못했네.

어부는 두어 잔의 소주에 말이 좀 많아지고 있었다.

숱헌 임금들의 시절에도 말이네이. 하늘 아래 부러울 것이 없는 것이 임금들이었지만 나라가 망할 때의 임금은 촌무지렁이네 개새끼만도 못한 신세 아니었겄는가? 근디 말이여. 우리는 임금은 새로간에 갱변가에 굴러댕기는 면서기 이서기 급도 못 되는 주제들이 말이여 어쩌자고 나라 망할 때의 임금처럼 말이여, 말이니까 말이지만, 똑 우리 때에 와서 이런 일이 벌어지느냐 이 말인데이? 물론 괴기 새끼라도 살려내서 바다로 돌려보내지 못한 우리들이 잘못을 했기는 했지만 말이여, 말하자믄 끝장나는 이유가, 묵어 조지고 살려내지를 못했다는 것이다 이 말인디 이녁 생각은 어짠 가?

사람이 사는 이상 꼭 나쁘기만 하겄소?

그런 소리 말소. 이녁도 나맹키로 펭생(평생)을 바다 속에서 돌멩이나 뒤지고 안 살았는가.

그란디요.

나가 나를 생각해봐도 좀 거시기한디, 펭생 잡아쥑이기만 했다

이것이네. 새 씨를 뿌려볼 생각도 못 하고 노상 받아묵을 생각만 하고 살았다 이거네. 그래서 어쩐 때는(어떤 때는) 나중에 죽어 저 승에서 그것들한테 당하느니 차라리 이승에 남은 몸뚱아리나 그 것들한테 줘서.

벨소리 다 하요이.

이녁도 노상 들췄던 돌멩이 또 들추고 지내잖는가. 그러니 무슨 소라 새끼라도 한 마리 붙을 새가 있겠는가. 어쩌면 이녁도 이녁 가슴속에 든 돌멩이를 자꾸 까불거려서 가루를 내불고 싶은 심정 아니겄는가 그 말이네 내 말은.

꼭 그렇기만 하겠소. 나는 미역 탱탱 마른 것이 찬물 양푼 속에 서 파랗게 몸 푸는 것 보믄이라 기분이 영 좋아라우. 꼭 처녀 때맹 쿠로 보기가 좋고 순심이 낳을 때도 생각나고 그러요이.

좋기야 하지. 하지만 말이여. 미역이라믄, 아무래도 애기를 낳 고 허허, 거 참, 좋은 거 안 있는가이. 아그들을 많이 낳고 또 그래 야 미역도 보기가 좋고 하는디.

말 없는 어부가 말이 많아지자 잠녀는 조금은 걱정스런 얼굴을 했다. 어부도 입을 다물었다. 속에서는 이러고 저런 말이 만들어 지고 있었으나 말 되어질 게 딱히 더 있는 것도 아니었다.

어쨌거나 그 돗을 낚어서 말일시. 이녁부텀 배 한번 터지게 맹 글어줄 모양이니께.

그라믄 낚어보시오.

그랬다. 어부는 떠드는 것보다는 돗을 낚아 사람들의 입을 채우 는 일이 급했던 것이다. 그는 생각났다는 듯 말을 바꿨다.

참, 옷 갈어입어야제?

잠녀가 물에 들어가려면 옷을 갈아입어야 했다. 그러나 어차피 배에서 물 속으로 들어갈 것인데 섬에 내려서 갈아입고 다시 배에 오르는 수고를 할 것 없다고 말하고 돗자리의 반에 반만도 못한 배 갑판에서 웃옷을 벗었다. 어부는 고물 쪽으로 몸을 피해 고개를 바다로 돌렸다. 그러나 눈은 머리를 따라가지 못했다.

이제는 어차피 늙어가는 와중이고, 또한 보기에 따라서는 이미 늙은 뒤라고 말할 수 있기에 극단적인 내외를 할 것까진 없다고 어부는 생각했다. 올 뜯어진 속내의를 통해 본 잠녀의 젖은 이미 말라서 뼈에 붙어 있다시피 했다. 하긴 뭐 젖 쪽으로 들어갈 만한 것을 먹어봤어야지, 싶어 어부는 혀를 찼다. 먹는 게 부실하면 남자는 아랫도리 힘이 빠지고 여자는 젖이 약해지는 법인가. 어부는 그쯤에서 담배를 하나 피웠다.

잠녀가 몸을 돌리고 갑판에 앉아서 옷을 갈아입었기에 그의 눈에는 아랫도리가 보이지 않았다. 그러나 얇은 내의는 바깥으로 튀어나온 등뼈를 고스란히 내보이고 있어 어부는 너나 나나 참으로 말라보타지는 세월을 살았구나, 혼잣말을 했다.

옷 갈아입는 여인네를 통해 저 밑바닥으로부터 남자의 그 무엇이 슬슬 솟지 않는 것은 아니지만, 더군다나 여인네가 사내의 눈앞에서 겉옷이나마 개의치 않고 갈아입는다는 것은 조금 골똘히 따져보면 무엇을 의미하는지 모를 바도 아니지만, 그렇다고 남자와 여자의 사이로 생각해보기에는 둘은 너무 익숙해 있고 너무 쓸쓸하고, 또 생산을 하기에는 무기력한 그런 공통점이 있었다.

물옷으로 몸을 한 꺼풀 씌운 잠녀는 뒷머리를 틀어올려 모자 속에 숨기고 물안경을 쓰는 것으로 준비를 끝냈다. 여인네는 손을 들어 섬 저쪽에서 이쪽으로 길게 원을 그렸다. 한바퀴를 돌고 와서 저만치에서 만나자는 뜻이다. 그 저만치란 섬의 노루목 끝머리로 그들이 어린아이 시절에 돗이 낚인 적이 있다는, 그래서 돗이 다니는 길목인 곳이며 어부도 그 자리를 생각하고 온 것이었기에 잠녀의 짐작이 기특하고 고마웠다.

풍덩. 잠녀는 물 속으로 들어갔다. 곧이어 휘이우, 쒸이우, 숨비 소리가 들렸고 그 소리는 조금씩 멀어졌다. 닻을 끌어올린 어부는 배가 그 자리쯤으로 떠밀려가기를 기다렸다가 다시 닻을 놓고 차비를 꺼냈다.

삼치 낚시바늘에 오징어를 통째로 한 마리 끼우고 멀리 던졌다. 바다의 표면은 고인 물처럼 잔잔하지만 속은 그래도 사람의 핏줄 모양 흐름이 있어 줄은 멀리멀리 해류를 따라 풀어져나갔다. 태풍만 한번 온다면. 까짓 것 확 뒤집어지는 거대한 태풍만 온다면. 병든 사람의 핏줄을 바꾸듯 해류를 바꾸어놓을 만한 게 온다면.

줄은 오십 미터도 더 풀어져나갔다. 그리고 기다렸다. 오지 않는 것을 기다린다는 것은 거의 도를 닦는 경지라 할 만하지만 물론 어부는 구도자가 아니었다. 몸에 밴 습성으로 기다리는 것이다. 무언가를 구할 수 있는 행동이란 여기까지이다.

더이상 뭘 더 구할 도리는 없다. 뭔가 사람의 삶을 이어갈 만한 것을 찾기보다는 어쩌면 바닷물을 성수로 받아들여 그걸 받아마시고 소화해내는 것을 연습하는 것이 더 빨랐다.

섬의 가장자리에서는 잠녀의 머리가 보였다 안 보였다 했다. 속에 소라나 해삼 따위가 있을 리 없다. 그가 반종일 물 속을 뒤집어 봤자 미역이나 청각, 이런 것들뿐일 것이다. 그래도 여인네는 부지런히 들고났다.

　물고기들이 준비해온 시간이 그것을 잡아먹은 인간들의 몸 속에 축적되어 늙는 것이라면 그 육신과 시간을 되돌려주는 것도 나쁘지 않지 않겠는가. 그는 어제 초상집에서 하던 생각을 이어갔다. 어차피 머잖아 죽을 것이고 벌초해줄 식구가 남은 것도 아니라면, 평생을 두고 사람의 삶을 이어가보고자 잡아죽인 숱한 것들이 죽은 다음에도 살아 있는 듯하니, 버리고 갈 물건쯤이야 던져놓고 간들 뭐 아까울 거 있겠나. 평생을 얻어먹었으니 물고기의 육신으로 쪄오고 그들의 시간으로 늙어온 몸뚱어리를 이제는 그들의 한끼 점심으로 되돌려주는 것도 결코 나쁘지만은 않겠다고 생각을 잠시 했는데 그리고 보면 어부는 잠시 졸았지 않았나 싶다.
　졸지 않았다면 저 선착장의 노인처럼 잠시 다른 세계를 다녀왔는지도 몰랐다. 허나 그는 새로이 정신이 들자 그러기에는 그의 다리가 이 세상에 너무 깊이 박혀 있다는 것을 깨달았다. 우선, 그도 생명이고 또 뭇 생명들이 모두 그러듯, 자신의 흔적을, 그러니까 몸을 통로로 하여 또하나의 자신을 세상에 남겨두어야만 했고, 과제를 남겨두어야만 했으며, 과제가 있는 동안만 세상은 존재하는 것인지도 모르니까, 갈고 닦아온 터전의 용도가 이어질 것이었다.
　훗날 언젠가는 물고기들이 다시 떼지어 몰려올 텐데, 물고기들이 바글거리는 바다 위에서 그걸 건지는 어부가 없다면 그것을 풍요라고 말해줄 이 누구겠는가.

어부는 잠녀와 자고 싶어졌다. 동침을 통해, 수태가 될지 안 될지는 모르지만, 희망이나 미래라고 불러야 될 어떤 것을 낳고 키우고 싶었다. 말라비틀어진 몸이지만 혼신의 힘을 다한다면 그 희망이나 미래의 한토막 정도는 일궈낼 수 있지 않겠는가.

그러기 위해서라도 돗을 낚고 싶었다. 어쩌면 제법 오랫동안 그는 그 밤을, 잠녀와 동침할 밤을 돗을 낚는 날로 정해놓은 것인지도 몰랐다. 돗을 낚지 못해 욕정과 정념을 쌓아오기만 했지 않았나 싶다. 돗을 낚아, 그 어른 두 명의 키만큼이나 크다는 놈을 낚아 저 태평양 깊숙한 곳에서 키워온 살덩어리로 국을 끓이고 차가운 기운으로 뭉쳐진 골을 꺼내 먹으며 에헤 술비야, 노래를 부르는 그 풍요로운 밤에, 동네 사람들 모두 배가 불러 땀이 흘러내리고 아껴둔 술에 취해 노랠 부르는 그 풍성한 밤을 위해 그는 희망이나 미래라고 부를 만한 것의 생산을 미뤄둔 셈이었다.

그는 오늘따라 몹시도 그 밤을 앞당기고 싶어졌다. 어쩌면 저 잠녀는 저대로 더 늙어버려 문이 닫혀버리거나 그 자신이 먼저 사내 노릇을 할 수 없는 지경에 이를지도 모른다고 생각했다.

두툼한 낚싯줄은 제 무게만으로도 묵직하게 손가락 매듭을 파고들었다. 그의 손에 오랜 경험으로 인한 굳은살이 없었다면 필경 그 줄은 살을 파고들어 뼈를 잘라버릴 지경이었다. 시이이웅, 시이이웅, 물살 속에서 줄이 떨었다.

어쨌거나 그렇다면 오늘 그 늙은이 원대로 참장어는 아니더라도 흔했던 붕장어 새끼라도, 바다는 매우 넓은 곳이라 길 잃고 헤매는 놈 한 마리 정도는 아주 없지 않을 터이니, 한 마리 걸린다면 제 잡담하고 앉은뱅이 냄비에 푹 고아설랑 합환주라도 한잔······ 호홋, 하는데 갑자기 거대한 힘이 그의 손목을 바다로 끌어당겼다.

헤헷, 도 없고 아이구머니, 도 없다. 어부란 이런 경우에는 번개처럼 낚아채는 동물적인 반사신경뿐이다. 낚싯줄이 손마디를 파고들어 피가 났다. 줄을 뱃전에 대고 몸을 구부렸다. 피웅. 줄이 울었다. 어부의 반사신경은 그것으로 끝나지 않았다. 배가 끌려가자 그는 낫으로 닻줄을 잘랐다. 배는 떠밀리고 그는 감각적으로 알아차렸다.

돗이다.

묶어놓은 섬이 떠밀려가듯 거대한 힘이 오로지 가느다란 낚싯줄 하나에 실렸고 그는 정신이나 몸이 한가지로 좌우 구분을 못했다. 딱 하나. 돗이 바위에 줄 감을 틈을 주지 않는 것과 줄이 끊어지지 않을 정도로 풀어주며 따라가는 것, 그 양 극단의 접점을 지키는 것, 오로지 그것만 남았다.

바다에서 끌어당기는 힘은 그가 지금까지 숱하게 낚았던 그 어느 것보다 훨씬 강했다. 그 정도 힘을 쓰는 놈은 돗밖에 없었다. 드디어 네가 왔구나. 나는 네놈을 칠 년이나 기다렸다. 사람들이 그렇게 죽어나자빠지고 나서야 네놈이 나타나는구나.

탱탱한 긴장의 와중에도 이제 다시 풍요의 세상이 펼쳐지겠다, 여겨졌는데 돗이 한번 힘을 쓰며 줄을 당기면 뱃전에 줄 대어놓은 곳에서 연기가 피어올랐고 급기야는 가지고 있는 줄이 모두 다 풀려버리는 지경에 이르렀다.

  어부는 줄의 마지막 끝을 손목에다 친친 감았다. 팔이 뽑혀나갈 것 같아 어쩌면 이게 돗이 물은 게 아니라 줄이 배의 스쿠류에 걸렸나, 또는 승천하는 용의 꼬리에 감겼나 싶었는데 그럼과 동시에 폭발적인 힘에 이끌려 몸이 바다로 끌려들어갔다. 몸이 허공을 나는 아주 잠깐 동안 그는 저만치에서 이쪽을 향해 부지런히 헤엄쳐 오는 잠녀를 바라보았다. 여인네의 얼굴에는 물안경이 있어 표정을 보지는 못했다.

  어부는 돗을 낚긴 했지만 끌어올리지 못하고 되레 끌려들어가 버렸다. 잠녀가 종일 자맥질로 바다를 뒤졌으나 어부는 찾지 못하고 물 속에서 떠다니는 낚싯줄만 찾았다. 커다란 낚싯바늘에는 잇갑으로 썼던 오징어는 간 곳도 없이, 무슨 가느다란 살점 하나만 달려 있었다. 결국 어부는 돗의 입술에 달린 살점 하나만 낚고 죽은 것이다. 고동이나 잡어 새끼들이 그리하여 며칠 동안 배를 불리게 되었는지는 사람으로서는 아무도 몰랐다.

접붙이는 여자
—남쪽 섬

어부가 저 방에 누워 있는 듯해 잠녀는 잠시 훗훗해졌다.
어부는 방에서 기다리고 자신은 더운물로 목욕을 한다면,
한순간에 어부가 죽어버린 것처럼 한순간에 그런 장면으로 바뀐다면
참 좋을 일이었다.
바닷물 깨끗이 닦아내고, 사실 잠녀는 기근 속에서의 역할을 기다리는 듯,
독한 미련인 듯, 이미 없어져야 했을 몸의 것(月經)이 가늘게나마
이어지고 있었으니, 저 풍요의 밤을 위해 사람것으로서 할 수 있는 일이란
또 그것 외에 무엇이 있겠는가.

이 봇시오.

잠녀는 자신도 모르게 어부를 불렀다. 집은 비어 있어서 목소리는 금 간 문살이나 돌담 이런 곳에서 사람의 귀에는 들리지 않을 정도로 반사가 되다가 바람 따라 멀리 가버렸다.

봇시오, 어디 계시오.

해가 지고 있었다. 해질녘의 햇살이란 그 순간만큼은 아주 오래도록 머물러 있을 것 같은 모습이라 마당에 널려 있는 그물 쪼가리나 동그란 스티로폼, 한줌의 옥수수 알갱이 덕분에 텅 비어 있는 것을 모면한 평상, 담벼락에 세워져 있는 대나무 묶음, 그 아래 쌓여 있는 빈 병, 마당 귀퉁이에서 자라고 있는 푸른 무 이파리 따위들이 눈부시게 빛나면서 스스로의 모습을 더욱 또렷하게 만들고 있었다. 그러나 너무 또렷해져버려 그것들도 마치 사람처럼 어디 먼 길을 떠나려고 준비하는 듯 보였다.

이렇게 허망하게, 어디로 가부렀소.

감자나 수박 먹자고 온 가족 둘러앉은 오손도손의 풍경이 너무나 오래되어 대나무 껍질이 쓸쓸하게 보푸라기 일어버린 평상 귀퉁이에 잠녀는 앉았다. 끼익, 평상은 늙어버린 소리를 냈다.

해는 백년 이끼 내려앉은 돌담 사이사이로 졌다. 잠녀는 돌과 돌 틈새로 갈라 들어오는 늦은 오후의 햇살 조각들을 보면서 누군가가 일부러 주인 잃은 어부의 집을 들여다보는 것 같다고 생각했다. 비어 있는 집의, 주인 잃은 물건들을 들여다보는 것은 햇살인가 잠녀 자신인가. 그는 평상 한쪽에 널려 있는 옥수수를 손바닥으로 쓸어모았다. 어부는 이것으로 무엇을 하려고 했을까. 강냉이를 만들려고 했을까? 아니다 그건. 홀아비 살림에 강냉이는 구차스런 군입거리이다. 밥에다 넣어 먹으려 했을까? 그것도 아닐 것이다. 그런 소담스러운 행위는 아무래도 아낙의 손길을 필요로 하는 것이다. 그냥, 오래된 버릇으로 이것들을 말렸을 것이다. 그래 맞다. 종자인 것이다. 내년 초여름에 심을 씨앗.

그러나 어부는 이 오래된 집과 마당과 평상과 옥수수 종자를 두고서 멀리로 가버렸다. 섬의 기근을 풀어줄, 돗 하나 낚아보겠다고 칠 년을 벼르다가 끝내 바다 속으로 끌려들어가버린 것이다. 한순간에 사라져버린 것이다. 사람이 사라져버렸다는 것은, 죽어버렸다는 것은, 결국 남아 있는 이가 지녀야 할 상실의 무게를 말했다. 가득 차 있다가 갑자기 텅 비어버린 공간이다. 남아 있는 것들이 치러야 할 것은 무엇인가. 그것은 풍화(風化)였다.

잠녀의 가슴속 저 깊은 곳에서 젖은 솜뭉치 같은 게 올라왔다.

그러나 잠녀는 어부의 부재가, 덩그러니 남아 있는 낡은 배로 인하여, 눈앞에 확연히 펼쳐져 있음에도, 죽음을 눈으로 직접 확인했음에도 믿어지지 않았다. 아니 죽음은 틀린 말일 수도 있다. 잠녀가 자맥질을 해서 발견해낸, 돛 낚는 채비 끝에 매달려 있는 커다란 낚시와 낚시 끝에 달려 있는 한 덩어리의 살점만으로 그리고 그 어떤 힘에 끌려 바다 속으로 빨려들어가던 모습만으로 죽음을 증언해내기는 쉽지 않았다.

바위 밑 틈바구니에서 소라 두어 개를 간신히 캐어 올라와서는, 빈곤의 상황에서는 그것도 자랑거리가 되므로, 저만치에 떠 있는 어부를 보았을 때 낡은 배는 무언가에 끌려가고 있었다. 그리고 헤엄을 쳐 그쪽으로 다가가고 있을 때 어부는 물 속으로 빨려들어가버린 것이다. 바짝 마른 마늘대를 뽑은 것처럼 너무 쉽게 빨려들었기에 그것은 마치 흘러가는 바닷물 틈 사이로 용궁이나 살기 좋다는 어느 극락의 문을 발견하고는, 그게 마침 막 닫히는 순간이라서 작별 인사 한마디 나눌 사이도 없이 그냥 뛰어들어버린 것처럼 보였다. 바다로 뛰어들기 위해 한 삼십 년 기다리다가 마침내 기회를 만난 것처럼 한순간에 그 투신(投身)은 마무리되어버린 거였다. 서너 마디의 파장이 생겨 갯바위를 조금 적신 것으로 어부의 몸은 사라져버렸다.

잠녀는 어부를 찾기 위해 섬 밑둥과 노루섬 주위를 샅샅이 다 들어가보았다. 젊었을 적에나 잠수해보았던 아주 깊은 데였고 아직 한 번도 들어가보지 못했던 곳도 있었다. 고막이 찢어질 듯 아팠다. 그러나 그 시커먼 속 어디에도 어부의 옷자락 한 조각 보이지 않았다. 죽었기에 흔들리는 건지 살아 있기에 그러는 건지 구분이 되지 않은 해초 사이에도, 가라앉은 폐선 속에도 없었다.

　잡으려 하면 보이지도 않던 것이 정작 사람 찾으러 잠수를 해보니 없잖아 보이기까지 했다. 깊은 바위 밑 컴컴한 곳에 달라붙어 있는 전복과 소라를 두고 잠녀는 잠시 망설였다. 같이 바다에 나왔던 어부가 물에 빠져 어디론가로 사라져버렸는데, 그래서 낡은 배만 주인을 잃고 바다 한가운데 떠 있는데, 없어진 사람을 찾다 말고 그것을 딴다는 게 사람으로서 할 짓이 못 되는 듯했다.

　잠녀는 자꾸 눈물이 나서 물 바깥으로 나와 숨비소리를 내지를 때마다 물안경을 고쳐써야 했고 한숨이 흘러나와 수시로 공기방울이 만들어지곤 했다.

　오후에 소식 들은 마을 사람들이 몰려와 어부를 찾으러 다니다가 지쳐 포기하고 돌아들 가자고 (그들은 오랜 경험으로 알고 있었다. 바다에 빠져 사라져버린 이들 중에 살아 돌아온 이는, 그 동안 단 한 명도 없었다. 대대로 바다를 직업으로 삼아왔지만 정작 그것과 몸뚱어리 하나로 맞대면을 해버리면 기다리는 것은 죽음이었고, 그것은 잠녀도 잘 알고 있었다) 할 때까지 끝까지 바다 속을 찾아다녔다. 극도로 지쳐 종내는 손가락 하나 까닥하기 어려울 정도가 되어야 돌아서는 게 가능했다. 어쩌면 작별 인사 할 틈이 없었던 어부가 바다 속으로 들어가면서 남겨놓은 몇 마디 말(言)을 찾아다녔음직한데 말도 결국은 용해성의 물질이라 녹아 멀리 흘러가버렸는지도 모를 일이었다.

　그리고 돌아오기 직전 잠녀는 물 속에서 도리질을 치며, 봐두었던 전복과 소라를, 결국, 마지막 남은 한방울의 힘을 모아 따서 돌아왔고 저 속에서부터 올라오는 울음을 참아내지 못하고 말았다.

이별이나 상실보다 무서운 것은 기근이었다.

 잠녀는 방문을 열고 들어섰다. 아침에 어부가 개놓았던 대로 이불은 아무것도 모르는 채 주인의 손을 기다리며 윗목에 자리하고 있었고 창호지 오린 등대 그림이 붙어 있는, 내부가 유리를 통해 훤히 들여다보이는 장롱은 반쯤 비어 있는 상태였다. 벽에 붙어 있는, 열두 달이 한꺼번에 들어 있는 한 장짜리 달력과 네모난 거울 하나, 벽장 문, 각도를 두고 벽 위에 위태롭게 달려 있는 사진들이 주인의 흔적으로 남아 있었다. 방바닥은 차가웠다.
 사실은 말이지라, 이녁이 돗을 안 낚어도 좋았는디 말이요. 뭣 때문에 섬의 기근을 혼자서 책임 질라고 했는지는 잘 모르겄소만, 글쎄, 이녁이 나를 불러들이자면, 대대로 내려오는 옛적 어른들의 말이 무서워, 각자 서방 각시를 두었던 몸끼리 한 식구가 되려면, 맞겄소, 아무래도 마을의 배고픔은 풀어주는, 그런 잔치를 한바탕 펼쳐놔야 수월하다는 것은, 내 짐작으로도 짚이는 바이지만 말이요.
 바다 속이란 잠수해 들어오는 이들의 침묵을 요구하는 곳이라 종일 입을 다물었던 잠녀는 이제야, 어부가 죽기 전에 그랬던 것처럼 말이 좀 많아지고 있었다. 그러면서 방바닥이 차가운 게 모든 운명이 통째로 차가운 듯해 무엇으로 시린 마음과 몸을 데워볼까 하다가 부엌으로 들어가 아궁이에 불을 붙였다.
 어쨌든, 생산을 하든 못 하든, 남아 있는 것들끼리는 항꾼에 붙어살아야 쓰는 것인디도 그게 그리 어려웠단 말인디요이. 그러거나 말거나 이제 와서 말이지만 이녁이 내 폴목(팔목)을 낚어만 챘어도 나는 폴세 이 집 안식구가 되았을 것이요.

　비사표 성냥과 누렇게 퇴색된 신문지와 바짝 마른 참나무 뭉치가 합쳐져 아궁이 속은 환하게 달아올랐다.

　이녁도 사람들의 눈이 무서웠제라우? 난 알고 있었소이. 마늘밭에 거름을 내줄 때나 통발에 든 고기를 갖다 주고 돌아갈 때나 그 돌아가는 발걸음이 얼마나 무거웠는지 다 보고 있었소. 보내는 내 마음도 무거웠응께라우. 하지만 이녁이 옛날 사람인 것처럼 나도 같은 사람 아니겠소. 이녁이 내 폴목을 끄집어댕기지 못하는 것처럼 나도 내 발로 따라 나서지를 못했던 것이요.

　어부가 저 방에 누워 있는 듯해 잠녀는 잠시 훗훗해졌다. 어부는 방에서 기다리고 자신은 더운물로 목욕을 한다면, 한순간에 어부가 죽어버린 것처럼 한순간에 그런 장면으로 바뀐다면 참 좋을 일이었다. 바닷물 깨끗이 닦아내고, 사실 잠녀는 기근 속에서의 역할을 기다리는 듯, 독한 미련인 듯, 이미 없어져야 했을 몸의 것이(月經) 가늘게나마 이어지고 있었으니, 저 풍요의 밤을 위해 사람것으로서 할 수 있는 일이란 또 그것 외에 무엇이 있겠는가. 그럴 수 있다면. 물동이에서 물을 댓 바가지 가득 솥에다 붓고 불을 거듭 땠다. 말라 비틀어진 동백나무 가지가 차례대로 들어가며 불을 키웠다.

　이게 뭔 꼴이다요. 그러다가 좋은 시절 다 가버리고…… 내가 잘못한 거요. 내가 산신령 꿈 꾸었다는 소리를 안 했다믄 노루섬 쪽으로는 안 갔을 것이고 안 갔다믄 이녁이 죽지는 안 했을 거 아니요. 그짓말(거짓말)은 아니었소이. 산신령이 꿈에 뵀단 말이여라우. 나는 산신령이 돗인 줄은 꿈에도 생각 못했소이. 그냥, 인자는 사람들이 뭐라고 하든 말든 우리 둘이가 엮어질 때가 되았구나 싶었단 말이요.

　그래서 소지(소주)도 한 반 병 준비하고 마늘도 담아 왔는디라우, 나는 이렇게 생각했소. 그깟 돗이 안 낚이면 어쩐다요. 언제, 마을 사람들이 돗 묵고 살았소? 그것도 다 욕심 아니겄소. 마늘 묵고 살믄 어쨰서. 옛날에 곰은 쑥하고 마늘하고 묵고 사람이 됐다고 안 합디여. 그리고 보믄 사람 된 지가 너무 오래된 모양이요이. 마늘 묵고 사람 됐는디 인자는 마늘 갖고는 양이 안 차니 말이요.

　물 부은 가마솥에서 슬슬 김이 오르기 시작했다. 수증기는 검정이 오래 묵은 벽을 감싸고 피어올랐다. 안개 같았다. 물질하기 위해 바다 속으로 들어가는 것과는 다른, 목숨을 건 일터로서가 아닌, 부드럽게 감싸안아주는, 사실 바다는 그 동안 한번도 그런 적은 없었지만, 바다 같았다. 잠녀는 목소리가 잠겼다.

　우린 어쩌자고 낚수하고 물질하는 곳에서 태어났을까요이? 이녁 말대로 저 임금들 시대의 맨 마지막 임금처럼 어쩌자고 우리 대(代)에 이런 기근이 닥쳐왔을까요이. 뭔 잘못을 했기에 이럴까라우. 맞소, 이녁 말대로 대대로 바다의 기근은 준비되어왔기는 했는갑습디다. 우리 엄니, 엄니, 또 그 우에 엄니 대부터 흉년은 조금씩 쌓아져왔다 그 말이요. 그랑께 우리가 잘 했든 잘못 했든, 사람 얼굴로 태어난 이상 누군가가 그것을 짊어져야 하기는 했는갑소.

　가마솥 뚜껑 테두리를 따라 물기가 넘치기 시작했는데, 잠녀가 보기에는 너무 더워, 견뎌야 할 열기가 너무나 벅차, 솥이 우는 듯도 싶었다.

시절 다 가부렀고, 그리고 끝내는 이녁마저 가부렀소이. 지금 와서 생각해봉게 참으로 등신 같은 것이 나였소. 멍청하고 못난 거였소이. 사람들의 말이, 눈이 뭐가 무섭다고 멀리서 쳐다봄서 시간을 다 보내부렀으까요이. 나나 이녁이나 참말로 벅수(바보)같 이 살았당께라우.

김이 오르는 가마솥과 더운 장작불의 부엌이 몹시도 은밀해져 서 잠녀는 더운물을 퍼내고 솥에다 다시 물을 부었는데 아주 길고 긴 목욕을 준비하는 듯도 싶었다.

봇시오. 그것이 얼마나 모지라고 멍청이 같은 생각이었으끄라 우. 봇시오, 지금 어딨소? 이렇게 허망하게도 날 냈두고 워디로 가 부렀소.

그리고 잠녀는 끝내 견뎌내지 못하고 벽에 이마를 대고 울음을 터뜨렸다.

사실 옷 갈아입을 때 내가 굳이 배 갑판 위에서 갈아입은 것이 뭘 말하는 것인지 알았지라우? 그랬어라우. 사람들이 뭐라고 하든 말든 인자 이녁하고 한 집에서 살라고 마음묵었단 말이요. 아직 몸엣것이 남어 있을 때, 죽어뻐린 자식들 생각해서라도, 하나라도 더 세상에 내놓고 죽어야 쓰겄다는 생각뿐이었소. 어쨌든 세상이 란, 사람이 살아남어 있어야 세상 아니겄소. 그리고 사람을 하나 맹글자믄, 어쨌거나 그냥 생기지는 않는 법 아니요? 이녁도 알고 있었지라우?

근디우, 세상에, 돗을 못 낚어도 좋았당께요. 그까짓 돗 없으믄 어쩐다고 그래, 그 오랜 세월을 바다만 딜다보고 있었소. 뭐가 나 옵디까? 그래 낚었소? 참 야속하요이. 그렇게 오랫동안 지달려놓고 막상 문께 그거 하나 못 낚어올리고 딸려들어가부렀단 말이요. 사내가 그리 시마리(힘)가 없어서 워따 쓰겄소…… 하긴 이녁인들, 뭘 묵었어야 심이 생기제라우. 참말로, 우리는 어쩌다가 이렇게 말라보타져부렀으까요이.

그러다가 울음은 서서히 잦아들었다. 울음소리 멈추자 달궈진 솥에서 김만 더욱 무성하게 쉭쉭, 품어나왔다. 부엌은 문을 닫아놓은 탓에 수증기가 빠져나가지 않아 마치 이승과 저승 사이의 어떤 틈새 같아졌다. 잠녀는 벌떡 일어나 문을 열었다. 그가 뿌려놓은 흔적처럼, 눈물의 기화 덩어리처럼, 수증기 덩이가 마당을 향해 뻗어나왔다가 순식간에 말라 사라져버렸다.

질네는 바위를 부둥켜안고 있었다. 누군가 본다면 어디선가 보이지 않는 밧줄이 하나 휙 날아와서 몸을 묶어 바위 쪽으로 잡아당겼으리라 여겼을 터이지만 정작 끈은 몸 속에서 나왔지 않았나 싶었다. 순간 몸 속에 뜨거운 풍랑이 일었고 파도를 박차고 끈 하나가 치솟아올라 바위 쪽으로 날아갔고 그리고 시계 태엽을 감는 것처럼 밀착해갔던 것이다.

지나가는 구름에 하늘 아득해지고 피잉 정신이 도는 것으로 보면 바위는 여전히 잔뜩 발기한 형태였으나 지쳐버린 잠녀의 눈에는 가슴속의 뜨거운 기운이나 머릿속에 들어 있는 탱탱한 생각들을 다 써버리고 기진맥진한 형국이었다.

벌떡 서설랑은요이, 벌떡 서설랑은요이. 모다 보살페주시굴랑은요이, 죽은 사램은 죽은 것으로 보살페시고요이, 산 사램은 산 것으로 보살페주시굴랑은요이.

질네는 남근이 시작되는 부분을 슬슬 쓸어보다가 급기야는 술에 취한 것처럼 고개를 좌우로 흔들며 몸을 착 들러붙이고 휘휘 휘감기 시작했다. 보기에 따라서는 바위의 검푸른 기운이 사람을 감싸안은 듯도 보였다. 흔히들 미친년의 미친 짓이라고 했지만 저승과 연결된 낡은 동아줄이라도 하나 잡아보고 싶은 잠녀에게는 나쁘지 않았다. 그렇게 보였다.

보잡씨요, 서방님네. 내 사램 서방님네 듣자씨요. 아자씨가 죽었어라우. 돗 낚우다가 죽어뻐렀어라우. 뭘 낚우기는 낚은 모양인디, 낚은 고기는 어딘가로 가베리고 물에 떠댕기는 낚수줄(낚싯줄) 끄터리에는 돗이란 놈의 주둥아리 살점 한나(하나)가 매달려 있더란 말인디시요이, 불쌍한 아자씨가 언지부터냐, 하여간 옛날부터 지금까지 마을 사램들 믹일라고 돗을 낚을라고 날마다 템벼 쌌었는디요이, 근디, 네미, 소 붕알만한 것도 못 되는 살덩어리 하나 낚아놓고는 없어져베려부렀는디요이. 보삽씨요, 내 서방님네, 죽은 사램은 죽은 것으로 보살페시고요이, 산 사램은 산 것으로 보살페주시굴랑은요이.

바라보던 잠녀는 한숨을 내쉬었다. 그래, 고깃덩어리 하나가 남았다. 그 살점을 끓이면 소다가루에 밀가루 부풀 듯이 솥에 넘쳐 마당 가득한 것으로 변할지. 어쩌면 질네의 춤이 한 사람 몫으로도 부족한 것으로 백 명의 주린 배를 채우게 하는 짓일지도 모를 일이었다. 작은 것을 크게 만드는 것이란, 발기란, 어쩌면 그런 것 아니겠는가. 그러나 그 고깃덩이를 누가 끓일 것이고 또 어떻게 끓일 것인가.

질네는 바위 속으로 파고들었다. 부풀어오른 좆은 한쪽으로 쏠리다 틈을 만나 처음 모습을 회복했고 다시 한쪽으로만 팽창했다. 아랫도리는 튀어나온 부분을 만나 순간 움찔했다가 더욱 진득하게 밀착해갔다. 바위 속에 한 삼천 년 묵은 능숙한 사내 하나가 있어 그를 끌어당기는 듯했다. 눈이 돌아가고 입에서는 뜨거운 기운이 뿜어져나오기 시작했다. 그리고는 마침내 바위에서 솟아나온 어떤 덩어리처럼 변해갔다.

남우세스러운 모습을 잠녀는 바위 뒤쪽에 서서 가만히 바라보았다. 그것 외에는 할 게 없었다.

질네가 미친년이 되어 서방 바위를 붙잡고 미친 춤을 춘다고 소문난 게 벌써 삼사 년 되었다. 마을 사람들 중 사내것들은 눈이고 입이고 심심하던 차의 패설거리로 삼아 서로 낄낄거리다가 다들 아랫도리를 주무르며 집으로 돌아들 갔었고 아낙것들은 마을 망해먹자고 미친년이 돌출했다는, 문란의 주범으로 삼아 밤이고 낮이고 저주와 악담으로 시간 부족해했었다. 아이들은 아이들대로 벗다시피 한 암컷의 몸을 구경하면서 대가리 굵어가는 표시를 냈고 노인네들은 이름만 듣고도 침을 멀리 내뱉었다. 하지만 잠녀가 이렇게 가까운 곳에서 바라보는 것은 처음이었다.

질네는 마을 뒤편, 이제는 사람 살지 않는 산 너머 마을에 유일하게 남아 있는 이로 원래는 뿌락지(수소) 하나 키우며 마을 암소 접붙여주는 여인네였다. 마을의 웬만한 송아지는 모두 그 뿌락지의 새끼였으며 그 일은 질네가 했다. 거듭되는 방사(房事)로 소가 기진해 암소의 구멍을 잘 찾지 못하면 뒤 볼 것도 없이 손으로 자지를 잡아 암소 거기에 푹 집어넣고는 불알을 주무르며 접을 붙였다는 여인네. 제 소와 붙어먹어 낳은, 반은 소이고 반은 사람인 자식을 바다에 빠뜨려 죽였다는 소문이 일었던 이.

 하지만 섬에 기근이 들면서 마을의 소는 더욱 혹독한 노역에 시달리며 말라갔고 굶주림에 남은 것 하나둘씩 잡아먹거나 육지로 팔려나간 게 여러 해이다. 그러다가 허천병이 마을에 안개처럼 내리던 어느 날 마을 장년들이 들이닥쳐 마을에 마지막으로 남아 있던 뿌락지를 잡아먹고 난 뒤부터 질녜의 춤은 시작되었던 것이다. 마을 사람들이 미친년이라고 못 볼 것으로 치면서도 정작 그의 행보를 막아서지 못하는 것은, 애인을 먹어버리고 그 대금을 아직 치르지 않은, 채무가 남아 있기 때문이기도 했다.

 질녜는 춤을 다 추고 벌러덩 바위 위에 누웠다. 햇살은 지친 여자를 철사처럼, 석고처럼, 빛의 또다른 조각처럼 보이게 했다. 또는 찰흙으로 빚어놓은 상 같기도 했는데 가쁜 숨만큼은 그가 사람의 몸을 지니고 있는 표시였다. 아무래도 춤이란 이런 것이다. 아니 춤이 아니라, 미친 짓도, 이렇게 힘든 것이다. 젊은 아낙 혼자서 상대하기에는 수백만 년 바위의 나이는 아무래도 너무 깊고 높았다.

 바위가 흡족했는지는 아무도 모를 일이다. 질녜는 풀어질 대로 풀어져 널브러졌다.

 저기, 질녜.

 야.

 질녜는 가쁜 숨을 몰아쉬며, 아직도 눈은 황홀경의 어떤 세계 속을 바라보면서 고개도 돌리지 않고 대답했다.

 아까부터 와서 나를 지케보고 있는 줄 알고 있었소.

그랬는가.

어짠 일이시오.

방해됐는가? 노여워하지 말게. 자넬 만날라고 왔네.

땀에 절어 몸매가 그대로 드러난데다 찢어지고 벌어진 옷가지 사이로 속살이 훤히 들여다보였는데, 거기에다 고쟁이는 어디다가 벗어붙였는지 아랫도리 검은 터럭까지 삐죽이 솟아 있어 보였다. 터럭은 젖어 있었고 그 터럭에서부터 땀과는 다른 액체가 흘러내리다가 멈춰 있었다. 잠녀는 그게 무언지 알 수 있었다. 보는 사람이 되레 송구스러웠고, 그렇지만 그 젊음의 흔적이 부러워지는 것도 어쩌지 못할 노릇이었다.

휘유.

한숨이 나오졌지라우, 그 좋은 아자씨가 죽어뻐렀응께.

그것 때문에 왔네.

그런 것 같습디다.

잠녀는 쏘아오는 질네의 눈을 피해 일부러 먼바다께를 한번 휘둘러보고 나서 말을 이었다.

그 양반이 워디로 갔는지, 자네는 알겠는가.

그 아자씨가 없으져베렀다는 말을 듣고는요, 그렇지라우, 마을에서 사내 하나가 또 없어졌는디, 그것도, 저 혼자 살다가 뒈져부른 것도 아니고, 어쨌거나 돗을 하나 낚어 마을 사람들 배 좀 불려주겠다고 그러다가 죽어부렀는디요.

질네는 각도가 다르게 대답을 했다.

뒈지란 것들은 안 뒈지고 꼭 아자씨 같은 양반만 죽어부른단 말이요. 긍께, 뭔가가 잘못되어가는 것 아니겠소이?

이번에는 질네가 잠녀에게 물었다.

맞네, 뭔가가 잘못되어가고 있는 것이네.

미친 소리 듣기는 아주 쉬어라우. 다 잘못되어가고 있을 때 혼자 가만히 있으믄 그게 미친년 되는 길인께라우.

…….

그 아자씨 죽었다는 말 듣고 와봉께, 이 서방바우가 팍 죽어 있습디다. 그래서 춤을 한번 춰야겄다고 생각을 했지라우.

그래, 그래서 췄는가, 추면 뭐가, 좋은가?

이 바우는요이, 살어 있는 것이구만이라. 난, 사램이 싫소. 사램은 죽어 있는 것 같고 이 바우가 살어 있는 것 같어라우. 이 슴(섬)에서 살어 있는 것은 이 바우 한나밖에 없단 말이요. 생각해보시오, 사램들 다 죽어 나자빠져부러도 이 바우는 천년 만년 더 사는 것 아니었어라우? 나는 그래서 이 바우한테 아자씨 천도(薦度)를 빌고 있는 것이요.

고마운 일이네.

그래, 죽음을 증거해내는 것은 질네의 춤일지도 몰랐다. 저 높은 바위는 저 깊은 바다의 속을, 그곳에서 탄생했기에, 헤아리는 단 하나의 존재일 거였다. 오래 묵은 것을 달래고 어르는 춤이야말로 막혀 있는 통로를 찾는 것이고 그 통로를 통해 몇 마디 전언을 주고받음으로써 죽음은 마무리되고 이별은 완성되는지도 모를 일이었다. 질네는 요염하기도 하고 바보스럽기도 하게 누워 있던 몸을 일으켜 다리를 모으며 옷자락으로 몸을 가렸다.

사람들은 슴의 기근이 나 때문에 생겼다고 하지만 틀린 말이요. 어디 나를 잡어다가 물 속에다가 한번 장례 지내보시오. 풍년이

들고 고기떼가 오는지. 다 여기 잘난 척하던 사람들이 만들어낸 것이요. 아짐씨도 나를 미친년이라 생각하지라? 나를 소하고도 붙어묵고 그것도 모자라 바우하고도 붙어묵는 그런 개 화냥년으로 생각하지라우?

아니네.

그짓말 하지 마시오. 하긴 그래도 아짐씨는 좋은 사람이지라우. 돗 낚던 아자씨도 좋은 사람이고라우. 근디 좋은 사람은 빨리 죽어삐리라우. 다 몬얌(먼저) 가부르요이. 왜 그런지 아시오?

모르네.

잘못된 것이 다 지 탓이라고 생각항께 그러요. 놈의(남의) 탓이라고 생각하는 사람은 오래 살고라우. 근디, 돗 낚던 아자씨한테 맘이 있었지라우? 나는 다른 것은 몰라도 그런 것은 딱 보고 아요이. 아자씨도 아짐씨한테 맘이 있었단 말이요. 알고 있었소?

알고 있었네.

근디 왜 같이 안 살았소?

잠녀는 바위를 보듬고 이상한 짓을 한, 벗다시피 한 여인네와 기다렸다는 듯 또박또박 대답을 하는 여인네가 한 인물로 모아지지 않아 약간은 혼동되고 있었다. 그러면서 이 여인네는 미친 게 아니구나, 싶기도 했다.

그것이 어디 쉬운 일인가. 세상에 무서운 것이 남의 눈인데.

그렇단 말이요. 그런 거 따지다가 시절 다 가부른단 말이요. 망쪼가 벨다른(별다른) 거겠소? 엉뚱한 거 따지다가 시절 보내부른 거, 그것이 망쪼라우.

휘유. 그래, 그러나 저러나 그 양반은 어디로 갔겄는가. 바다에 빠진 양반 건져내기가 수월치 않지만 그래도 그 양반이 바다 속에서 시체로 떠다닌다고 생각하니 가심에 돌 백인 듯 펜치가 않네. 자네는 그래도 신기(神氣)가 있는 몸이니 어디 한번 짐작이라도 한번 해보소. 찍어만주믄 내가 들어갈 모양이니께.

인자는 아무런 소용도 없는 몸뚱아리 건져서 뭣을 할라고 그라요. 인자사 씨를 받겠소 어짜겠소. 아무리 벨난(특별한) 사램이라도 죽어뿔믄, 죽어뿔었다는 것으로 다 똑같은 사램이 되어부르는디.

그래도 사람 마음이 안 그런가. 나는 이미 그 양반한테 마음을 줬네. 아마 그 양반은 돗을 낚으믄 나한테 청혼을 할 생각이었을 거네.

그란께 말이요. 아무리 마음을 주고 뭘 주고 하믄 뭐한다요. 죽어부른 몸뚱아린디. 또, 찾은다 하드라도 백날 치성을 들여보시오, 죽은 몸뚱이가 살어나나.

그래도 어디에 있는가만이라도.

아, 나(내) 말이 그 말이요. 있어서 찾아내믄 뭣 할라요. 죽어부른 양반 건져내서 뭐 한단 말이요.

잠녀는 말이 막혔다. 그래, 죽어버린 사람을 찾아내서 뭘 어찌겠다는 말인가. 상여 세워 초상 치르고 곡(哭) 한번 하고 나면 도대체 뭐가 어떻게 된다는 말인가.

좋은 사램은 다 죽어갑디다. 사람보다 소가 몬야(먼저) 죽는 것은 착해서 그래라우. 그렇게 죽어가블믄 슴에 남은 사람들은 누구겄소.

…….

그 아자씨는 멀리 가부렀소. 찾을라고 해도 찾아지지가 않는다, 그 말이요.

두런두런 사람들의 인기척이 난 게 그때였다. 돌아보니 한 무리의 사내들이 바다 멀리에서 밀려오는 붉은 놀을 받으며 바위 쪽으로 걸어오고 있었다.
어, 여기 와 계셨소이.
어부 또래, 조금 전까지 함께 바다를 뒤졌던, 마을의 중늙은이 사내 셋이 먼저 얼굴을 앞세워 인사를 해왔다. 잠녀는 손님을 맞는 주인처럼 고개를 숙여 보였다. 동료를 찾으려고 바다를 뒤진 수고에 대한 예의이기도 했는데 그들은 빈손으로 돌아온 것에 대한 자괴스러움에 허탈한 모습이었다.
잠녀는 그들이 이곳에 온 게 이상했다. 그렇다고 집에 모여 초상을 치를 일도 아니었다. 섬에서 이런 일이 생기면 시체를 찾을 때까지 상(喪)은 미뤄지는 법이었다.
욕들 보셨습니다요.
욕은 무슨. 당연히 찾어야 쓰는디.
어디 물 속에 잠겨 있거나 해류 따라 가버렸을 거여.
사내들은 주름 가득한 눈으로 자기들끼리 말을 나누었다.
뭐 벨수 있나. 내일도 날 붉(밝)으는 대로 나가서 찾아봐야지.
내 생각에는 물때로 봐서 저 날맹이 밑 시렁바위 쪽으로 가부렀지 않나 싶은디.
멀리 떠내려가지만 안 했으믄 석삼 일째 떠오르니께. 낚숫줄은 찾았응께 줄에 묶어 있지는 안 할 거고.

잠녀가 말을 잘랐다.
되실 건디(피곤할 텐데) 무슨 일로 여기에 오셨는게라우?
저기 안 있소이.

맨 앞의 늙은 사내가 말끝을 흐렸다. 이들이 왜 몰려왔는지 잠녀는 직감적으로 느꼈다.

저기 저 질네한테 볼일이 있어 왔습니다요.

야무진 말투는 뒤쪽의 젊은 사내에게서 나왔다. 겁에 질린 질네가 잠녀 뒤에 와서 붙었다. 떨고 있었다.

못 본 척하시고 피해줬으면 좋겠습니다요.
무슨 일인지 나 있는 데서 말하소.

사실 잠녀는 그 동안 한 번도 마을 사람들 앞에서, 그것도 사내들 앞에서 이렇게 당찬 모습을 보인 적이 없었다. 어떤 기운이 저 깊숙한 곳에서 무슨 파랑을 일으키며 솟아나오고 있었다. 그래도 말은, 말이 통할 듯 싶은, 어부의 친구들 쪽으로 나왔다.

아마, 야(애)를 어떻게 할라고 온 모양인디 부끄럽지도 않으시오? 야가 무슨 잘못을 했다고 이러요.

딱 그 말이시. 마을에 자꾸 기근이 들고 사람이 죽어나가는 것이 다 질네 때문 아니겠는가.

질네가 무신 잘못을 했다고요?

잠녀의 목소리가 올라갔다.

뻔하지 않소. 저기 아자씨가 죽었는디 또 바우 붙잡고 괴상한 춤을 추고 안 있소, 자꾸 안 좋은 일이 일어나는 것이 바로 저 미친년 동티 때문이요.

뒤쪽의 젊은 사내가 앞으로 나섰다.

말도 안 되는 소리 하지 말게.

사내들이 잠녀를 바라보았다.

어째 이런가. 피해주시게.

질네는 죄 없소. 야가 누구를 괴롭힙디까? 죄가 있다믄 애 소를 공것(공짜)으로 잡아묵은 사람들이 잘못 아니요.

어이, 하지만 질네가 마을의 풍기를 문란시키는 것도 사실 아닌가? 소 새끼를 났다고 소문까지 난 것 모르는가? 버릇은 고쳐놔야 쓰지.

보시오, 도대체 사람하고 소가 붙어먹어질 거라고 생각하시요? 사람이 소 새끼를 낳을 수 있다고 믿소? 그것이 말이 돼요? 질네야말로 불쌍한 아이요. 내가 보기에는이라우, 이애도 그 양반처럼 뭔가를 낚아내볼라고 하는 애요. 모다 기근 들린 사람들 살릴라고 하는 짓이단 말이요. 뭐가 약 될지 누가 안다요? 가시오 얼른.

하지만 사내들은 잠녀를 양쪽에서 붙들며 억지로 질네를 떼어냈다. 끼약. 질네 비명소리가 날카로웠다.

지금 뭣 하는 짓이요.

그러나 잠녀는 힘으로 누르는 사내들을 당해낼 수 없었다.

이거 놋씨요. 이것 놔란 말이요.

젊은 사내들에게 붙잡힌 질네는 사내들을 어떻게 맞대응해보겠다고 주먹질을 당하면서 손에 잡히는 대로 휘둘렀다. 그러나 당해내지 못하기는 매일반이었다. 돌멩이 하나 사내들과는 엉뚱한 방향으로 통통 굴러갔다. 발길질이 아랫배를 파고들었고 주먹에 맞은 아구가 퍽, 반대쪽으로 돌아갔다.

그애 때리지 말란 말이요.

얼마 있지 않아 피투성이가 되어 바닥에 쓰러졌다. 비로소 팔이 풀린 잠녀가 몸을 던져 질네를 덮었다.

시방 뭔 짓을 하는 것인지 아시오? 그래, 당신들은 뭘 했다고 이러요. 뭘 낚었소, 아니면 빌어보기를 했소. 미친 것은 당신들이요, 아시오, 당신들이 미쳤단 말이요.

잠녀가 눈에 불을 켜고 노려보자 기세에 눌려 사내들은 뒤로 물러났다.

무어가 있나. 광과 부엌을 뒤졌으나 홀아비 살림에 무어 쓸 만한 게 나올 리 없었다. 고구마나 감자나 쌀이 조금씩 남아 있고 김치와 마늘쫑이나 말린 생선 네댓 마리가 전부였다. 김치나 마늘쫑은 그나마 잠녀가 담가다준 거였다. 쌀을 안치고 부엌 한쪽에 던져놓았던 헝설이에서 소라와 전복을 꺼내 깨고 도려냈다.

이녁 찾으러 들어간 곳에서 본 것이오. 노루섬 끄터리 간여 있는 디서 본 거요. 지금 욕하시오? 죽은 사람 찾으러 들어갔다가 이것 따갖고 왔다고 욕하시오? 야속하시오? 그래서는 안 된다는 것은 나도 알고 있어라우. 나도 안단 말이요. 하지만 이렇게 크잖소. 보기 좋지라우? 한 점 묵었으믄 싶지라우? 마치 돗 대신에 이녁이 났두고 간 것 맹키요. 어치께 하끄라우. 이녁 제사상에 올려주께라우? 동네 사람들 묵으라고 주께라우?

잠녀는 소반을 들고 방으로 들어갔다. 데워놓은 방이라 방은 따뜻했다. 그는 축 늘어진 질네를 껴안고 어부의 집으로 돌아온 것이다. 그랬다. 잠녀는 어부를 잃고 나서야 그 집 안주인이 된 거였다. 어차피 금기란, 그게 깨어질 가능성이 있을 때만 유효한 것이기는 했다.

이 귀한 것을 왜.

피투성이 손으로 질네는 소반을 밀었다.

걱정 말고 먹기나 하소.

그게 다 그 양반 죽음과 바꾼 거네, 소리는 나오지 않았다. 대신 속에서 핏덩이 같은 게 복받치며 눈물이 나오려고 해서 벽을 올려다보았다. 반백의 머리를 한 어부와 그 옆, 흑백 사진의 여인. 머리를 뒤로 묶은, 웃지도 울지도 않는 여인. 어부의 죽어버린 아내. 그럼 지금쯤은 어부는 아내를 만났겠는가.

가지고 들어간 물수건으로 질네 얼굴과 몸의 피를 닦아주었다.

자네한테 할말이 없네. 사실 생각해보믄 옛날의 어른들, 그렇네, 지금 사당으로 남아 있는 그 어른들이 뭣뭣 하지 말어라, 했던 그 말이, 사람들한테 뭣뭣 하지 말어라고 시켜쌓던, 그 유학자 어른들하고 소 접붙이고 살았던 자네하고 둘 중 어느 짝(쪽)이 더 긴하고 중한지 인자는 모다 혼동되네. 휘유. 그래 몸은 좀 어친가.

버틸 만하요. 이런 일이 뭐 한두 번이요?

질네 말은 마치 찢어진 입술 상처에서 새어나온 듯했다.

앞으로는 나가 못 하게 할 것이네. 인자는 자네가 미친년 같들 안하네. 인자사 말이지만, 저 사당이, 해마다 치성들이고 말씀을 받자오던 그 사당이 인자는 볼썽사나워 보이네. 지금 와서 따져보믄 다 자네 덕분에 새앙치(송아지)들이 생겨나고 또 그 소 덕분에 기근 들린 와중에도 오래도록 버팅기지 않았는가. 휘유. 얼른 묵소.

같이 잡수시요.

잠녀는 망태 속에서 어부가 마시고 남겨둔 소주병을 꺼내왔다.

이거 한 꼬푸 할라네. 그 사람이 묵다가 남기고 간 것이네. 그 사람은 죽어부렀지만 나는 배가 고프단 말이네. 그것이 죽은 사람하고 산 사람하고 다른 것 아니겠는가.

그리고 독한 것을 한 잔 따라 삼켰다. 어부가 술 마시던 모습이 손에 잡힐 듯 눈앞에 나타났다.

그래, 하던 말대로 소라랑 고동이랑 물고기 새끼들한테 몸뚱어리 시주하고 계시오? 세상에, 죽을 이유가 그것이었단 말이요?

달이 높이 돋았다. 달빛은 담장이고 평상이고 스티로폼, 대나무 묶음, 빈 병, 무 이파리들을 아주 서늘하게 만들어놓고도 부족해 금 간 문살을 파고들어 사람을 쉬 잠들지 못하게 했다. 잠녀는 어부의 방에 누워 밤 공기를 가르는 은빛을 바라보았다. 달빛은 소멸하여 비어 있는 공간을 더 돋보이게 하는 힘이 있었다.

끄응, 뒤척이는가 싶더니 달빛 한조각이 질네의 눈썹에 머물렀다. 아주 가느다란 빛이었기에 눈썹은 도드라져 보였는데 마치 이제 막 새싹이 돋아나는 듯도 보였고 비바람에 시달리다가 마침내 쉬고 있는 듯싶기도 했다. 그래, 풀 한 포기라도 새로이 싹을 틔운다면 어쨌든 세상은 살아질 곳 아니겠는가.

그러나 방 안은 흘린 피 냄새가, 닦아냈는데도, 가득했다. 헛소리하며 거듭 뒤척이는 질네를 잠녀는 이불을 끌어당겨주었다.

봇시요. 그래, 이녁은 끝내 돗을 낚었소? 낚으긴 낚은 거요? 낚었으믄 가지고 와보시오. 돗을 안 낚었으믄 도대체 뭘 낚었소.

달빛을 흔들며 바람이 불어왔다. 잠녀는 그게 삼 미터도 넘는

돛에게 손목이 잡힌 어부가 세상 바깥으로 날아가는 것 같다는 생각이 자꾸 들었다.

| 해설 |

여성과 생명의 발견

김만수 (문학평론가 · 인하대 교수)

한창훈의 소설은 모성에 가까운 세계를 그리고 있다. 얼핏 보면, 그의 소설은 거침없고 활달한 입담과 주인공들의 전투적이고 남성적인 삶을 그리고 있는 듯싶지만, 축축하고 윤기 있는 '여성의 몸'이 모든 남성들의 몸, 혹은 남성들의 이념 위에 군림하고 있다. 바다의 압도적인 위력 앞에서, 여성들의 줄기찬 생명력 앞에서 남성들이 할 수 있는 것은 무엇인가. 불행히도, 그들 남성들이 할 일은 별로 없다. 그저 노래하고 예찬할 수 있을 따름인 것이다. 그리하여 한창훈 소설 속의 남성들은 여성을 향하여 줄기차게 제망매가(祭亡妹歌)를 부른다.

1. 바다, 그 아득한 심연

바다는 한창훈의 소설에서 가장 낯익은 단어이다. 그의 첫 소설집 『바다가 아름다운 이유』(1996), 제3회 한겨레문학상 수상작인 장편소설 『홍합』(1998), 산문소설 『바다도 가끔은 섬의 그림자를 들여다본다』(1999)가 모두 그러하다. 그가 바다에서 본 것은 무엇일까. 그것은 짠내와 비린내가 뒤섞인 처절한 생존의 감각이기도 하고, 더러운 것을 확청(廓淸)하여 새롭게 태어나고자 하는 죽음과 생성의 제의이기도 하다.

막막한 바다 앞에서 인간은 왜소해지고, 왜소함을 깨닫는 순간에 인간은 철저하게 철학자나 주술가가 된다. 그가 얻은 왜소함의 감각은 하릴없이 이리저리 바쁘게 돌아다니는 주졸(走卒)에 불과한 현대인들에게 삶의 막막한 심연에 눈을 돌리게 하고, 잡답(雜沓)한 저잣거리의 삶에 대해 반성할 수 있는 철학의 시간을 제공해준다. 때로는 그 막연함을 달래기 위해 뭔가 주술적인 것에 기대고 싶어할지도 모른다. 그의 소설이 뭔가 아득한 심연을 향해 사유의 추를 길게 들이밀고 있다는 인상을 주는 이유는 바다 앞에 선 인간의 실존적 상황과도 관련이 깊다. 그에게 있어서, 인간의 성장이란 근원적으로 고통스러운 것이고, 때로는 불가능한 것으로 비쳐지기도 한다.

나는 꿈틀댈 줄만 아는 애벌레였다.
성충이 되지 못했다는 것은 결국 청춘이라는 소리인데, 참으로 민망하게도 청춘에 으레 따라붙는, 희망이라거나 푸른 꿈이라거나 그런 것들과는 하등 상관 없이, 밟혀 한쪽이 뭉그러지고 살충제를 뒤집어쓴, 고통에 헐떡이는 벌레였다. 날개 트여볼 엄두도 나지 않는 징그런 것이었다. 그 시절 내게 충만했던 것은 결핍과 죽음이었다. 결핍으로 내 몸뚱이는 불안하게 길어졌고 죽음으로 내 정신은 거듭 침잠하며 넓어졌다. 그것도 성장이라면 성장이었다.(「변태(變態)」, 201쪽)

한창훈의 자전소설 「변태」에서 "나는 꿈틀댈 줄만 아는 애벌레"이며, "내게 충만했던 것은 결핍과 죽음"이었음이 토로된다. 그 고통스러운 토로는 세계와의 불화 속에서 변태(變態)로 성장해야 했던 한 청춘의 의식인데, 그 변태 의식은 그리스 신화 속의 요정 프쉬케Psyche, 즉 애벌레의 껍질을 벗고 아름다운 나비로 거듭 태어나는 변신 모티프의 부정적 차용을 통해 드러난다. 애벌레의 껍질을 버리고 아름다운 나비로 다시 태어나는 프쉬케야말로 구차한 '육체'를 버리고 지고한 '정신'으로 거듭 태어나고자 하는 소망의 발현인 것. 그러나 그 소망이 '나'에게는 보잘것없는 변태로 나타난 것. 어쨌든, '나'는 변화를 소망한다. "풍랑이 일어 바다가 한번 뒤집히면 (……) 썩은 해초는 떠밀려가고 밑바닥의 흙 알갱이들도 한바탕 몸살을 앓고 해서 새로운 색깔을 띠었다. 그것은 새로운 탄생이었다." 바다가 스스로 몸을 뒤집어 새로 태어나듯, 개인도 사회도 몸을 뒤집는 '혁명'을 통해 거듭나야 한다. 작가는 이러한 변화에의 열망을 소설 곳곳에서 드러낸다.

　한창훈의 소설은 남성적인 것, 서민적 삶의 훈기와 활력을 소생시켰다는 평을 듣는다. 그러나 그의 소설은 세계와의 고투 속에서 얻은 승리의 찬가보다는 패배 속에서 겪는 좌절의 궤적을 보여주고 있어, 민중적인 것의 승리를 화두로 삼았던 예전의 민중문학과는 구별되는 모습을 보인다. 다시 말해, 예전의 민중문학이 남성적인 것이라면, 한창훈의 소설은 다분히 여성적이다. 특히 이번 소설들에 그려진 남성상에서 이러한 징후가 뚜렷하다. 그 이유는 무엇일까.

2. 성녀/창녀의 모성성

　왜 모든 언어권에서 여성은 'ㅁ'음으로, 남성은 'ㅂ'음으로 발음되는가. '엄마'와 '마마'속의 'ㅁ'소리는 젖 먹는 아이가 두 입술을 움직여 발음할 수 있는 최초의 자음인 까닭에, 유아는 이처럼 두 입술을 움직여 '엄마'와 '물'을 찾는다. 그리하여 여성인 '어머니'와 '물'은 하나의 소리 체계 속에 편입된다. 그리고 '여성'과 '물'은 축축한 땅이 되어, 지상의 곡식을 자라게 하고 생물들에게 젖을 공급하는 역할을 맡는다. 반면 남성인 '아빠'와 '파파'는 '물'에서 멀리 떨어진 존재, 즉 '불'로 표상화된다. 그리하여 창공에 높이 떠 있는 별을 지침으로 삼아 유목과 정벌의 길에 나서는 남성들의 세계에서는, 세계를 정복하고 정리하는 존재로서의 존엄한 법과 종교의 상징체계가 필요한바, 그것의 지표가 타오르는 '불', 혹은 찬란하며 유일한 '빛'이다. 물이 생물을 기르는 것이라면, 불은 생명을 태워 없애버리는 것. 농경 사회에서 모성이 강조되고, 유목 사회에서 부성이 강조되는 이유도 여기에 있다. 한창훈의 소설에서 '물'과 '모성'을 찾아내는 순간, 우리는 그의 작품을 이해할 수 있는 중요한 단서를 얻게 된다.

한창훈의 소설은 모성에 가까운 세계를 그리고 있다. 얼핏 보면, 그의 소설은 거침없고 활달한 입담과 주인공들의 전투적이고 남성적인 삶을 그리고 있는 듯싶지만, 축축하고 윤기 있는 '여성의 몸'이 모든 남성들의 몸, 혹은 남성들의 이념 위에 군림하고 있다. 『바다가 아름다운 이유』에 실려 있는, 한창훈의 맛깔스런 단편 「목련꽃 그늘 아래서」에서도 그런 대립쌍을 찾을 수 있다. 이 작품 속의 '음암댁'과 '지은네'가 활달하고 진취적인 여성인 반면, 아내가 바깥일을 한다고 집안에서 보름 동안 구들장을 지키며 시위하는 남편이나 농사가 유일한 취미라는 9급 공무원 남편의 모습은 옹졸하기 짝이 없다. 작가 한창훈의 이름값을 높인 『홍합』을 이끌고 가는 것도 홍합 공장에 모인 중년여인들의 시끄러운 육담과 활달한 생활상이지 않은가.

이번 소설집에서도 남성들은 삶의 활력과 희망을 잃은 듯한 포장마차 주인이나 외항선원, 노름꾼, 불구의 어부, 행려병자, 치기어린 미성년자, 벌레 따위로 규정된다. 반면 여성들의 모습에서는 대단히 진취적인 활력이 느껴진다. 「접붙이는 여자」에서 '잠녀'와 '질네'는 불모지로 변한 섬에 생기를 돌게 할 수 있는 여사제(女司祭)

의 모습으로 출현하며, 「춘희」 속의 여주인공은 처녀의 몸으로 돌 나르는 공사장에 나가기도 하고, 야쿠르트 아줌마 노릇을 하기도 하지만, 저녁에는 엉뚱하게 가짜 파리 낚시를 하는 처녀로, 매력적인 몸과 미소를 가진 여성으로 나타난다. 인생은 비누와 같아서, 쓰면 쓸수록 점차 닳아 사라지는 것이지만, 살아 있는 동안은 즐겁고 행복한 것이라는 것, 「춘희」 속의 여성들은 그렇게도 외치고 있다. 「목요일부터 토요일까지」에 나오는, 가출과 폭행과 섹스에 익숙한 여고생 '방희'의 모습에서조차, 「지상에 남은 마지막 밤」 속의 창녀의 모습에서조차, 우리는 패배자인 남성의 우위에 서 있는 승리자로서의 여성상을 목격하게 된다.

바다의 압도적인 위력 앞에서, 여성들의 줄기찬 생명력 앞에서 남성들이 할 수 있는 것은 무엇인가. 불행히도, 그들 남성들이 할 일은 별로 없다. 그저 노래하고 예찬할 수 있을 따름인 것이다. 그리하여 한창훈 소설 속의 남성들은 여성을 향하여 줄기차게 제망매가(祭亡妹歌)를 부른다. 「세상의 끝으로 간 사람」은 교통사고로 죽은 아내 선영을 향하여 '나'가 부르는 비탄의 엘레지며, 「지상에 남은 마지막 밤」은 서울로 식모살이를 갔던 누이의 죽음을 향해 바치는 속죄의 제망매가이다. "너는 간다는 말도 못다 이르고 갔더란 말인가/어찌하여 누이는 간다는 말 한마디 못 하고 갔는가"라고 한 사내가 읊조릴 때, 우리는 여기에서 자조적이고 패배적인 남성의 모습과 이에 대비되는 여성의 위대함을 동시에 목격하게 된다. 이처럼 작가는 여성의 위대함을 바다와 자궁의 '물'에서 찾고 있는 듯하다. 사랑의 여신 아프로디테(비너스)를 보라. 바다의 거품 속에서 아름다운 여인으로 태어났지만 매우 음탕한 여자로 간주되기도 했던 아프로디테야말로 최고의 생식신(生殖神)이지 않은가. 한창훈은 작품 속의 여성들에게, 아프로디테와도 같은 생명의 경외감, 불경과 위반, 활력의 에로티시즘을 부여한다.

> 사내는 바다가 마주 보이는 바위 끝에 서서 자신이 이곳에 온 이유를 생각했다. 그것은 아내 때문인 듯도 했고 시간 때문인 듯도 했고 저 자신 때문인 듯도 했지만 습기 때문이라고 결론지었다. 무언가에 젖고 싶었던 것이다. 육신이 메말라서 햇살에 바스러지려고 하면 어쨌든, 습기를 찾게 되는 것. 바다 쪽에서 물 알갱이 서넛이 굳어 있는 살갗으로 다가왔을 때 그는 갈증과 주림의 고장인 사막 한가운데서 반 홉의 물과 한 조각의 빵을 만난 것처럼 몸을 떨어댔다. 세계와 사람의 몸이 이어지는 통로란 이렇게 아주 작고 좁고 약한 것이었다.(「세상의 끝으로 간 사람」, 70쪽)

작품 속의 남성들은 "보타져버린 몸" "햇살에 바스러지려고 하는" 메마른 육체와 정신의 소유자들이다. 그래서 그들은 늘 '물'을 찾아 헤맨다. 위에 인용한 「세상의 끝으로 간 사람」에서도 사내는 이 세상이 너무 추운 곳, 메마른 곳이라고 생각한다. 그가 바다를 찾은 이유는 '물' 때문인 것, "무언가에 젖고 싶었던 것". 물이야말로 "세계와 사람의 몸이 이어지는 통로"인 것이다. 그리하여 사내는, 그리고 작가 한창훈은 육지의 끝인 바다에서 '물'과 '어머니'와 '여자'를 만난다.

사실 이번 소설집에 실린 작품들에는 바다와 여성을 향한 동경이 동어반복에 가까울 정도로 끊임없이 변주되고 있다. 대표적인 사례로 마지막 작품인 「접붙이는 여자」를 들 수 있는데, 여기에 등장하는 '잠녀'와 '질네'는 여성의 아름다움과 질긴 생명력을 결합한 성창(聖娼)의 상상력과 결부된다. 이 작품은 잠녀와 늙은 어부의 못 이룬 사랑 이야기가 작품의 대부분을 차지하지만, 바위 위에 올라타 벌거벗은 채 이상한 춤을 추는 여자 '질네'가 주인공으로 부각되고 있음을 놓쳐서는 안 된다. '질네'는 양기가 쇠한 수소의 성기를 암소의 성기에 불쑥 밀어넣어 접을 붙이기도 했다는 여인으로, 그녀야말로 이 작품의 제목인 '접붙이는 여자'이며 기근과 가난에 시달리는 섬을 구원해줄 성스러운 창녀인 것이다. 잠녀는 모든 사람들이 '미친년'이라고 부르는 질네를 이해하는 순간, 동네 사람들의 이목 때문에 남정네와의 살가운 사랑 한번 나누지 못한 자신의 어리석음을 깨닫게 된다. 그때서야 세상이 다르게 보이기 시작하는데, 잠녀가 이를 깨닫고 어부의 집을 찾아갔을 때, 어부의 집 안에 놓인 온갖 사물들이 비로소 인간의 온기와 활기로 반짝이는 생물이 되어 다가온다.

    그래 맞다. 종자인 것이다. 내년 초여름에 심을 씨앗.
    (······) 사람이 사라져버렸다는 것은, 죽어버렸다는 것은, 결국 남아 있는 이가 지녀야 할 상실의 무게를 말했다. 가득 차 있다가 갑자기 텅 비어버린 공간이다. 남아 있는 것들이 치러야 할 것은 무엇인가. 그것은 풍화(風化)였다.
    잠녀의 가슴속 저 깊은 곳에서 젖은 솜뭉치 같은 게 올라왔다.(「접붙이는 여자」, 256쪽)

이 작품의 첫 장면에는 생명 없는 사물에 불과한 그물 쪼가리, 스티로폼, 평상은 물론 무심한 저녁 햇살에까지 "마치 사람처럼" 생명의 경외감이 부여되어 있다. 죽은 어부의 집에 들어선 잠녀는 "마당에 널려 있는 그물 쪼가리나 동그란 스티로폼, 한줌의 옥수수 알갱이 덕분에 텅 비어 있는 것을 모면한 평상, 담벼락에 세워져 있는 내나무 묶음, 그 아래 씰어 있는 빈 병, 마당 귀퉁이에서 자라고 있는 푸른 무 이파리 따위들이 눈부시게 빛나면서 스스로의 모습을 더욱 또렷하게 만들고 있"는 모습에 주목한다. 그것들이 모두 사람처럼 느껴지기 시작한 것이다. 잠녀는 사람처럼 느껴지는 그것들에게 조심조심 말을 건네고, 이에 화답이라도 하듯, "끼익, 평상은 늙어버린 소리를" 낸다. 잠녀는 "주인 잃은 물건을 들여다보는 것은 햇살인가 잠녀 자신인가" 잠시 혼돈에 빠지기도 하면서, 이 세상에 남아 있는 것들이 치러야 할 것이 바로 "풍화"의 운명임을 깨닫는다. 그리고 풍화를 견뎌내기 위해서인지, "잠녀의 가슴속 저 깊은 곳에서 젖은 솜뭉치 같은 게 올라"온다. 마당에 흩어져 있던 무심한 사물들이 '잠녀'라는 여성의 섬세한 눈길에 의해, 다시금 생명의 온기가 느껴지는 사물로 돌변하는 장면을 묘사한 위 작품의 첫 부분에서 우리가 얻을 수 있는 인상은, 여성이야말로 세상의 원천이라는 사실이다. 여인의 따뜻한 가슴과 손길에서 만들어지는 '물'이야말로 세상의 풍화(風化)를 잠재울 수 있는 것. '바람'과 '불'이 지배하는, 황량하고 메마른 이 황야의 현실에서 '성스러운 처녀'인 여인들이 필요한 이유는 여기에 있을 것이다.

　이런 측면에서 볼 때, 이번 작품들은 세상을 정화하고 구원하는 것은 바로 여성이라는 생각, 즉 에코페미니즘 Eco-feminism에 이르게 된다(이에 대한 논의는 마리아 미스·반다나 시바, 『에코페미니즘』, 참조). 다른 작품을 하나 더 인용하기로 하자. 「먼 곳에서 온 사람」의 마지막 대목에서 여자는 "흐르는 바람이나 물에 의해 숲이 살찌는 것"이라고 말한다. 우리가 자연을 정복함으로써 살찌는 게 아니라, 자연과 공존할 때 우리가 살찔 수 있음을 말하는 이 대목은, 환경운동과 여성운동의 결합으로서의 에코페미니즘이 도달한 결론에 가깝다. 에코페미니즘은 북이 남을 지배하고, 남성이 여성을 지배하며, 갈수록 더욱 불평등하게 분배되는 경제적 이익을 위해 점점 더 많은 자원을 광적으로 약탈하며 자연을 유린하는 세계구조의 내재적 불평등의 문제를 다루고 있다. 에코페미니즘의 시각은 인류를 비롯한 자연 속의 생명이 협력과 상호 보살핌, 사랑을 통해 유지된다는 점을 인식하는 새로운 우주론과 새로운 인류학의 필요성을 제기하는데, 이러한 방법을 통해서만 우리가 모든 생명체의 다양성, 그리고 그들의 문화적 표현까지도 우리의 안녕과 행복의 진정한 원천으로서 존중하고 보존할 수 있기 때문이다. 이러한 목표를 위해 에코페미니스트들은 '세계를 다시 짠다' '상처를 치유한다' '망'을 새로이 서로 연결한다는 등의 은유를 사용하는데, 모든 생명을 하나로 아우르고자 하는, 이러한 전체론적인 노력이야말로 여성과 남성, 인간과 자연의 공존을 가능하게 한다고 보는 것이다. 이 작품 속의 여성들은 에코페미니스트들이며, 이들은 남성의 바스라질 듯한 육체에 물을 공급하고 위무하며, 이 땅에 생명을 복원해낸다. 이들의 모습을 확인하는 것은 생명의 재발견에 해당하기에 경이로운 것이다.

3. 서정성과 현실성 사이에서

이번 소설집에 실린 작품들은 크게 두 개의 경향으로 나눌 수 있다. 첫째는 바다와 여성을 소재로 한 서정소설이다. 「지상에 남은 마지막 밤」「세상의 끝으로 간 사람」「먼 곳에서 온 사람」「그대, 저 문 바닷가에서 우는」「돛 낚는 어부」「접붙이는 여자」가 그것인데, 뒤의 두 작품에는 아예 '남쪽 섬'이라는 부제를 병기하여 '바다'를 향한 작가의 애정을 그대로 드러내고 있다. 그 외의 작품들에도 제목에서부터 '마지막' '먼 곳' '세상의 끝' 등의 표현이 사용되어, 지상의 모든 것이 한계에 이르는 지점으로서의 바다에 대한 인식이 작품의 뼈대를 이루고 있다. 서툴게나마 앞에서 분석한 것처럼, 이 작품들은 바다라는 공간에 대한 원형 탐구, 여성의 다산성에 대한 신화적 해석에 크게 기대고 있는 것처럼 보인다. 그것은 인간 존재의 실존적 탐구라는 철학적 주제를 구현하고 있지만, 그러나 그러한 원형 탐구 과정에서 삶의 세목들이 희생되고 있음을 부인할 수는 없다. 바다 앞에서 인간은 그저 부족하고 유한한 존재로 환원되는 것. 거기에는 인간의 우여곡절이 틈입할 여지가 사라진다. 이런 까닭에 이들 작품들은 세계와 자아 사이의 갈등을 섬세하게 보여주지 못한다. 남는 것은 바다와 여성을 향한 서정시뿐이다. 이는 밀려들고 밀려가는 파도의 반복적인 리듬감과도 같은 것인데, 이러한 반복적인 리듬감은 서사 양식보다는 서정 양식에 가까운 것으로 평가될 수도 있는 것이다. 이러한 반복은 답답한 인상을 주기도 한다. 경부선 열차가 지나가는 지방 소도시의 포장마차 속에서 벌어지는 자잘한 일상사를 소재로 한「강물은 흘러 어디로 가는가」는 바다를 소재로 삼고 있지 않으면서도, 이러한 주제가 되풀이된다. 강물이 정처없이 흘러가듯, 인생도 바다도 그렇게 정처없이 흘러가는 것이라고 읊조릴 때, 그 작품은 서사성에서 일탈하여 시적 양식으로 전화하는 것이다. 구체성에 근거하지 않은 세계 인식은 운명적인 것, 탐미적인 것, 신비적인 것과 조우한다. 바다를 소재로 한 한창훈의 소설이 앞으로 어느 방향으로 나아갈지 의문이다.

반면,「춘희」「목요일부터 토요일까지」「변태」는 이번 작품집에서 발견할 수 있는, 한창훈의 새로운 모습이다. 이들 소설 속의 인물들은 참으로 엉뚱하다. 예컨대「춘희」는 발단부터 참 엉뚱하다. "천성적으로 부지런하여 놀 바에야 차라리 마시자는 버릇 단단히 든 이 마을 청년회원들"이 말장난 끝에 동네 어른의 생신 잔치를 요란하게 꾸미는데, 그 충격으로 갑자기 노인이 사망하고, 장례 절차를 막 꾸려나가는 판에 비닐 하우스에 화재가 발생하여 상당한 손해를 입는다. 그러나 불이 나면 재수운이 따르는 게 아니냐는 허튼소리에 휩쓸려, 내일 해야 할 일도 잊고 모두들 '또왔다 노래방'으로 몰려간다. 뒤마 피스 원작의 화류극〈춘희〉나 이미자의 노래〈동백 아가씨〉와도 같이, 이 작품은 철저하게 통속적이고 카니발적인데, 마르케스나 보르헤스에게서 발견되는 마술적 리얼리즘과도 흡사하게 경쾌하고 흥겹다. 합리적 이성으로는 설명하기 힘든, 인간의 잉여적 몫으로서의 감정의 낭비와 무절제를 이토록 시원스럽고 활달하게 구사한 작품에서 우리는 한창훈의 새로운 재능에 주목하게 되는데,「목요일부터 토요일까지」에 나열된 재미난 에피소드들,「변태」에서 선술집에 모여든 남성들을 일갈(一喝)하는 '부산집 여인'의 모습에 대한 묘사 등에서도 이를 확인할 수 있다. 나로서는「변태」에서 한창훈의 새로운 저력을 찾고 싶다. "독이면서 약인" 한 여인에게서, 우리는 무엇을 배울 것인가. 이 모습을 참으로 아프게 드러내고 있기 때문.

작가의 말

 맨 처음 소설을 쓰기로 마음먹었을 때 했던 다짐 중 하나는 마흔 살쯤에 아주 괜찮은 소설집 하나를 내는 거였다. 세상 한 고비 넘긴다는 그 나이가 되면 내 삶도 뭔가 숨통이 트여 있을 거란 막연한 희망이 작용하기도 했지만 나쁘거나 못되먹게 살지 않았다는 징표 하나를 그 책으로 갖고 싶었던 것이다.
 그날 이후로 여러 가지 일들을 치르고, 겪어내고 하면서 시간은 쉼 없이 흘러갔고 올해 얼추 그 나이인 서른아홉이 되었다. 하지만 삶이나 내 창작에 대한 추측은 아직도 잘 모르겠다, 이다.

 지난 이 년 동안 열 편의 단편을 발표했다. 늘 그렇듯이 직업인으로서의 존재 증거가, 마음 짠한 정신의 자식이, 혹독한 스승이, 하루 한 갑의 담배와 기차와 뱃삯이, 밥값이 되어주었다. 고맙고 한편 아리다. 흔히 작가들에게는 개인 특유의 흐름이나, 주제나,

논(論)이나, 철학이나, 그런 것이 있다고들 하는데, 고작 여덟 뼘 반 내 육신 속에는 어쩌자고 이렇게 별의별 잡스러운 것들로만 넘치게 들어 있는 것일까.

이즈음에서 세상에 흔하게 돌아다니는, 이제 다시 시작이다, 한마디 말을 새로운 다짐으로 삼아야 할 듯싶다. 내가 아직 모르고 있는, 앞으로 닥쳐올, 뜻밖의 것들은 또 얼마나 크고, 무겁고, 넓을 것인가.

이천일년 봄에
한창훈

문학동네 소설집
세상의 끝으로 간 사람
ⓒ 한창훈 2001

1판 1쇄 | 2001년 5월 17일
1판 2쇄 | 2007년 11월 5일

지 은 이 | 한창훈
펴 낸 이 | 강병선
책임편집 | 김현정 김미영
펴 낸 곳 | (주)문학동네
출판등록 | 1993년 10월 22일 제406-2003-000045호

주　　소 | 413-756 경기도 파주시 교하읍 문발리 파주출판도시 513-8
전자우편 | editor@munhak.com
전화번호 | 031) 955-8888
팩　　스 | 031) 955-8855

ISBN 89-8281-389-6 03810

* 이 책의 판권은 지은이와 문학동네에 있습니다.
  이 책 내용의 전부 또는 일부를 재사용하려면 반드시 양측의 서면 동의를 받아야 합니다.
* 이 도서의 국립중앙도서관 출판시도서목록(CIP)은 e-CIP 홈페이지(http://www.nl.go.kr/cip.php)에서
  이용하실 수 있습니다.(CIP제어번호: CIP2007003321)

www.munhak.com